Aus Freude am Lesen

btb

Buch

Pajala ist überall! Mikael Niemi, Autor des Bestsellers
»Populärmusik aus Vittula«, hat sich wieder zu Wort gemel-
det. Und seine Anhänger sind erneut begeistert. Norrländska
Socialdemokraten schreibt: »Wir wussten es schon immer.
Nun sind die letzten Zweifel beseitigt: Mikael Niemi spinnt.
Aber er tut das auf so verdammt brillante Weise, dass wir
ihm bedingungslos folgen, wohin immer er geht.« Diesmal
führt Niemi uns in die ferne Zukunft, in fremde Galaxien
– und einen Alltag, der in all seiner Skurrilität, den Irrungen
und Wirrungen seiner Bewohner, doch sehr an das Leben im
nördlichen Schwedisch erinnert. Merke: Das Ferne ist oft
ganz nah, und die menschliche Natur ist immer exotisch!
Ganz nebenbei beantwortet Niemi manch wichtige Frage der
Menschheit. Wie ist das Weltall entstanden? Mit welchen
Problemen hatten die frühen Raumfahrer zu kämpfen? Wie
kam es zur Religionsgemeinschaft der Steinanbeter? Und
was, um Himmels willen, verbirgt sich hinter den »Kurts«,
jenen winzigen, kleinen Wesen, denen der geniale Wissenschaftler Emanuel auf der Spur ist? Niemi at his best:
aberwitzig komisch, ein echter Lesegenuß.

»Fantastisch, skurril und urkomisch!«
TV movie

Autor

Mikael Niemi, Jahrgang 1959, wuchs im hohen Norden
Schwedens in Pajala auf, wo er heute noch lebt. Im Jahr 2000
erschien sein erster Roman »Populärmusik aus Vittula«, für
den er den angesehenen »Augustpreis« bekam. Es war das
spektakulärste Debüt, das Schweden je erlebt hatte. Das
Buch stand monatelang auf Platz 1 der Bestsellerliste,
verkaufte sich über 800.000 mal und wurde in 24 Sprachen
übersetzt.

Mikael Niemi bei btb

Populärmusik aus Vittula. Roman (731729
Der Mann, der starb wie ein Lachs. Roman (75198)

Mikael Niemi

Das Loch
in der Schwarte

Aus dem Schwedischen
von Christel Hildebrandt

btb

Die schwedische Originalausgabe erschien 2004 unter dem Titel
»Svålhålet« bei Norstedts Förlag AB, Stockholm.

FSC

Mix

Produktgruppe aus vorbildlich
bewirtschafteten Wäldern und
anderen kontrollierten Herkünften

Zert.-Nr. GFA-COC-1223
www.fsc.org
© 1996 Forest Stewardship Council

Verlagsgruppe Random House FSC-DEU-100
Das für dieses Buch verwendete FSC-zertifizierte Papier *Munken Print*
liefert Arctic Paper Munkedals AB, Schweden.

1. Auflage
Genehmigte Taschenbuchausgabe April 2008
Copyright © 2004 by Mikael Niemi
Copyright © 2006 by btb Verlag
in der Verlagsgruppe Random House GmbH, München
Umschlaggestaltung: Design Team München
Umschlagmotiv: Corbis/Forrest J. Ackerman Collection
Satz: IBV Satz- und Datentechnik GmbH, Berlin
Druck und Einband: Clausen & Bosse, Leck
RK · Herstellung: BB
Printed in Germany
ISBN 978-3-442-73710-9

www.btb-verlag.de

ZUR ERINNERUNG
AN TOMAS BOSTRÖM,
1959 – 2004

Abschied von Liviöjoki

Der Erzähler besucht bei Liviöjoki die Sauna und nimmt für dieses Mal Abschied vom Tornedal.

Die Sonne stand tief im Norden über dem Waldhorizont. Die rote, zitternde Scheibe spiegelte sich im Wasser und wurde in dicke, rote Pinselstriche gespalten, die auf der dahinfließenden Oberfläche schaukelten. Ich saß am Strand und ließ den Schwermut aus mir hinausrinnen. In der Luft lag ein schwerer Duft nach Schlamm und Juligewächsen. Es war eine Viertelstunde nach Mitternacht, die Ruhe war vollkommen, kein Wind, nicht eine Bewegung im Blattwerk des Erlenbusches. Nur das mächtige Rauschen des Flusses. Tausende Tonnen von Wasser, die sich ihren Weg durch den Wald suchten, ein Wasserrücken in alle Ewigkeit. Man konnte ihn betrachten, so lange man wollte. Die ständige Veränderung des Flusses, obwohl es doch der gleiche blieb. Genau wie Feuer. Das menschliche Lagerfeuer. Millionen von Jahren der Freundschaft.

Ich harkte das noch schwelende Holz zusammen, sah, wie die Flammen hochschossen. Die Glut glimmte grellrot in der Asche. Der Rauch stieg weiß und leicht, fast durchsichtig nach oben. Er zog langsam stromaufwärts übers Flussbett, ein Gespenst, das sich entlang der Wasseroberfläche aalte, unvermittelt abtauchte, sich wieder erhob, und schon war es verschwunden. Dicht über der Glut hing eine Äsche, auf einen frisch geschnitzten Zweig gespießt. Die Fischhaut siedete in der Gluthitze, ich drehte vorsichtig den Spieß. Die Äsche hatte an der Bachmündung bei Westrinslända angebissen, hatte sich mit ihrer großen, aufgerichteten Rückenflosse gewehrt, und wieder einmal hatte ich das Leben gespürt. Das Leben, ganz nah. Jetzt wurde der Fisch langsam gegrillt, eine Köstlichkeit von vierhundert, vielleicht fünfhundert Gramm. Meine alte Angel mit dem Fliegenköder aus den Kinderjahren stand an eine krumm gewachsene Birke gelehnt, der Stamm zeigte Spuren heftiger Schneeschmelze. Der Fischkopf und die Eingeweide lagen am Flussufer auf silbrigen kleinen Steinen.

Ich zog vorsichtig an der Rückenflosse. Sie löste sich, der Fisch war gar. Am Feuer sitzend, begann ich mit den Fingern zu essen. Ich löste das weiße Fleisch von den nadeldünnen Gräten und stopfte es mir in den Mund. Es war, als äße ich warmen Schnee. Ein zarter Geschmack, ein Hauch von Rauch. Fluss und Feuer. Ich schloss die Augen, um die Erinnerung zu bewahren. Versenkte sie in meinem weichen Herzen.

Satt und zufrieden wanderte ich in Richtung Landungssteg. Die Bretter wiegten sich unter meinem Gewicht, das Wasser gluckste und schwappte. Ich ging auf dem Wasser. Ich spazierte auf der Flusshaut, die direkt unter meinen Füßen strömte. Draußen auf einem Floß schwamm die Sauna selbst, mit Ketten in der Flussströmung verankert. Sie war aus Brettern zusammengenagelt, ein kleines, hübsches Holzhaus, das auf dem Wasser schaukelte.

Die Hitze schlug mir entgegen, als ich in den Vorraum trat. Erwartungsvoll zog ich mich aus, hängte meine Kleider an die Haken. Als Allerletztes öffnete ich mein Saunabier, trank den ersten, schäumenden Schluck. Schmeckte das Malz, die zischende Frische in der Kehle. Dann öffnete ich die Tür zum Saunaraum selbst. Die Hitze war stark und harzig. Ich schob die glühend heiße Ofenklappe mit einem Stock auf, stocherte in ein paar Holzscheiten und kletterte auf die oberste Liege. Die Kupferkelle funkelte im Eimer. Ich ergriff den abgenutzten, glatten Holzgriff und füllte die Kelle, hielt sie einen Moment lang hoch und sah, wie das Flusswasser über die Kante lief.

Dann goss ich. Der Wasserkörper rieselte durch die Luft, schlug auf die Steine auf und wurde in reißenden, beißenden Dampf verwandelt. Ich goss noch einmal und spürte, wie die Ohrläppchen brannten, beugte mich schwerfällig vor und atmete durch die geballte Faust. Meine Finger rochen immer noch nach Fisch. Und ich fühlte so ein Glück. So ein innerliches, verletzliches Glück.

Das Tornedal.

Das sollte es immer geben. Ich würde es mit mir durch Lichtjahre hindurch tragen.

Hinten von Mommankangas ist plötzlich Düsenjetdröhnen zu hören. Etwas Schweres, Dunkles zischt in der Stille, es klingt wie eine P 42, eine von der Bereitschaft. Die letzte Nacht, denke ich. Die letzte Nacht auf der Erde.

Dampfend heiß gehe ich hinaus auf die Plattform. Dort stehe ich, die Abendsonne in den Augen, und stoße mich mit meinen nackten Füßen von den Bodenplanken ab. Dann schieße ich hinaus, kopfüber mit breiten Schulterblättern. Segle.

Mit offenen Sinnen nähere ich mich der Wasseroberfläche. Mein Zeigefinger berührt die Wasserhaut mit der alleräußersten Fingerspitze. Sie wölbt sich, hält jedoch dagegen, diese glänzende Oberflächenspannung. Unten aus der Tiefe steigt mein Abbild im Spiegel herauf. Ein Zwilling, voller Dunkelheit. Es ist der Fluss, der mich anstarrt, der seinen Finger meinem entgegendrückt.

Gleich werde ich überspült, im nächsten Moment.

Doch hier wollen wir innehalten, lasst uns diese Szene im sanften Licht betrachten. Eine glänzende Wasserschicht gegen eine steif aufgerichtete Fingerspitze. Ein dampfender Menschenkörper, der auf dieser bebenden Haut balanciert. Ein nacktes, schwebendes Zwillingspaar, und zwischen ihm die Wasseroberfläche wie ein funkelnder Text, ein schwarzer, sich spiegelnder Sternenhimmel.

Die Erde

Ich saß eines unterirdischen Abends im Roadercafé auf dem Asteroid Wichssocke. (Es gibt etwas, das mich bei Science-Fiction-Filmen immer ärgert, und zwar diese langweiligen, stereotypen Namen der fremden, bewohnten Himmelskörper. Alle heißen sie Epsilon, Centaurus und ähnlich fantasielos. Oder noch schlimmer, sie bestehen aus Buchstabenkombinationen, bei denen immer ein X vorkommt, wie XCT, WXQ-Alpha und Ähnliches. In Wirklichkeit haben die Planeten ja fast immer auffällig alberne Namen, die in den Ohren anderer Zivilisationen oft total bescheuert klingen.)

Ich saß also wie gesagt an einem Plastiktisch auf dem Asteroid Wichssocke, nippte an einem Glas vulkanischem Joghurt und glotzte durch die Frontscheibe hinunter auf den schmutzig grauen Beton des Hangars, auf dem wir gelandet waren, um Brennstoff zu tanken. Es gibt nur wenige Orte, die so deprimierend sind wie diese öden Servicestationen entlang des äußeren Erzgürtels. Alles ist nur Warten, blinkende Leuchtstoffröhren, ein Sternenhimmel voll brennender Einsamkeit, eine Ecke mit abgefuckten Spielautomaten, an denen ein vierbeiniger Grubenarbeiter seine sauer verdienten Groschen loswird. Am Kneipentisch nebenan saßen ein paar Gelblinge und schlürften Wachs, mehr, als ihnen gut tat. Schließlich, aus reiner Langeweile, fragten sie, wie denn der Ort heiße, von dem ich komme.

»Erde«, sagte ich.

Fehlanzeige, sie kapierten gar nichts, und das lag nicht allein am Wachs, wie ich nach einer Weile feststellte. Ich übersetzte es in alle zehn Sprachen, die ich im Kopf hatte und noch dazu in weitere 340 aus dem Translator, aber sie hatten ihre Lochöffnungen nur erstaunt weit geöffnet.

»Erde«, gestikulierte ich. »Wo Gras und Blumen wachsen.«

Die Gelblinge guckten noch verständnisloser, und schließlich ging ich zum Eingang, wo die wenigen Gäste ihre Raumanzüge aufgehängt hatten, und holte aus dem Kaktusbeet eine Hand voll magerer Muttererde. Ich kam mit der Erde zurück, kippte sie auf den Tisch und erklärte, dass mein Planet so heiße. Und als sie kapierten, dass es stimmte, dass ich keinen Spaß machte, dass ich nicht einmal versuchte, unverschämt zu sein, da fingen sie an lauthals zu lachen, dass ihre Haarschuppen rasselten, sie schlugen die Tentakel gegeneinander und schnaubten mit ihren Kiefern, wankten vor und zurück, bis das Wachs ihnen aus den Öffnungen spritzte, und schließlich drehte sich ein Bergarbeiter um und fragte, was zum Teufel denn bitte schön so witzig sei, und sie erzählten ihm, dass ich von der Erde käme, und zeigten auf meinen kleinen Erdhaufen, und da fing auch der Bergarbeiter an zu brüllen, lachen und schnauben, dass die Spielchips wie ein Hagelschauer durch den Raum flogen.

Was soll man da machen?

»Wichssocke!«, rief ich und versuchte, auch höhnisch zu lachen, doch keiner kapierte, was ich damit meinte, obwohl es doch ein viel lächerlicherer Name war.

»Erde!«, schrien die Gelblinge so laut, dass der Erdhaufen in einem Sturm von Prusten weggeblasen wurde. Ich war gezwungen, das Lokal zu verlassen. Ich konnte unmöglich bleiben. Also ging ich zu der heftig geschminkten Haarkugel an der Kasse und holte mein Elektrotäfelchen heraus, aber da musste ich feststellen, dass auch sie so heftig lachte, dass sie fast vom Haken rutschte, und zwischen den Lachattacken versuchte sie hervorzubringen, dass es für mich gratis sei, denn so viel Spaß habe sie noch nie gehabt und werde ihn vermutlich auch nie wieder haben, bis ich das nächste Mal wiederkomme, und wie mein Planet denn noch einmal heiße?

»Erde, verdammt noch mal.«

Und jetzt wurde es noch schlimmer, sie warfen sich haltlos zu Boden, ein Sumpfmaul am nächsten Tisch klinkte sich ein und ein paar Lederspinnen mit ihren Puppentellern auch, alle wanden sich wie in Krämpfen, sie machten sich nass und lösten sich an ihren Rändern auf.

»Erde!«

Noch schlimmere, noch wahnsinnigere Anfälle, und jetzt starben zwei sogar, die Lederspinnen verschmolzen miteinander und koagulierten, und am Bartresen saß ein Trichtersäufer, wurde ganz lila und hielt sich den Schädel.

»Erde! Erde!«

Und dann verschied der Trichtersäufer mit einem schnalzenden Geräusch und stieß dabei einen sauren Atemstoß aus, und auch die Gelblinge waren an ihre Grenzen gelangt, und ich dachte, wenn ich »Erde« noch einmal sage, dann bringe ich sie um, also sagte ich:

»Erde!«

Und sie schluchzten, platzten innerlich und peitschten mit ihren Gliedern in spastischen Zuckungen, und ich dachte nur, verflucht, nur weg von hier, sonst zermalme ich sie noch alle, ich darf nicht mehr »Erde« sagen, und dann sagte ich: »Erde«, und es war das reinste Gemetzel, und ich flitzte hinaus zu meinem Flieger, startete und hob vom Planeten Wichssocke ab, um nie wieder meinen Fuß darauf zu setzen.

Sie behaupteten, ich hätte die Lebewesen mit Laserwaffen abgeschlachtet, ich wurde wegen Massenmordes gesucht, und als sie mich schließlich zu fassen kriegten, stand es schlecht um mich. Es kam zur Gerichtsverhandlung, und mein einziger Zeuge war die Haarkugel von der Kasse, die für ihr ganzes Leben behindert bleiben würde. Und als der Richter meine Version hören wollte, sagte ich, dass ich vom Planeten Erde komme. Und da begann der Richter laut brüllend zu lachen, und das ganze Gericht und die Zuschauer auch, und die Wachleute und Sekretärinnen, und mitten in dem Chaos starb die Haarkugel vor Lachen, also huschte ich an den sich krampfhaft schüttelnden Wachen vorbei und dachte, dass ich nicht noch mehr Leben auf dem Gewissen haben wollte.

»Erde!«, schrie ich, um einen kleinen Vorsprung zu haben, und es gelang mir, von einem Frachter mitgenommen zu werden, und seitdem habe ich diese Ecke der Galaxis gemieden.

Ponoristen

Abenteurer wird es immer geben. Einzelne, versprengte Existenzen, die sich nicht anpassen können. Die ständig unterwegs sind, nie zur Ruhe kommen, die meistens schon einen Fuß angehoben haben. Wenn sie einen Berg sehen, müssen sie klettern, sehen sie einen Abgrund, müssen sie hinuntertauchen, fängt es an zu stürmen, stellen sie sich mit dem Gesicht in den Wind. Sie spüren ein ewiges Jucken. Ab und zu gelingt ihnen das Unmögliche, die Sonne wärmt ihnen plötzlich das Gesicht. Dann fühlen sie sich augenblicklich leer und erschöpft, verzweifelt vor lauter Überdruss. Sie möchten jemanden lieben, doch das Glück ödet sie an. Leben, das muss wehtun. Die Haut muss sich an Kletterseilen und Satteln scheuern. Die Haarmähne muss nach hinten geblasen werden. Die Welt ist zu klein, ständig schrumpft sie, jeder Job und jede Verpflichtung verwandelt sich sofort in eine Uniform, deren Falten und Nähte jucken.

Es ist diese Sorte Mensch, die es einst wagte, sich dem Feuer zu nähern, die anfing, größere Tiere als sich selbst zu jagen, die jede Wüste, jede Gebirgskette und jeden Ozean als eine Herausforderung ansah. Als Kitzel, dem nicht zu widerstehen war.

Als das Weltall sich öffnete, schien es, als wartete es nur auf diese Abenteurer. Anfangs schob ihnen zwar die Technik noch einen Riegel vor. Und die Kosten. Ein Raumfahrzeug kostete so viel wie ein Wolkenkratzer, und die Astronauten, das waren disziplinierte, ausgesuchte, hart gedrillte Marinecorpstypen.

Doch dann begann der Bergbau. Mond und Mars und mehrere der Asteroiden wurden erschlossen, und die Überlandfrachter begannen zu pendeln. Der Beruf des Roaders wurde geboren. Und mit der Zeit, analog zur Entwicklung der Technik und je mehr immer modernere Schiffe und Shuttle in Betrieb genommen wurden, entstand ein wachsender Gebrauchtwarenmarkt für Raumfahrtkram. Plötzlich wurde es für die Allgemeinheit möglich, sich ein Raumschiff zu kaufen. Meistens ein abgenutztes, klapprig und leckend, aber wer geschickt war, konnte das meiste reparieren. Und jetzt füllten sich die Raumschiffdocks mit sehnigen, am ganzen Körper tätowierten Jünglingen, hinkenden Kerlen mit Hemingwaybart, mageren Mädchen mit Pistolenhalfter und Injektionsnarben, stummen Frauenzimmern mit rasierten Schädeln und wegoperierten Brüsten. Alle fummelten an ihrer eigenen Karre herum. Sie lagen auf dem Rücken und schweißten in einem absolut unbequemen Winkel, standen mit einer Lupe im Auge über Heerscharen von Spinnennetzelektroniken gebeugt, sie fluchten und zerrten an irgendwelchen Hitzeschilden, die sich festgebrannt hatten und ausgetauscht werden mussten, sie installierten tragbare Gewächshäuser, Trockenduschkabinen, Gravitationskreisel, Videogeräte mit Pornofilmen, Sonnenwindfänger, Chirurgenausstattungen für die Eigenoperation mit dazugehörigem Lehrbuch, Feuchtigkeitsabsorber, die Schweiß und Körperflüssigkeiten in Trinkwasser umwandelten, und anderes Unentbehrliches für eine lange Reise.

Dann machten sie sich auf den Weg. Allein. Schweigend, fast im Geheimen. Manchmal merkte man nicht einmal, dass es los ging, plötzlich waren sie einfach weg. Verschluckt vom Weltall. Ab und zu hörte man von ihnen. Viele Monate später wurde vielleicht eine rasselnde, verzweifelte Mitteilung vom Notsender aufgefangen:

»Hilfe, Hil ... Generator kaputt ... irre umh ... Wasser bald zu En ... helft mir, Hilfe, Hil ...«

Die Erde schickte ein Funksignal zu der Notstelle irgendwo im Sonnensystem und rechnete die Retourkoordinaten aus, damit der Betreffende zurückkehren konnte. Aber er ließ nie wieder von sich hören. Die Reserveenergie ging zu Ende. Armer Teufel.

Anfangs waren die Risiken ungemein groß. Wir Roader schüttelten nur den Kopf, wenn wir an ihren schlecht erleuchteten Schrotthaufen im Dunkel des Alls vorbeisegelten, vernarbt vom Weltraumkies und verbrannt von kosmischer Strahlung. In den Führerkabinen konnten wir irgendwelche halb dahindösenden Gestalten erkennen, die Füße in den Cowboystiefeln auf dem Armaturenbrett, die Kopfhörer voll mit Bob Dylan, das Gesicht glänzend vom alten Körperfett. Wir hatten unseren eigenen Spitznamen für sie, nannten sie die Pissetrinker. Ihre Entsalzungsmaschinen waren von der billigen Sorte, und das Wasser, das immer von Neuem aus den Feuchtigkeitsabsorbern wiedergewonnen wurde, bekam bereits nach wenigen Wochen einen deutlichen Beigeschmack nach Urin. Das ganze Raumschiff verwandelte sich mit der Zeit mehr und mehr in eine qualmende Sardinenbüchse. Tatsache war, dass der Gestank in einem Raumschiff, das ein paar Jahre herumdüst, so entsetzlich ist, dass jedem, der sich ihm von außen nähert, übel wird. Die Besatzung selbst wird eins mit dem Geruch. Sie gewöhnt sich dran.

In den ersten Jahren dieser Epoche gelang es nur wenigen zurückzukehren, ihre Karre wieder auf Mutter Erde zu stellen und herauszukrabbeln, schwindlig und mit zitternden Beinen. Ihr infernalischer Gestank führte dazu, dass man bald eine spezielle Baracke neben dem Haupthangar für sie einrichtete, mit Dusche und Desinfektion, wo sie sich den schlimmsten sauren Talg abschrubben konnten. Doch die allermeisten Abenteurer blieben verschwunden. Vermutlich starben sie. Ihre alten Kisten leckten und waren unzureichend ausgestattet, und sie selbst waren nur schlecht auf die Tristesse und Isolation vorbereitet. Die meisten fuhren in den sicheren Tod. Wahrscheinlich rechnete eine ganze Reihe von ihnen sogar damit. Entschlossen stellten sie den Navigator ab, sobald sie das Sonnensystem verließen, davon überzeugt, nie wieder zurückzukehren. Andere hatten sorgfältig ausgerechnet, wie sie nach einer zehnmonatigen Alleinfahrt zurückkehren wollten, erlitten dann aber dort, wo es keine Hilfe gab, Schiffbruch. Vergessen, ausradiert. Verwandelten sich in herumtreibenden Weltraumschrott.

Mit der Zeit besserten sich die Zustände. Die gebrauchten Fahrzeuge waren von immer besserer Qualität, die Ausrüstung ebenso, und vor allem lernte man aus den Erfahrungen. Mehrere der Alleinsegler, denen es gelungen war, wieder zur Erde zurückzukommen, gaben Reiseberichte heraus mit Titeln wie: *Hallo Kosmos! – Unter Asteroiden und Vakuumpilzen – Eine Blase im Glas des Alls* – oder, ein richtiger Bestseller: *Ich schaute bei Gott vorbei, doch es war niemand zu Hause,* von Ruben Stanislawski. Letzteres eine Mischung aus zarter Weltraumpoesie, Reparaturhandbuch, Midlifecrisis und nicht zuletzt einer Schilderung der Psychose, von der Stanislawski in seiner Isolation überfallen wurde. Das Kapitel darüber, wie er wochenlang alle Nieten des Schiffs zählt und es anschließend mit einem Kunstledersofa treibt, ist bereits ein literarischer Klassiker.

Dinge gehen kaputt. Diese Erfahrung war allen Reisenden gemein. Aber im Unterschied zur Erde konnte man nicht einfach in den nächsten Laden gehen und sich eine neue Lötlampe kaufen. Jeder lockere Kontakt, jede kleine Korrosion kann schicksalsentscheidend sein. Eine Luftschleuse, die nur ein klein wenig leckt, kann in einem halben Jahr das gesamte Schiff leeren. Ein einziger Kreis, der zusammenbricht, und die komplette Navigationsausrüstung wird unbrauchbar. Man musste also ein Reservesystem haben. Das war das A und O. Reserveteile und Reparaturwerkzeug. Funktionierte die Wasserklärung nicht, starb man. So einfach war das. Ohne Gewächshaus gab es keine Fotosynthese, und ohne Fotosynthese gab es keinen Sauerstoff. Das haben diverse Geisterschiffe dort draußen erfahren müssen.

Ruben Stanislawski wurde von verschiedenen Katastrophen heimgesucht, doch es gelang ihm, die meisten abzuwenden. Lebensgefährlich wurde es, als ein Raumbrocken einen Riss in die Kabinenwand schlug und die Luft mit einem Zischen austrat. Ruben warf sich seinen Raumanzug über und aalte sich hinaus in die Schwerelosigkeit, mitten hinein in den funkelnden Sternenhimmel, nur mit Sauerstoff für sieben Minuten versehen. Wie ein Marienkäfer auf einem Grashalm kroch er die Stagleine entlang zu den Sonnenpaneelen. Plötzlich kippte das Schiff zur Seite, und er verlor den Halt. Mit einem Mal kreiselte er im Weltall umher. Ein wehrloser, zappelnder Käfer. Oder mit seinen eigenen Worten:

Mit augenblicklicher Klarheit wurde ich von Panik ergriffen. Ich war verloren. Vor mir sah ich, wie sich der dunkle Achterspiegel des Schiffes erhob. Unbeirrbar trieb es in die Nacht hinein. Ich war ein Matrose, der über Bord gespült worden war und nun sah, wie sein Fahrzeug verschwand. Das letzte Sonnenpaneel glitt nur einen Meter von mir entfernt vorbei, die letzte holprige Rettungsboje. Ich streckte mich, schwamm fieberhaft in dem leeren Raum. Doch ich erreichte es nicht. In wenigen Minuten würde ich tot sein. Ich hoffte nur, dass es schnell gehen würde. Ich beschloss, einen Todeskampf zu vermeiden. Wenn der Sauerstoff zu Ende gehen würde, bevor die Schmerzen mich durch die Krämpfe hilflos machen würden, wollte ich den Kragen aufschrauben, mir den Helm abreißen und das Vakuum mein Gehirn zerplatzen lassen. Vielleicht würde mein Schiff in ferner Zukunft gefunden werden. Aufgegeben, ohne jede Spur von Besatzung. Und ich selbst würde verschwinden, verschluckt wie das kleinste aller Staubkörner zwischen den Sternen.

Diese Gedanken durchströmten mich und erfüllten mich mit Verzweiflung. Ich dachte an meine dahingeschiedenen Eltern, die daheim auf der Karelischen Halbinsel im Lehmboden begraben lagen. Ich dachte an meinen schweigsamen, mageren Sohn, den ich vernachlässigt hatte, und sah ein, dass wir nie wieder die Loipe um den See herum laufen könnten. Ich dachte an frisch gefangene Lachsfilets, in Ei und Roggenmehl gewendet, in heißer Butter in der Bratpfanne mit frischem Dill gebraten, dieser göttliche Dillgeschmack.

Und da entschied ich mich für das Leben. Meine Augen tränten. Wenn ich doch ein Tau hätte. Eine Schnur, den dünnsten Faden, den ich zum Schiff hin schleudern könnte, eine Öse, die sich an einem Vorsprung festhaken könnte ... Mit letzter Kraft durchsuchte ich die Taschen meines Raumanzugs. In der Außentasche an der Wade fühlte ich etwas Hartes. Ich zog das Teil im Schein meiner Helmlampe hervor. Es war eine Bierflasche. Eine grünglänzende, noch verschlossene Flasche. Ich hatte sie in der Tasche vergessen, hatte sie vor dem Abflug von einer rothaarigen Kellnerin mit weichen, schweren Hängebrüsten im Raumfahrtterminal bekommen. Wir hatten uns in der Nacht geliebt, sie hatte ihre kräftigen Schenkel um meinen Rücken geschlungen, mich auf der Erde festgehalten. Ich hatte gekämpft, mich nach hinten gebogen und gespürt, wie der Orgasmus kam, als sie ihre Beinschere öffnete. Das Gewicht verschwand von meinem Rücken, diese plötzliche Leichtigkeit. Ich hatte schwerelos mit pochendem Geschlecht geschwebt, im All geschwebt.

Später hatte sie mir dieses Bier gegeben. Ich hatte es aufbewahrt, ihren schweren, roten Haarschopf gehoben und ihren heißen, feuchten Nacken geküsst. Und nicht einmal zwei Stunden später war ich aufgebrochen.

Jetzt sehe ich das Schiff in die Nacht davongleiten. Mit einem harten Stoß gegen den Metallgürtel schlage ich den Kronkorken ab und sehe ihn wie eine Münze davontrudeln. Schnell lege ich meinen Daumen im Handschuh auf das schäumende Loch. Dann schüttle ich die Flasche. Richte die Öffnung nach hinten. Und dann lasse ich einen konzentrierten, zischenden Bierstrahl unter dem Daumen hervorschießen. Der Druck ist stark. Mein Körper schwankt. Ich schüttle die Flasche und lasse es wieder zischen, ziele mit dem Strahl. Und fange langsam an zu gleiten. Stück für Stück bekomme ich in der Schwerelosigkeit Fahrt. Eine Rakete. Ich habe mich in eine Weltraumrakete verwandelt ...

Und mit Hilfe seines Bierstrahls gleitet Ruben Stanislawski zurück zum Raumschiff, kehrt zurück von den Toten. Es gelingt ihm, den Riss provisorisch zu kitten, und anschließend liegt er lange Zeit auf dem Boden der Luftschleuse, am ganzen Körper zitternd, während der Schock langsam nachlässt.

Ein paar Monate später, als er eine Patience legt, hängt sich der Spielcomputer auf. Als er versucht, ihn neu zu starten, bleibt der Bildschirm schwarz. Ruben gelingt es nicht, das Gerät zu reparieren, den Rest der Reise muss er sich ohne Zerstreuung behelfen.

Anfangs misst er diesem Problem keine größere Bedeutung zu. Der Spielcomputer ist nur ein Spielzeug, etwas, was er mitgenommen hat, um sich die Zeit zu vertreiben. Der Hauptcomputer des Schiffes ist intakt, und alle wichtigen Systeme funktionieren, wie sie sollen.

Doch auf der großen Harddisc des Spielcomputers befindet sich die Zerstreuung. Das Andere. Die Unterhaltung. Jede Menge Datenschrott, den er vor der Abreise zusammengesammelt hat. Mengen mehr oder weniger alberner Computerspiele. Schach natürlich. Eine halbe Novellensammlung, an der er hatte weiterschreiben wollen. Tagebücher. Sein altes, eingescanntes Fotoalbum. Erotische Bilder. Alte Briefe von Schulkameraden und Freundinnen, Zeichnungen, die sein Sohn gemalt hat. Dort befindet sich der gesamte Musikvorrat des Schiffes, alles von Madrigalen über die Beatles bis JP Nyströms und Bear Quartet. Zirka viertausend russische, polnische und jüdische Romane. Fast fünftausend Karatefilme, Splatterrollen, Italowestern, der Weltraum greift an, dänische Comedypornos und Monty Python. Das gigantische Nachschlagewerk Homo Encyclopaedia mit interaktiven Bildern der kenianischen Savannen, des Lebens auf dem Boden skandinavischer Gebirgsseen, Londons komplettem U-Bahnnetz, der Fötusentwicklung bei Delfinen, der Entwicklung der Trockenbatterie, des SARS-Virus', roter Riesen und der Anatomie der Stechmücke im Querschnitt.

Und jetzt war alles weg. Es war, als wäre sein gesamter Heimatplanet ausgelöscht. Die Erde war vernichtet. Alle Menschen, die ihm begegnet waren, alle menschlichen Gedanken, die gedacht und geschrieben worden waren, dieser gesamte schöne Himmelskörper mit seinen Inlandseisflächen, den Weltkriegen, den Schönheitswettbewerben und den asiatischen Gewürzen. All seine Computerspiele, von Mahjong über Backgammon bis zum Arkadenspiel und den

Tetrisvarianten, all diese kleinen Zeitvertreibe und Ablenkungen, auf die Menschen kommen können. Sicher, man könnte auch ohne sie leben. Oder macht man sich da was vor?

Ruben beschreibt, wie er stückweise dem Menschlichen entgleitet. Zuerst kommt der Mangel. Die Leere. Anschließend die Frustration. Wutausbrüche. Die sich steigernde Depression. Die Einsamkeit.

»Die Abnutzung des Auges«, so schreibt er, »jeden Tag den gleichen Drehstuhl zu sehen, den gleichen Essnapf und die gleiche Kleidung, das gleiche starrende Spiegelgesicht.«

Eines Tages scheint die Netzhaut durchgescheuert zu sein. Er wird eines intensiven Oranges im Augenwinkel gewahr. Dann hört er die Stimme einer alten Frau. Sie überschüttet ihn mit Schuldzuweisungen. Sie will ihn stürzen. Bald ist auch eine Männerstimme in der Kabine zu hören. Beide Stimmen beginnen miteinander zu schimpfen. Stundenlang geht das so, endlose Schimpftiraden und Vorwürfe. Die Farbe Türkis wird sichtbar, wie Tundraeis. Runde Schweißflecken treten an den Wänden hervor. Zuerst glaubt er, es handle sich um Bakterien. Dann sieht er, dass es Texte sind. Über Stunden studiert er sie und versucht die Botschaft zu deuten. Es geht um sein Leben. Darum, was er alles falsch gemacht hat, um alles, das sich nicht mehr ändern lässt. Zwischen den Panikattacken hat er vollkommen abgeklärte, stabile Perioden.

»Ich gehe zum Teufel«, denkt er. »Nicht mehr lange, dann blute ich aus den Handflächen.«

Das folgende Kapitel hat dem Buch seinen Titel gegeben.

Es gehört zum Stärksten, was ich über den geistigen Kampf eines Menschen gelesen habe, mit herausgekotzten Bekenntnissen, Strafpredigten, russischer Sexpein und schrecklichen Teufelsszenen samt vernichtender Lichtfolter, ganz zu schweigen von dem letzten Flüstern Christi, dem absolut letzten, das einzig und allein Ruben am Fuße des Kreuzes wahrnahm und das die gesamte Christenheit verändern sollte, diese letzten drei Worte, die da lauten ...

Nein, warum soll ich dein Leseerlebnis zerstören? Ruben Stanislawskis Buch ist märchenhaft, grausam, selbstzerstörerisch, es knistert wie eine Scheibengalaxis. Es geschieht selten, dass ein Buch ein Leben verändert, doch zumindest ich wurde von ihm in meinen Grundfesten erschüttert. Es hat kathartische Wirkung, es zu lesen. Oder, wie die New York Times schreibt: *Eine Finsternis, die die Seele poliert.*

Eines Tages, mitten in einer schuldbeladenen Diskussion mit einer Schar sturer, widerspenstiger Plastiklöffel, entdeckt er plötzlich einen schwarzen Punkt an der Decke. Er bewegt sich. Die Bewegung ist irgendwie altmodisch, animalisch, um nicht zu sagen: irdisch. Die Plastiklöffel verstummen widerstrebend. Ruben klettert auf das Navigationspult und findet heraus, dass es sich um eine kleine Spinne handelt. Vorsichtig fängt er sie in einem Becher ein. Sie krabbelt darin herum, versucht einen Ausweg zu finden. Immer wieder schaut er sie an, unsicher, ob es nicht vielleicht eine Sinnestäuschung ist. Aber sie verschwindet nicht. Die ganze Situation ist so unglaublich. Schließlich ist es Jahre her, seit er die Erde verlassen hat, und die ganze Zeit muss dieser Passagier irgendwo gewesen sein. Er muss in einer Spalte im Koma, im Winterschlaf gelegen haben. Ein schlafender Verwandter.

Er tauft die Spinne Fjodor. Nach seinem Lieblingsschriftsteller Dostojewski, der ebenfalls viele Male durch seine Epilepsie im Koma gelegen hat. Ach, diese Romane, die sich auf der Festplatte seines Spielcomputers befunden haben: *Schuld und Sühne, Aufzeichnungen aus einem Kellerloch, Die Brüder Karamasow.* Die Bücher gab es immer noch irgendwo dort drinnen, die Texte waren in elektrochemischen Strukturen in Siliziumkreisen gelagert. Jedes einzelne Wort, jedes Kapitel lag dort wie ein kleines, raffiniertes Spinnennetz in seine Fadenrollen eingewickelt. Und doch unerreichbar. Tiefgefroren.

Fjodor. Ein kleiner, wandernder Punkt. Diesem schwarzen Insekt gelingt es schließlich, die Psychose zu knacken. Fjodor scheint weder etwas zu essen noch zu trinken, was immer man ihm auch anbietet, trotzdem überlebt er Monat für Monat. Ruben beginnt lange Gespräche mit ihm zu führen. Aufmunternde Betrachtungen anzustellen. Über den Morgentau im hohen Gras. Silbernetze unter dem Gewicht von Wassertropfen. Sie sitzen beieinander und sehnen sich nach Hause. Und als Fjodor Zeichen der Schwäche zeigt, beginnt Ruben Worte des Trostes zu sprechen. Über Freundschaft, darüber, es zu wagen, sich jemandem anzuvertrauen. In den Armen eines Bruders zu ruhen.

Eines frühen Morgens entdeckt Ruben, dass Fjodor verstorben ist. Er hat sich an den Rand des Plastikbechers gelegt, seine dünnen Spinnenbeine unter sich zusammengezogen und aufgehört zu atmen. Am Totenbett seines Freundes verspricht Ruben, beide zur Erde zurückzubringen. Sie werden zurückkehren, koste es, was es wolle. Fjodor soll nach Hause kommen.

Ruben Stanislawski wird also einer der wenigen, denen es unter extremen Entbehrungen gelingt, zurückzukehren. Die meisten Abenteurer verschwinden dort draußen. Das Schicksal ist von Anfang an gegen sie. Wie hermetisch geschlossen ein Schiff auch ist, wie effektiv alle Wiedergewinnungsprozesse auch arbeiten, so gibt es doch immer irgendwo ein kleines Leck, einen wenn auch geringen Schwund. Im Laufe der Jahre gehen die Sonnensegel kaputt, das Gewächshaus funktioniert immer schlechter, die Essensproduktion wird geringer, und die Effektivität der Brennstoffzellen nimmt ab. Als Rubens herumirrendes Geisterschiff von einer der Raumstationen eingefangen wird, sind Luftdruck und Sauerstoffgehalt in seinem Inneren vergleichbar mit den Zuständen auf dem Mount Everest. Er selbst ist mager wie eine Leiche, grau von eingefressenem Schmutz. Die Haut ist blaulila von den vielen geplatzten Adern und der Gestank so unerträglich, dass die Krankenschwestern Gasmasken aufsetzen müssen. Aber seine Hand umklammert immer noch den Becher mit Fjodors zusammengerollter Leiche.

Ruben wurde auf einer Bahre festgeschnallt zur Raumstation gebracht. Der Sauerstoffgehalt wurde erhöht, der Druck plötzlich wieder normal. Die Lungen füllten sich, er hustete, das Pflegepersonal sah, wie seine Haut eine frischere Farbe annahm. Und im gleichen Moment erwachte auch Fjodor. Er wurde wieder lebendig, streckte seine langen Beine und krabbelte aus dem Becher. Anschließend verschwand er spurlos. Rubens Retter und Freund wurde nie wiedergefunden, niemand weiß, wie Fjodor schließlich endete. Vielleicht kletterte er in ein anderes Schiff im Hangar und wurde in den Weltraum in irgendein anderes Sonnensystem geschossen. Vielleicht legte er sich in irgendeinem intragalaktischen Gefrierlabor zur Ruhe, um in sechstausend Jahren in einem vollkommen anderen Teil des Universums aufgetaut zu werden. Wir werden es niemals erfahren.

Weil das Weltall so unwirtlich ist, muss man, wie bereits früher angemerkt, alles mit sich nehmen, was zum Überleben notwendig ist. Luft. Wasser. Nahrung und Wärme. Wenn nur eine dieser Nabelschnüre reißt, ist man des Todes. Vor der Abfahrt berechnen die Raumfahrer deshalb äußerst genau, wie lange ein Schiff ohne neue Ladung am Leben erhalten werden kann. Die Schlechtesten schaffen es nur ein paar Monate lang. Die meisten liegen irgendwo so zwischen vier und neun Jahren. Davon ausgehend kann man seinen Ponor ausrechnen. Ponor, das ist ein Wort, das jedem Weltallromantiker einen Schauer über den Rücken laufen lässt, das reinste Mantra für alle Pissetrinker.

Ponor ist eine Abkürzung für das englische Point of No Return. Dieser Punkt ist entscheidend, der definitive Abschied von der Erde. Nimm einmal an, dass deine Schrottkiste unter optimalen Bedingungen dich laut Berechnung acht Jahre lang am Leben erhalten kann. Dann passierst du den Ponor vier Jahre nach Abflug. In diesem Augenblick hast du deine absolut allerletzte Chance, mit heiler Haut zurückzukommen, vier Jahre hin und vier Jahre wieder zurück, so einfach ist die Mathematik. Ponor. Der Punkt, bei dem jeder Abenteurer eine Gänsehaut kriegt.

»Wenn man sich seinem Ponor nähert, dann spürt man, wie einem die Haare an den Armen zu Berge stehen und wie das Herz in der Brust hämmert, es ist, wie sich einem Abgrund zu nähern, die letzten Warnschilder vorbeisausen zu sehen, es ist die Messerklinge, die die Lebensadern durchtrennt. Einen Moment lang balancierst du auf des Messers Schneide, mit dem Rücken zu Tellus und das Gesicht dem Kosmos zugewandt, und du weißt, dass ein Traum sterben wird, ganz gleich, wofür du dich auch entscheiden wirst ...«

Das Zitat stammt von jemand anderem, der zurückgekehrt ist, von dem weiblichen ehemaligen Kampfpiloten Jekaterina Münster. Sie war in dieser Lage. Sie hat es nie vergessen. Sie entschied sich dafür, zurückzukehren, und für den Rest ihres Lebens war sie unsicher, ob sie die richtige Entscheidung getroffen hat.

Diejenigen, die den Ponor passieren, verlassen die Menschheit. Sie verschwinden für immer und ewig. Der Mut, den sie aufbieten, ist beinahe unfassbar. Vielleicht kann man ihn auch Dummdreistigkeit nennen. Vielleicht ist es aber auch nur ein Kitzeln, ein Kribbeln in der Magengrube, das sie verspüren wollen, dieses schöne, prickelnde Todeserlebnis.

Wenn man den Ponor passiert, gibt es kein Zurück mehr. Es ist nicht mehr möglich, die Erde zu erreichen. Man hat die Menschheit hinter sich gelassen. Die einzige Richtung, die noch bleibt, ist die nach vorn. Auf das Nichts zu. Auf das ganze gewaltige Universum zu.

Für die Ponoristen dreht sich das Dasein einzig und allein um eine Sache. Kometen zu finden. Denn auf Kometen gibt es Eis. Und Eis kann zu Wasser geschmolzen werden, diesem Luxus, dieser Flüssigkeit, die uns wieder zum Leben erweckt. Das Problem ist, dass Kometen so schwer zu entdecken sind. Draußen im Weltraum, weit entfernt von der nächsten Sonne, fehlt den Kometen nämlich der Schweif. Man sucht nach einem schwarzen Schneeball vor einem ebenso schwarzen Hintergrund, und das eigene Überleben hängt davon ab, ob die Suche Erfolg hat. Der Vorrat beginnt zu schrumpfen, der Kabinendruck sinkt. Die Wassertanks im Wiedergewinnungssystem sind fast leer. Jeder Schluck wird rationiert. Man bewegt sich so wenig wie möglich, um Energie zu sparen. Liegt nur da und döst. Die Zunge schwillt an, man meint zu ersticken. Der Speichel erscheint fest und klebrig. Man taucht einen Finger ins Wasserglas, betrachtet den kleinen Tropfen. Klar, glänzend. Er wird rund, schwillt an, wird schwer und bauchig. Fällt in den dunklen Schlund des Mundes, rollt zur Zungenwurzel. Stundenlang kann man so daliegen, Tropfen für Tropfen.

Dann plötzlich. Bipp! Bippedibipp! Man rutscht mühsam aus der Koje und betrachtet den Computerschirm. Tatsächlich, da draußen ist etwas! Vermutlich ein Asteroid, nur ein Stein. Nein, warte, oho! Der hat ein Spektrum! Verdammt noch mal, der hat ein Spektrum!

Dann heißt es, sich schnell wie der Blitz in den Raumanzug zu zwängen. Rauf mit dem Helm, und dann das Schiff manuell auf das Dingsbums zusteuern. Langsam und vorsichtig die Bremsraketen justieren ... rums! Und dann klet-

tert man mit dem Spaten bewaffnet raus und fängt an loszuhacken und in den Laderaum zu schaufeln. Eis und Schnee
und gefrorenen Dreck, man schaufelt emsig, dass der Helm
beschlägt. Man formt einen Schneeball und wirft ihn zum
Abschied ins Weltall hinaus. Er schlingert grau im Scheinwerferlicht, ein schlingernder Fausthandschuh, aus Wolle
gestrickt. Das Schiff hebt mühsam wieder ab, satt und
schwer wie eine pollenfette Hummel, und in der nächsten Zeit arbeitet das Aggregat auf Höchstleistung. Das Eis
wird zu Wasser geschmolzen. Tropf, tropf, herrliche Musik
im Wassertank. Und das Wasser wird weiter zu Sauerstoff
gespalten, pst, pst vom Regulator. Und die Atmosphäre
verdichtet sich wieder, der Druck auf dem Brustkorb verschwindet, und die Kabine erscheint plötzlich wie ein taufri-
scher Sommermorgen, und man hat mindestens zwei, vielleicht sogar bis zu fünf Jahre Überlebenszeit zusätzlich
gewonnen.

Auf diese Art und Weise, indem man draußen im schwarzen Meer des Alls von Eisscholle zu Eisscholle hüpft, kann
man, theoretisch betrachtet, so weit wie man will kommen.
Wenn nur die Elektronik durchhält. Wenn man nur keinen
Krebs und keinen Herzinfarkt bekommt. Letztendlich ist es
die eigene Lebensdauer, die die Reichweite begrenzt. Je länger man lebt, umso weiter kann man kommen. Und je weiter man kommt, desto größer werden die Chancen, dass
man das findet, was man sucht.

Der richtig große Kick für Ponoristen kam deshalb, als die
Komagefrierboxen eingeführt wurden. Sie waren anfangs
Schwindel erregend teuer, doch auch hier sanken die Preise
mit der Zeit auf ein erträgliches Niveau auf dem Gebrauchtwarenmarkt. Und mit so einem Ding im Raumschiff ver-
mied man eine ganze Menge an Problemen. Kurz nach dem
Start klettert man in den Gefriertank und schläft ein, um-
hüllt von einem Stickstoffnebel. Den Wecker stellt man auf

irgendeinen Zeitpunkt zwischen einem und maximal zehn Jahren. Und endlich braucht man sich keine Sorgen mehr wegen des Wassers oder des Sauerstoffs zu machen, wegen des Essens oder der unerträglichen Einsamkeit. Außerdem zieht der Prozess die menschliche Lebenszeit in die Länge. Mit einem Mal kann man unglaublich viel weiter hinaus ins Weltall gelangen und gleichzeitig die Trauer hinter sich lassen; und man vermeidet es, bereits so schrecklich uralt zu sein, wenn man hoffentlich endlich sein Ziel erreicht.

Und jetzt nähern wir uns dem äußersten Traum. Der kühnsten und großartigsten Fantasie der Menschheit.

Es ist der Traum, eine Welt zu gründen.

Eines Tages, irgendwo dort draußen, wird man einen Himmelskörper erreichen. Am besten einen Planeten. Möglicherweise einen Mond, oder mangels besserer Alternativen auch nur einen Asteroiden. Aber das Beste wäre natürlich ein Planet. In sicherem Abstand von einer wärmenden Sonne, mit Atmosphäre und Wasser, vielleicht sogar mit Ozeanen.

Man manövriert vorsichtig seine Kapsel an den Strand einer geschützten Meeresbucht. Alles ist nur Fels, Öde, rötlicher Stoff wirbelt auf. Nirgends findet sich auch nur die geringste Spur von Leben. Man ist der Erste. Man benennt den Ort nach sich selbst. Vielleicht auch nach seiner Mutter. Endlich, nach all den klaustrophobischen Jahren, ist man angekommen.

Sofort beginnt man mit den praktischen Dingen. Gibt es Baumaterial hier? Kohlendioxid, Stickstoff, Aminosäuren? Woraus besteht der Felsgrund? Ist Salz im Meer? Bereits am ersten Nachmittag stapft man in seinem verschwitzten Raumanzug zum Meeresufer hinunter, beugt sich hinab und kippt einen ersten Teelöffel mit Algen ins Wasser. Einzellige Algen aus dem Gewächshaus des Raumschiffs. Außerdem

Bakterien und Hefezellen. Kleine, wirbelnde Lebenskörner. Sie fallen in die Uferwellen und breiten sich aus. Werden über die gewaltigen Meeresbreiten gespült. Man bleibt mit einem feierlichen Gefühl am Strand stehen. Versucht, das Unglaubliche zu begreifen. Man hat diesem Planeten das Leben geschenkt. Man hat die Schöpfung in Gang gesetzt.

Und es ist der erste Tag, und es wird Morgen und Abend. Und man sieht, dass es gut ist.

Irgendetwas schafft es immer. Irgendwelche zähen Flechten von den Uferklippen des Toten Meeres, ein bisschen Plankton von der Antarktis. Bereits ein paar Wochen später kann man eine leichte Trübung am Uferrand erkennen. Die Algen sind dabei, sich zu vermehren. Ein paar der zähesten Arten haben überlebt. Und schon nach ein paar Monaten haben sie sich bis in die benachbarten Buchten ausgebreitet. Grüne, glänzende Schleier, die das Sonnenlicht aufsaugen und Sauerstoff freipumpen. Gleichzeitig beginnen die ersten kleinen Pflanzen im Kompost neben dem Raumschiff zu sprießen. Man hat gewässert und Samen und Sporen gesät. Gras und Flechten. Moose und Pilze. Ein Teil stirbt, aber anderes überlebt und findet einen Halt, wenn man es nur vor den schlimmsten Sandstürmen schützt. Einiges beginnt zu blühen und Samen zu bilden. Und die Samen verbreiten sich, und ein paar davon finden ihre Wurzeln in der Umgebung. Das dauert seine Zeit, oh ja. Aber im Laufe der Jahre und mit Hilfe des bestäubenden Winds wird die Welt langsam immer grüner.

Und dort verbringt man den Rest seines Lebens. Mit der Zeit spürt man, wie die eigenen Kräfte unweigerlich schwinden, und eines Morgens fällt man um, ohne wieder aufstehen zu können. Man liegt mit steifen Gliedern dort, auf dem Rücken, auf einigen sprießenden Grasflecken ausgestreckt. Hoch oben wölbt sich der Himmel, und man entdeckt etwas Neues, eine erste, zarte Nuance von Blau. Mit allerletzter

Kraft zerrt man sich die Sauerstoffmaske vom Kopf und holt zum ersten Mal vorsichtig Luft. Sie ist ungemein dünn, riecht nach Eisen und Bimsstein. Aber man kann sie atmen. Es gibt Sauerstoff hier. Sauerstoff von den Algen in all den Ozeanen des Planeten, vom Gras und den Büschen, eine gewaltige Sauerstofffabrik, und man selbst ist derjenige, der sie vor langer Zeit in Gang gesetzt hat. Ein kurzes Menschenleben nähert sich seinem Ende, doch man hat eine Welt gegründet. Man hat nicht vergebens gelebt. In ein paar Millionen von Jahren werden die Algen und Bakterien es geschafft haben, sich zu einzelligen Tieren zu entwickeln. Und dann ist es nur noch eine Frage der Zeit. Fische. Dinosaurier. Säugetiere. Und das Äußerste von allem, der Funke, der die Welt erleuchtet. Intelligentes Leben.

Und ich war derjenige, der all das geschaffen hat, denkt man. Mir ist das alles zu verdanken.

Tausende von Jahren ziehen vorbei. Die menschlichen Überreste bleiben liegen, verwittern und bleichen aus, um schließlich ganz zu verschwinden. Das Raumschiff fällt in sich zusammen, verrostet und wird von hunderttausend Regen ins Meer hinausgespült. Bald ist jede Spur des Besuchers verwischt. Das Einzige, was es noch gibt, das ist das Leben an sich. Die Schöpfung. Das Wild, das in den Wäldern und auf den Savannen äst, der silberne Strom in der Meerestiefe, die zitternden Ausrufungszeichen der Insekten, ja, all das springende, schwimmende und fliegende Fleisch, das den Planeten überzieht. Und mit diesem Bild im Kopf kann man von seinem Leben Abschied nehmen, vollkommen ruhig und versöhnt.

Andere Ponoristen haben noch gewaltigere Visionen. Wenn sie schließlich ihren Traumplaneten gefunden und dort den Lebensprozess initiiert haben würden, wollten sie eine ungemein kraftvolle Sendestation bauen. Die dann über den gewaltigen kosmischen Abstand hinweg ein Signal zurück zur Erde schickt.

»Der Grundstein ist gelegt«, sollte die Botschaft lauten. »Ich habe den Prozess in Gang gebracht.«

Und später sollten neue Schiffe folgen. Mit der ganzen Familie. Mit Baumaterial. Käfige mit Insekten und vielleicht mit Vögeln und kleinen Säugetieren. Damit die Schöpfung noch rasanter an Fahrt zunehmen könnte.

Einige weibliche Ponoristen ziehen es jedoch vor, auf eigene Faust zurechtzukommen. Tiefgefroren im Inneren des Schiffs verwahren sie männliches Sperma. Und wenn sie ihren Planeten gefunden haben, wollen sie sich selbst befruchten. Ein Kind nach dem anderen von verschiedenen Vätern gebären, weiße, schwarze, Asiaten, Aborigines. Alles, um die genetische Basis zu verbreitern. Und wenn die Kinder herangewachsen sind, so viele, wie sie zu gebären in der Lage sind, dann sollen die Töchter sich weiterhin inseminieren. Generation nach Generation von Kindern aus allen genetischen Ecken der Erde.

Die Kinder der ersten Generation werden Halbgeschwister sein, die der zweiten Generation Viertelgeschwister, und so weiter. In Einzelfällen wird die Inzucht durchschlagen, aber es werden ausreichend viele gesund bleiben und heranwachsen, um das Geschlecht weiterzuführen. Das Menschengeschlecht. Man wird eine neue Menschheit bekommen, eine ganze neue Welt. Und alle werden aus dieser ersten Gebärmutter stammen. Wie Adam und Eva. Obwohl: ohne Adam. Ohne die männliche Erbsünde.

Auf den allerlängsten Weltraumtouren kann man ab und zu auf sie stoßen. Auf die Kolonisatoren. Die sich dort draußen im Kosmos niedergelassen haben, dort angefangen haben, zu bauen und etwas anzubauen. Mitten auf einem Wüstenplaneten mit Salzwasserseen kann man einen kleinen grünen

Fleck sehen, der zu einer einladenden Oase anschwillt. Auf einem Mond mit dünner Atmosphäre und vulkanischem Kern sieht man Wohnhöhlen, die direkt in die rostfarbenen Klippen gehauen sind, es ist jeweils nur das Eingangsloch zu sehen, wie ein riesiger Schweizer Käse. Wir Roader bewundern diese Siedler, während wir sie gleichzeitig für komplett verrückt halten.

Es kommt vor, dass wir ihnen eine Kapsel hinunterschicken. Eine Müllkapsel mit ein paar alten Solarzellen, abgenutzten, aber noch funktionierenden Bohrern und anderem Handwerkszeug, einem Knäuel Elektrokabeln und einem klappernden Generator, Entsalzungschemikalien, schmerzstillenden Tabletten, ein paar Gemüsesamen aus dem Gewächshaus und anderem, was eigentlich niemand vermisst. Plus natürlich ein paar Süßigkeiten, eine Tüte mit Schweizer Schokoladenpulver, gefriergetrocknete italienische Feigen, ein Schluck Whisky von den Hebriden in einer Ionentüte und ein brandneues Nachrichtenbulletin darüber, was sich im Augenblick auf der guten alten Mutter Erde abspielt. Dann schießen wir die Kapsel hinunter, an einer Rauchfackel befestigt. Weit unten kriecht eine weißhaarige Greisin aus ihrem Loch und sieht, wie die Tonne herabschwebt. Die qualmende Rauchfeder fällt durch den Luftraum und prallt in ihrer Nachbarschaft auf den Boden. Es ist das erste Mal, dass das geschieht, seit sie sich hier niedergelassen hat, vierzig lange Jahre ohne jeden menschlichen Kontakt. Jetzt eilt sie zur Landestelle und zerrt an der Kapselöffnung, obwohl sie von der Reibung immer noch brandheiß ist, und das Erste, was sie hört, ist die mündliche Nachricht von einem kleinen Mikrochip, unsere Hurra rufenden Besatzungsstimmen mit den wärmsten Wünschen für ihr Wohlergehen:

»Gute Arbeit! Halte durch. Wir hoffen, der Nougat schmeckt.«

Sie hebt ein letztes Mal ihre mageren Vogelarme zu den Wolken hoch und sieht uns verschwinden. Früher oder später wird jemand kommen, das ist unvermeidlich. Jemand Neues, der weitermacht. Der ihre Arbeit weiterführen wird.

Traumsafes

Neue Roader stellen einem häufig die Frage: Hast du eine Kofferliste? Was muss ich unbedingt mit ins Weltall nehmen?

Die Antwort ist ganz einfach. Nichts. Persönliches Gepäck ist schlicht und einfach verboten, aus dem einfachen Grund, um das Gewicht so gering wie möglich zu halten. Jede hundert Gramm extra kosten ein Vermögen an Treibstoff, wenn man in Lichtjahrenentfernung reist, und die Firma beschlagnahmt gnadenlos von jedem Anfänger Fotoalbum, Erinnerungssteine vom Sommerhaus oder Tüten mit Lieblingssüßigkeiten. Aber Kleidung, wirst du einwenden. Gibt es bereits an Bord, hässlich, aber man gewöhnt sich daran. Ebenso Hygieneartikel. Aber doch jedenfalls ein Buch? Ja, sicher, Bücher kannst du mitnehmen, so viele zu willst, falls die Bordbibliothek dir nicht reichen sollte. Du musst sie jedoch digital in dein persönliches Archiv im Bordcomputer einscannen. Das einzige Objekt, das du mitnehmen darfst, das ist dein eigener nackter Körper, geröntgt und darmgespült. Nicht nur *ein* Roader hat vergebens versucht, so überflüssige Dinge wie eine Halskette oder Eheringe mitzuschmuggeln, indem er sie verschluckt hat.

Aber es gibt ja den Traumsafe. Der ist erlaubt. Der enthält die allerpersönlichsten Besitztümer eines Roaders, er ist das einzige konkrete Objekt, das du mitnehmen darfst. Der Traumsafe besteht aus sechs kleinen, durchsichtigen, hermetisch verschlossenen Zylindern, die dir das Leben retten können.

Als Roader kann man nie wissen, wo man einmal landen wird. Man glaubt, man wäre auf dem Weg zu den Magellanschen Wolken, man steuert auf sie zu, es gibt Fahrtrouten und Fahrpläne, nach denen man sich richten kann. Doch allzu oft geschieht das Unerwartete. Ein technischer Kollaps, Weltraumpiraten, stark erhöhte Zollabgaben oder politische Verwicklungen, die dich dazu zwingen, verwinkelte Umwege zu nehmen. Es gibt viele Roader, die die Erde niemals wiedersehen. Man nimmt als Sechzehnjähriger eine Stelle als Moses auf einer Regionalfähre an, um sich während der Schulferien ein paar Kröten zu verdienen, wird wegen eines Gewerkschaftskonflikts auf irgendeiner nahe gelegenen Raumstation mit Embargo belegt, also versucht man auf eigene Faust nach Hause zu kommen, gerät aber vollkommen vom Weg ab. Und in Nullkommanichts ist man zehntausend Lichtjahre von daheim entfernt. Und kommt erst als runzliger Greis zurück zur Erde – wenn überhaupt. Dann sind die Eltern natürlich schon seit langem tot, und mit großer Wehmut hört man ein letztes Mal die Birken rauschen und die Singdrossel singen.

Dies ist der Grund, warum der Traumsafe obligatorisch ist. Wie kurz die Reise auch sein mag, du musst ihn immer bei dir haben. Du kannst ihn früher brauchen, als du denkst. Er kann Hoffnung und Lebensfreude erwecken, eine lähmende Depression lösen oder dir das Schwindel erregende Gefühl wiederschenken, dass es dich gibt.

Im Traumsafe kannst du sechs verschiedene kleine Zylinder mit allem füllen, was dir von der Erde fehlen wird. Alles ist erlaubt. Fast. (Man sollte ja meinen, dass die Leute ihren gesunden Menschenverstand benutzen, aber es gibt immer wieder Idioten, die hartnäckig versuchen, Plastiksprengstoff mitzunehmen, angereichertes Uran oder Pockenviren.)

Sechs kleine persönliche Erinnerungsstücke, jedes ein paar Gramm schwer, und du hast die gesamte Erdkugel dabei, den Planeten, auf dem du geboren wurdest und den du vielleicht niemals wiedersehen wirst. Sechs Dinge. Bitte schön.

Viele entscheiden sich dafür, Erde mitzunehmen. Gewöhnlichen Mutterboden. Oft von einem ganz bestimmten Platz, wie etwa der Walderdbeerenecke beim Sommerhaus, aus Großmutters Pelargonienkasten im Kammerfenster oder vom Waldfriedhof des Geburtsortes, gern mit beigefügten Anweisungen:

»Bei meinem eventuellen Ableben im Weltraum ist es mein letzter Wille, vakuumgetrocknet, zermahlen und mit dieser Erde meines Heimatplaneten vermischt zu werden, um anschließend ausgestreut zu werden, entweder in Richtung Erde/auf dem nächstgelegenen festen Himmelskörper/unter einem blühenden Baum auf dem nächstgelegenen festen Himmelskörper mit organischem Leben/wo auch immer, nur nicht im Schiffskompost.«

Fast genauso beliebt ist sonderbarerweise Scheiße. Du rümpfst darüber vielleicht die Nase, aber wir erfahrenen Roader wissen, worum es dabei geht. Um den Geruch. Es gibt nur wenige Dinge, die ein verwirrtes Weltraumfahrergehirn so effektiv klären helfen wie ganz gewöhnlicher, ehrlicher Dung. Wir Skandinavier scheinen Kuhmist vorzuziehen. Der Geruch eines matschigen Kuhfladens kann uns dazu bringen, dass die Augen feucht werden und Tränen der Sehnsucht rinnen. Die Heuwiesen der Kindheit, von Mücken zerstochene Beine, Hummelgesumm, Erdbeeren und Milch in einer Schale im frisch gemähten Gras. Andere Kulturen ziehen Kameldung vor oder auch den Kot von Pferden oder Eseln oder sogar den von Rhesusäffchen. Richtig abgehärtete Roader nehmen – man höre und staune – auch menschlichen Stuhl mit sich. Meistens den eigenen. Vor der

Abreise von daheim genießt man noch einmal sein Lieblingsessen, beispielsweise Hering und Kartoffeln als Vorspeise, dann in Butter gebratene Frikadellen, braune Bohnen mit Speck, Hähnchenschenkel in Currysauce, in Senf gratinierte Schweinerippchen, ein Stück Salamipizza und cayennescharfen Jambalaya mit Krabben, und als Dessert echtes Vanilleeis mit Karamellsauce und Kaffee und obendrauf ein kleiner, hauchdünner, knackiger Pfefferminztaler.

Am nächsten Tag verrichtet man seine übliche Notdurft und stopft ein wenig von dem Ergebnis in einen der Vakuumzylinder. Das kann für denjenigen, der noch nie im Kosmos gewesen ist, schockierend erscheinen. Doch Tatsache ist, dass die eigene Notdurft draußen im Weltall ganz anders riecht. Jeder erfahrene Roader weiß das nur zu genau. Das liegt natürlich am Weltraumessen. Nach nur wenigen Wochen müffelt alles, was man von sich gibt, nach altem Plastik: eine Mischung aus verbrannten Bremsbelägen, Nähmaschinenöl und Magnesium. Nach einer Weile kann es dazu kommen, dass man den eigenen Körper verabscheut. Man fühlt sich nicht länger als Mensch. Dann kann der Zylinder deine Rettung sein, ein kurzes Schnüffeln, ein Plumpsklo mit Herz in der Tür, und man spürt wieder festen Boden unter den Füßen.

Erde und Dung. Es sind noch vier Zylinder übrig.

Einige nehmen etwas zu essen mit. Es passen ja nur ein paar Teelöffel voll hinein, aber es geht um die Erinnerung, die man bewahren möchte. Die Geschmackserinnerung. Als Tornedaler habe ich es mit Moltebeerenmarmelade versucht, mit diesem goldenen, dampfenden, sonnenbeschienenen Moor, das sich vor mir auftut, wenn ich die Augen schließe. Oder mit ein paar Fasern getrockneten Rentierfleischs. Sonnengetrocknet unter dem Dachfirst im Märzwinter in Mukkakangas, während die Eiszapfen klare Tropfen vom winterlichen Schnee fallen lassen. Andere bevorzugen Fisch. Gerade der

Fischgeschmack ist nahezu unmöglich in einer künstlichen Weltraumküche zu rekonstruieren, und in erster Linie sind es Norweger, Portugiesen und Japaner, die gern ein Stückchen fest zusammengerollter Fischhaut mitnehmen, auf der sie herumkauen oder an der sie schnuppern, wenn es ihnen am allerschlechtesten geht. Einige Feinschmecker nehmen Beerenburgschnaps aus Friesland oder einen Schluck jahrhundertealten Cognac mit, den sie an ihrem bevorstehenden fünfzigsten Geburtstag zu trinken gedenken. Wieder andere bevorzugen Tabak. In einen Zylinder des Traumsafes passt nur eine einzige zusammengedrückte Zigarette, man kann natürlich auch ein paar Portionen Schnupftabak hineinpressen. Ich habe Nikotinsüchtige gesehen, wie sie ihren Traumsafe hervorholten und die einsame kleine Zigarette mit solch einer glühenden Liebe anstarrten, dass sie am ganzen Körper zu zittern begannen. Irgendwann einmal werden sie sie anzünden. Irgendwann einmal während dieser langen Weltumsegelung rund ums Universum. Diese zusammengedrückte Zigarette. Mit feuchten Augen werden sie sie rauchen, nackt auf dem Sofa in der Panoramakabine liegend, alle Lampen ausgeschaltet und mit dem Sternenmeer des Weltraums wie Millionen von Stecknadeln dort draußen, während das Nikotin seine weißen Krallen in jede Hautpore bohrt.

Die Raumfahrer mit Familie nehmen ab und zu eine Haarlocke ihrer Verlobten/ihres Verlobten oder der Ehefrau/des Ehegatten mit. Doch das scheint manchmal das Heimweh nur noch zu verschlimmern. Den Babyduft seiner neugeborenen Tochter zu schnuppern und dabei gezwungen zu sein, sich einzugestehen, dass das Kind zu einem Fremdling herangewachsen sein wird, wenn man zurückkehrt.

Eher spirituell Ausgerichtete werden heiliges Wasser vom Ganges mitnehmen. Oder vom Nil oder aber auch vom Torne älv. Andere ziehen Tränen einer weinenden Heiligenikone vor. Oder päpstliches Weihwasser. Einige nehmen

Asche mit und versichern, das nur des Dufts wegen zu tun, doch in neunzig Prozent der Fälle ist es menschliche Asche von irgendeinem Angehörigen, der einen kleinen Teil von sich im Weltall ausgestreut haben wollte. Offiziell ist das verboten. Doch es gibt dennoch diverse Multimillionäre, die ihre gesamte Asche im Kosmos haben ausstreuen lassen, indem sie Hunderte von Roader bestochen haben, jeweils ein paar Gramm Asche in ihren Traumsafes mitzunehmen. Ich kann das Reizvolle daran gut verstehen. Seinen Körper in alle Ecken und Strömungen des Universums zu verteilen wie eine graue, ungemein dünne und lang gestreckte Rauchfahne, über Millionen von Lichtjahren verstreut.

Es ist einmal eine Doktorarbeit über die Traumsafes geschrieben worden. Sie enthält eine lange Auflistung dessen, was Tausende von Roader in ihren kleinen Zylindern bei sich hatten: Skorpionstachel, Pinienharz, Kerosin, Kleenektar, Zinnober, Tigerbalsam, Stubenfliegen, Pfeilspitzen, Narwaltran, Sandelholz, Argon, Persil, Marzipan, Hühnerblut, Grafit, eine Mausepfote, Pomeranze, rote Stallfarbe, Kaffee, Amalgam, Betelnuss, grüne Seife, Eukalyptus, Federn vom Paradiesvogel ...

Ein einziger weiblicher Roader hatte einen Zylinder, der vollkommen leer war. Auf die Frage des Interviewers hin erklärte sie, dass der Zylinder an einem Augustabend auf ihrem Gartentisch offen gestanden habe, als sie zusah, wie die Sonne langsam zwischen den Schäreninseln unterging. Die Luft war ganz mild gewesen. Eine Seeschwalbe hatte über ihr gekreist, weit hinter einem Felsen, und war dann zurückgekommen. Die leicht salzige Luft hatte frisch nach Tang und Algen geduftet.

Genau dann, genau in diesem Augenblick, hatte sie den Zylinder verschlossen. Er enthielt, wie sie erklärte, das Glück.

Steine

Pernilla Hamrin war ein anstrengender Mensch. Und genau wie alle anstrengenden Menschen war sie der Meinung, dass es die Umwelt war, die anstrengend war. Sie versuchte doch nur, die Sache geradezurücken. Wies auf offensichtliche Fehler hin. Machte beharrlich weiter das Richtige, auch wenn alle anderen das Falsche taten.

Wie so viele Pedanten und Besserwisser war sie in einem religiösen Milieu aufgewachsen. Ihr Vater war Pfarrer in der Missionskirche gewesen, und sie trug immer noch diesen typischen freikirchlichen Gesichtsausdruck, etwas vorwurfsvoll mit leicht gehobenen Augenbrauen, strammen Mundwinkeln und einem hoch aufgerichteten Kopf, der gern etwas schräg gehalten wurde. »Kapiert ihr es wirklich nicht?«, war es, was sie ausstrahlte. »Sind euch immer noch nicht die Schuppen von den Augen gefallen?«

Pernilla war mager, roch momentan nach Schwefel, da sie die dritte Woche fastete und ihr Körper Abfallprodukte absonderte. Sie saß im Hörsaal der Technischen Universität von Luleå und machte sich soeben bereit, den Professor in Mineralogie zurechtzuweisen. Er las über die kristallographischen Eigenschaften des Eisenerzes und hatte einen grauglänzenden Erzklumpen aus siebenhundert Metern Tiefe der Kiirunavaaragrube auf dem Podium liegen.

Pernilla unterbrach ihn und wies auf das Unethische des

Erzabbaus hin. Wie schlecht wir Menschen zu allen Zeiten die Steine behandelt hatten. Seit Jahrtausenden hatten wir sie gebrochen und geschliffen, sie unseren Feinden an den Kopf geworfen, sie zu Pfeilspitzen geschlagen, Pyramiden aus ihnen errichtet, sie eingeschmolzen, um Metall aus ihnen zu gewinnen, Runenzeichen in sie geschlagen oder sie auf die Gräber unserer Toten gelegt. Das war die reinste Apartheid! Die Steine waren so gesehen die am meisten diskriminierte Gruppe auf der Erde.

Alle Studenten starrten sie an. Einige grinsten. Der Professor, ein geduldiger Herr, ließ sie wüten und gestikulieren, während sich der Saal mit Schwefelgeruch füllte, und schlug anschließend eine kleine Pause vor.

Am Abend legte Pernilla sich aufs Sofa in ihrer Studentenbude und nippte an einem Nesseltee. Es war ein anstrengender Tag gewesen. Gedankenlos blätterte sie die letzten Aufsätze einiger ihrer Studentenkollegen durch, taktvolle Theoretiker aus dem inneren Norrland, die noch ein Semester in diesen unterkühlten, viel zu gut gelüfteten Laborsälen durchlitten und einen weiteren hoffnungslosen Artikel über irgendein Konglomerat geschrieben hatten, den niemand sich ansehen würde, abgesehen von ihren Müttern. Es war langweilig zu lesen und langweilig, daran zu denken, es waren Texte so bar jeden Lebens und jeder Spontaneität, dass sie spürte, wie ihr die Augenlider zufielen. Müdigkeit übermannte sie. Sie befand sich im Grenzland zum Schlaf und spürte, wie ihre Gedanken frei zu schweben begannen. Und sie meditierte über folgende Fragen:

»Warum war es nur so schrecklich langweilig mit diesen Steinen? Ja, warum gehörte ausgerechnet die Wissenschaft über die Gesteine zu den monotonsten, die man auf diesem Planeten studieren konnte?«

»Weil sie schlafen«, antwortete eine Stimme in ihrem Inneren.

Bei diesem Gedanken zuckte sie zusammen. Es war unleugbar ein lustiges Bild. Ein großer alter Findling, der schnarchend im Moos lag. Sie lächelte eine Weile in sanfter Seligkeit zwischen Wachsein und Schlaf. Dann stand sie erfrischt auf, ging zu ihrem alten, schmutzigen Linux und schrieb den Artikel, der zum Keim der modernen Gesteinsforschung werden sollte.

Was diese anstrengende, nervige und schwefelausdünstende Frau dann schrieb, das war kein wissenschaftlicher Aufsatz, sondern eher eine Art geologische Plauderei für die Studentenzeitung Luleum. Natürlich behauptete sie darin, dass die Steine lebten. Der Witz dabei war nur, dass sie so langsam lebten, dass es nicht bemerkt wurde. Im Laufe der Geschichte hatten die Steine drei verschiedene Entwicklungsstadien durchlaufen, und zwar folgende:

1. Das Eistadium, das normalerweise Big Bang genannt wurde.
2. Das Larvenstadium, in dem die Grundstoffe der Steine im Inneren der Sterne zusammengefügt wurden.
3. Das Kokonstadium, in dem das Planetensystem heranwuchs. Auf diesen Planeten nahmen die Steine eine harte, schlafende und scheinbar vollkommen unbewegliche Form an.

Pernilla Hamrin behauptete provokativ, dass die Steine das höchste Entwicklungsniveau erreicht hätten, das bis jetzt im Universum erreicht worden sei. Alle anderen, alle auf Kohlenstoff basierenden Lebensformen, die im Vorübergehen entstehen konnten, wie beispielsweise Blasenalgen, Milben und Menschen, waren nur unbedeutende Zufälle. Die Steine waren schweigende Kokons, in deren Innerem ein ungemein ausgedehnter Prozess vor sich ging. Eine Umwandlung und Reifung, viel zu langsam, um im Laufe der kurzen Existenz der Menschengeschlechter entdeckt zu werden. Erst nach einer unbekannten Anzahl von Jahrmillionen würde man das nächste Stadium erreichen. Das des Schmetterlings.

Zu diesem Zeitpunkt schlief Pernilla, die Stirn auf die Tastatur gedrückt, und wurde von dem berühmten Hamrintraum erleuchtet, in dem sie sah, wie sechs Schlangen aus dem gleichen Destillationskolben schlürften. Und wenn sie nur mehr auf Draht gewesen wäre, dann hätte dieses Traumbild sie zu einem wissenschaftlichen Durchbruch inspirieren können. Stattdessen war es ihr Kommilitone Stålnacke aus Kiruna, der ihren Traum deutete und einen bahnbrechenden Aufsatz über das Hexa-Ethanolmolekül schrieb und wie man mit dessen Hilfe Schnaps mit einem 187-prozentigen Alkoholgehalt herstellen konnte, aber das ist natürlich eine ganz andere Geschichte.

Pernillas Artikel wurde im Luleum auf der Vermischten-Seite abgedruckt. Wie bei Studentenzeitungen üblich wurde nur sehr wenig von der Redaktion selbst geschrieben, dazu war man zu faul und zu unbegabt. Stattdessen tauschte man aus, lieh, klaute und schrieb munter aus allen anderen Studentenzeitungen ab, die man in die Hände bekam, ohne sich um solche Kleinigkeiten wie Copyright zu kümmern, und das erst recht nicht in Anbetracht dessen, dass als rechtlich verantwortlicher Herausgeber des Luleums ein Lateinassistent angegeben war, der bereits 1952 verstorben war. Und da alle anderen Studentenzeitungen ebenso verfuhren, wurde Hamrins Steinartikel ebenso effektiv verbreitet wie eine Ladung unterschlagener Laborschnaps, und bald konnte er an den verschiedensten Universitäten der Welt gelesen werden.

Im gleichen Frühling wanderte die mit ihren strähnigen Haaren trauerbirkenähnliche Studentin Sigrid Wasser in der österreichischen Stadt Graz herum, knabberte an einem Apfelstrudel und zerbröselte während ihrer Spaziergänge das periodische System. Sie kam zu dem Schluss, dass die alte Systematisierung der Grundstoffe nach deren Protonenanzahl auf einer optischen Täuschung beruhte. Die Eigenschaften der Grundstoffe hätten nichts mit den Kernpartikeln zu tun. Sondern mit dem Vakuum zwischen ihnen. Es waren die großen, leeren Bereiche innerhalb der herumwirbelnden Elektronenschale, die über die Eigenschaft der Materie entschieden. Die Materie selbst war aus dem Vakuum erbaut. Aus einer unzähligen Menge kleiner, unsichtbarer Hohlräume. Wenn wir mit der Hand über eine Marmorstatue strichen, so waren es nicht die Kernpartikel, die wir fühlten, sondern die Zwischenräume zwischen ihnen. Wir hielten die Leere in unseren Händen und nannten diese Leere Stein. Warum hatte sich dann die Forschung bisher gänzlich auf die kleinen Kernpartikel konzentriert und die Hohlräume übersehen? Und wichtiger noch, woraus bestand all diese Leere?

Während einer ihrer Spaziergänge setzte Sigrid sich auf eine Parkbank, holte die Studentenzeitung der Grazer Universität heraus und blätterte lustlos darin herum. In eben dieser Ausgabe war Pernilla Hamrins Artikel abgedruckt, schlecht übersetzt, aber dennoch einigermaßen verständlich. Und mit einem Mal fand Sigrid das Puzzleteilchen, das ihr noch fehlte.

Die Steine sind im Kokonstadium. Sie leben, aber sie schlafen.

Der Schlaf.

Die Leere in den Steinen, ja, in jeglicher Materie, bestand aus Schlaf. Es war dieser Stoff, aus dem die Welt, die wir momentan bevölkerten, gebaut war, jedes einzelne kleine Sandkorn bestand aus einer Unzahl von Schlafblasen.

Aber wenn das stimmte, wer oder was war es dann, das da schlief? Und was taten eigentlich wir Menschen anderes, als

46

zu versuchen, diesen Schlaf zu stören? Sigrid dachte weiter nach und kam zum gleichen Schluss wie Pernilla Hamrin. In ferner Zukunft würde der Schlaf von einem Aufwachen gefolgt werden. Wer oder was war es, was dann aufwachen sollte? Wer oder was würde aus den Kokons der Steine kriechen? Waren es Schmetterlinge? Und wie sahen diese Schmetterlinge aus?

Sigrid publizierte schließlich ihren Aufsatz und war ehrlich genug, Pernilla Hamrins Namen zu erwähnen. Aber die Frage war, ob das so wünschenswert war, da der Entwurf rücksichtslos verlacht und verhöhnt wurde von dem kleinen Teil der Forscherwelt, der ihn überhaupt zu Gesicht bekam. Genau wie Charles Darwin im 19. Jahrhundert als Affe dargestellt wurde, wurde Sigrid nun in einer Karikaturzeichnung in der Grazer Studentenzeitung als laut schnarchender Stein mit geschlossenen Augen abgebildet.

Im folgenden Jahr gelang es zwei jungen russischen Chemikern, Schlaf in einem Labor in Sankt Petersburg zu destillieren. Die beiden Glasröhrchen mit Schlaf und der Stein, aus dem er stammte, wurden in der ganzen Welt im Fernsehen gezeigt. Die Russen hatten außerdem die Dreistigkeit zu versuchen, den Stein zu wecken, was ihnen jedoch trotz hartnäckiger Versuche nicht gelang. Eine Probe des Schlafs wurde an mehrere Universitätslabors rund um die ganze Welt geschickt, wo eine Serie von Experimenten durchgeführt wurde, was nicht so einfach war, da der Schlaf unsichtbar war. Dennoch gelang es, genau das nachzuweisen, was Sigrid angenommen hatte: dass der Schlaf die gleichen physischen Eigenschaften hatte wie der Stein, dem er entzogen worden war – die gleiche Wärmekapazität, die gleiche Densität, die gleiche Druckfestigkeit und so weiter. Es war Stein, den man im Reagenzglas hatte, aber Stein, der nicht sichtbar war.

Man war schlicht und einfach gezwungen, Sigrids Aufsatz wieder hervorzuholen. Und dann die Originalnummer des Luleums zu suchen, in dem Pernilla Hamrins Artikel stand. Und als es Forschern in Chicago und Sydney und anschließend im Rest der Welt gelungen war, die Destillation zu wiederholen, war die Sache klar. Sigrid hatte Recht gehabt. Das Periodische System konnte in den Papierkorb geworfen werden. Die Erdkruste bestand in der Tat aus Schlaf.

Hamrins Theorie von den schlafenden Steinen war jetzt also von der Wissenschaft bestätigt worden und verbreitete sich wie ein Lauffeuer in den populärwissenschaftlichen Zeitschriften, New-Age-Magazinen und den normalen Abendzeitungen.

»Die Steine schlafen!«, ertönte es überall auf der Welt.

Und weil sie schliefen, mussten sie ja ein Leben beinhalten.

»Die Steine leben!«, war also die nächste Überschrift, was den Startschuss für eine schnell anwachsende Steinbewegung gab. Sie fand ihre Wurzeln bei den Veganer-Aktivisten und wurde genauso dogmatisch. Die Anhänger widersetzten sich jeder unethischen Behandlung von Steinen. Ein Stein durfte nicht zerschlagen, zermalmt oder auf andere Art und Weise gequält werden. Wenn Steine um eine Feuerstelle gelegt wurden, dann mussten sie in so einem Abstand platziert werden, dass sie nicht durch die Hitze platzten. Wenn Steine als Baumaterial benutzt wurden, beispielsweise für eine Mauer, durfte kein Mörtel benutzt werden, der den Stein ersticken konnte, die einzige erlaubte Methode war, vorsichtig die Steine übereinander zu stapeln.

Die Schotterindustrie wurde Aufsehen erregenden Sabotageaktionen ausgesetzt. Der Straßenbau wurde gezwungen, die Steinfüllung in Straßenbetten durch neue, kostspielige Bakelitmaterialien zu ersetzen. Der Bergbau war der größten Kritik ausgesetzt und wurde geradezu von Terrorangriffen attackiert. Der grausigste ereignete sich in Johannes-burg, wo mehr als vierzig Grubenarbeiter umkamen, als ihr Pendelbus von Aktivisten in einer Selbstmordaktion in die Luft gesprengt wurde. Auf einem Videoband, das kurz vor dem Attentat aufgenommen worden war, sah man zwei jun-ge, ernste Frauen in grünen Overalls:

»Wir machen das für die Steine. Täglich gibt es Übergrif-fe und Folter. Wir müssen die brutale Vergewaltigung des Felsengrundes durch die Menschen stoppen.«

Innerhalb der Steinbewegung entfachten sich harte Dis-kussionen, wie man sich gegenüber dem Metall verhalten sollte. Dass kein neues Metall aus unschuldigen Steinen ge-schmolzen werden sollte, darin waren sich alle einig, aber was sollte man mit all dem Metall anfangen, das bereits pro-duziert worden war? Sollte es als ebenso heilig angesehen werden wie der Stein, aus dem es kam? Oder war das Metall tot, war die Seele des Steins selbst verloren gegangen, wäh-rend er geschmolzen wurde, so dass man ebenso gut das Me-tall wiedergewinnen konnte, das es bereits gab?

Das wurde zu einer Frage, die die Steinbewegung spalten sollte.

Zwei Phallanxen bildeten sich, eine größere, eher kom-promissbereite, die Metalle akzeptierte, und ein kleinerer, fanatischer Zweig, der in Holzhäusern wohnte, die mit Holzstiften zusammengenagelt worden waren, und Holz mit fast untauglichem Werkzeug hackte, geschliffenen Tierkno-chen oder Panzerkunststoff. In letzterer Gruppe fanden sich auch die Steinanbeter, eine fundamentalistische Sekte, die Steinabbilder anbeteten und versuchten, sie mit ihren Gebe-ten zu erwecken. Mehrere Chemiker und Physiker befanden sich in dieser Gruppe, und als die Gebete mit eher wissen-schaftlichen Methoden kombiniert wurden, war man zu gu-ter Letzt erfolgreich. Als der Stein aufgeweckt wurde, zeigte sich das Resultat meilenweit als eine kegelförmige Wolke, und die Zentrale der Steinanbeter und das ganze Gebiet drum herum wurde ausradiert.

Nach dieser Katastrophe übernahmen moderatere Kräfte die Führung. Man versuchte zu berechnen, an welchem Datum die Kokons der Steine aufwachen würden, und wie bei allen Untergangsbewegungen fand man heraus, dass es ziemlich bald soweit sein würde. Bis jetzt sind drei derartige Termine bereits ereignislos verstrichen, und jedes Mal gab es eine riesige Hysterie mit Massenversammlungen und Sündenbekenntnissen und Leuten, die alles verschenkten, was sie besaßen. Hält man sich bei solchen Gelegenheiten bereit, kann man sich wirklich die Taschen füllen. Aber es besteht natürlich immer das Risiko, dass es doch das richtige Datum ist, und dann steht man da und ist am Tag des Jüngsten Gerichts angeschmiert. Sigrid Wasser ist mittlerweile die Technische Verantwortliche für das Forschungsbüro der Steinbewegung in Innsbruck, sie glaubt, dass die Steine frühestens in gut zwei Milliarden Jahren erwachen werden.

Und Pernilla Hamrin? Als die Steinbewegung in Fahrt kam, zog sie von Luleå fort und wurde bald eine tonangebende Missionarin der Bewegung. Es heißt, dass sie an dem Tag, als der Stein aufgeweckt wurde, in die Zentrale der Steinanbeter eingeladen worden war, und in diesem Fall ist sie inzwischen ein Teil der Luft, die wir einatmen.

Aber es gibt auch ein anderes Gerücht, nach dem sie überhaupt nicht dorthin gereist ist, sondern ganz im Gegenteil vom Ausschluss bedroht wurde, weil sie als allzu beschwerlich angesehen wurde. Laut dieser Version geriet Pernilla Hamrin in eine Sinnkrise, ließ sich in einer winterfesten Eisangelhütte bei Torneträsk nieder und lebt heute davon, 187-prozentigen Selbstgebrannten an die lokale Bevölkerung zu verkaufen.

Big Bang

Am Anfang wurde das Universum mit einem Big Bang geschaffen. So wird es erzählt. Deshalb beginnen wir unsere Erzählung mit einer steinharten kleinen Kugel. Peng, da explodiert sie in alle Richtungen und wird zu einem kohlrabenschwarzen Weltall mit Galaxien, Sternen und Planeten. Und die Leute scheinen sich damit zufrieden zu geben. Nur wenige stellen kritische Fragen, was schon bemerkenswert ist. Warum wurde das Universum beispielsweise schwarz? Warum nicht weiß? Wer war es, der da gepfuscht hat?

Und diese Urkugel! Was war in ihrem Inneren? Wenn man die Kosmologen befragt, verdrehen sie die Augen und murmeln, dass vor der Raumzeitinflation (bla bla bla) weder Raum noch Zeit existierte, und deshalb fehle der Frage jede Relevanz.

Sie wissen es ganz einfach nicht. Sie haben nicht den blassesten Schimmer.

Es gibt nicht einmal einen vernünftigen Namen für diese steinharte Urkugel. Den Urpunkt sozusagen. Singularität, sagen einige Forscher. Oder Superorigo oder anderes Geschwafel, das sich gut vom Rednerpult aus verkaufen lässt. Dann müssen wir wohl selbst einen Namen suchen. Schlackeball. Oder vielleicht Ei, das Urei. Oder Atomklümpchen. Oder Sternenbombe. Oder der Brocken, Kotzbrocken. Oder Stahlzapfen. Oder die komprimierte Pulverkugel.

Scheiße, das ist gar nicht so einfach.

Aber vielleicht ist Origo gar nicht so schlecht. Origo. Superorigo. Nein, jetzt müssen wir uns aber zusammenreißen. Alle Fantasie ist jetzt gefragt. An was denkt man als Erstes, wenn man einen unförmigen Klumpen sieht? Grützwurst. Da haben wir es. Heiße Grützwurst.

Am Anfang gab es also die Grützwurst. Aus irgendeinem Grund kam sie auf die Idee zu explodieren und die Grundelemente und Galaxien zu bilden. Aber bis dahin lag sie still und gefasst als Klumpen da und war heiß wie die Hölle.

Aber vorher war sie nicht ganz so heiß.

Und noch vorher war sie nur lauwarm. Und sogar kalt. Eiskalt. Damals war die heiße Grützwurst eine kalte Grützwurst und schwebte gefroren an ihrem Glaziärhimmel, sozusagen als kalter Grützwurststein.

Das ging so eine eisige Ewigkeit lang. Und das Merkwürdige ist, dass während dieses langen Zeitraums plötzlich ein spulenförmiges Raumschiff vorbeikam. Es zeigte einen Ausschlag auf seinen Instrumenten, schwenkte auf eine Bahn um den gefrorenen Klumpen ein und wartete ab. Nach langem Abwägen senkte sich ein weiches, gelbes, tütenartiges Landegefährt herab. Zwei zitternde Weichtiere stiegen vorsichtig auf den Grützwurstklumpen und versuchten vergeblich, Proben loszuhacken. Er war zu hart. Steinhart.

»Das ist gar keine Materie«, sagte der Erste.

»Das hier ist wohl eine Singularität«, sagte der Zweite.

»Ich glaube eher, das ist eine kalte Grützwurst«, sagte der Erste.

»Vielleicht sogar ein kalter Grützwurstklumpen!«, rief der Zweite aus.

Sie ließen diese Erkenntnis eine Weile sacken.

»Es wartet«, sagte der Erste.

»Kein Zweifel, es wartet, bis seine Zeit gekommen ist«, stimmte der Zweite zu.

»Versucht nicht, es aufzuwecken!«, warnte ein Dritter vom Mutterschiff.

Der hatte so etwas schon einmal erlebt und wusste, wenn ein kalter Grützwurstklumpen ein Lebenszeichen von sich gab, dann war es um sie alle geschehen.

»Kann man das denn wecken?«, fragte der Erste.

»Wie kann man das wecken?«, fragte der Zweite.

»Vergesst es!«, schrie der Dritte. »Kommt ins Schiff zurück.«

Eine Zeit lang schwiegen alle drei.

»Ich glaube, ich weiß, wie man es macht«, sagte plötzlich der Erste.

»Wie denn?«, fragte der Zweite.

»Man nimmt den Helm ab«, sagte der Erste.

»Nein!«, ertönte es verzweifelt vom Mutterschiff.

Eine Weile dachten sie nach.

»Ich glaube, ich werde es tun«, sagte der Erste.

Und dann öffnete er seinen Halsring und nahm den Helm ab. Ein kahler, ovaler Kopf kam zum Vorschein. Er beugte sich vor, bückte sich dann und ließ das obere Ende seines Schädels das glatte Äußere des kalten Grützwurstklumpens berühren. Sofort öffnete sich dort eine Delle.

»Neeeein!«, schrie es im Mutterschiff.

Mit einem feuchten Glucksen sank der Kopf ins Loch hinein und löste sich. Zurück blieb der Astronautenanzug mit einem zappelnden, feuchten Körper, der sich mit der Zeit beruhigte und still wurde. Der Zweite sah verblüfft aus, er strich vorsichtig dort über den Boden, wo der Kopf verschwunden war. Die Hülle war wieder stahlblank und vollkommen glatt. Aber nicht mehr ganz so kalt.

»Häh?«, gab er von sich.

»Es ist befruchtet!«, schrie es im Mutterschiff. »Wir sind verloren.«

»Mit dem Kopf?«

»Ja, man befruchtet es mit dem Kopf, du Vollidiot! Sieh nur, es fängt gleich an zu kochen. Oh je, das wird verdammt knapp für uns!«

Und ganz richtig: die Temperatur war gestiegen. Es schien im Inneren zu brodeln, ein glühender Druck, der sich schnell der Oberfläche näherte.

»Oha«, rief der Zweite aus.

Und mit diesem Wort wurde der Big Bang eingeleitet. Dieser Ausruf, Oha, bedeutete den Start und die Geburt. Und den Rest kennen wir.

Aber wir gehen noch weiter zurück in der Zeit. Raumschiff? Ich bin genauso verwundert wie du, wieso um alles in der Welt konnte es vor der Geburt des Universums ein Raumschiff geben? Wir müssen uns wohl die Mühe machen und den intelligentesten der drei fragen, den Typen im Mutterschiff.

Interview mit einem Mitglied der Besatzung eines unbekannten Raumschiffs:

»Hallo, darf ich mal kurz stören?«

»Worum geht es denn?«

»Ich wüsste nur gern, was ihr hier eigentlich tut.«

»Mhm.«

»Wohin bist du denn auf dem Weg?«

»Ja, das ist eine gute Frage.«

»Weißt du es nicht?

»Na, das ist wohl eher geheim. Eine Erkundungsmission, auf der wir die Umgebungen absuchen.«

»Und wonach sucht ihr?«

»Nach Unregelmäßigkeiten, kann man wohl sagen. Spannungsfeldern. Gravitation. Strahlung. Alles, was auf eine kalte Grütz ... hrrrm!«

»Wolltest du kalte Grützwurst sagen?«

»Das ist geheim.«

»Ich verspreche dir, der Besatzung nichts zu sagen. Aber ich muss es einfach wissen, was in drei Teufels Namen ist eine kalte Grützwurst eigentlich?«

»Das kann man nie wissen.«

»Nein?«

»Nein, sie kann ganz unterschiedlich aussehen. Aber es gibt sie in den Falten.«

»In den Falten?«

»In den Falten des Weltraums. Kleine Eiblasen sozusagen. Wir sollen sie ausfindig machen und darüber berichten, und dann beschließt das Hauptquartier, ob eine Befruchtung stattfinden soll.«

»Du meinst ein Big Bang?«

»Ja, meistens knallt es ja reichlich.«

»Und das Hauptquartier entscheidet also, ob es zum großen Knall kommt?«

»Ja, da sitzt derjenige, der das beschließt.«

»Und wer ist das?«

»Das ist geheim.«

»Gott?«

»Nix da.«

»Das muss doch Gott sein. Natürlich ist das Gott! Wer sonst sollte es sein?«

»Niemand.«

»Das musst du mir jetzt aber erklären.«

»Leider ist es mir nicht möglich, mehr preiszugeben.«

Mysteriös. Was sagt man dazu? Dann müssen wir uns wohl zum Hauptquartier begeben und dort weiterfragen.

Interview im Hauptquartier, mit einer reservierten, zellophanartigen Sorte von Sekretärin:

»Hallo, ist das hier das Hauptquartier?«

»Ja, genau.«

»Und du bist hier angestellt?«

»Ich komme gleich nach dem Chef.«

»Und wer ist der Chef?«

»Das ist derjenige, der alles bestimmt. Er schickt Raumsonden in alle Richtungen aus, um nach geheimen Objekten zu suchen, und dann bestimmt er, ob sie befruchtet werden sollen.«

»Das weiß ich ja, aber wer ist dieser Chef?«

»Meinst du, wie er heißt?«

»Ja, zunächst einmal.«

»Rolle.«

»Sagtest du Rolle?«

»Stimmt.«

»Mhm. Und Rolle ist also allmächtig?«

»Genau.«

»Ist er denn gut oder böse?«

»Natürlich gut.«

»Schon ziemlich überwältigend. Dann stehe ich also im Augenblick nur einen Steinwurf von Gott dem Allmächtigen entfernt, dem Schöpfer des Himmels und der Erde!«

»Wovon redest du?«

»Von Gott.«

»Rolle ist nicht Gott.«

»Allmächtig und gut und Schöpfer des Universums, die Beweise sind doch ziemlich überzeugend, oder?«

»Nein.«

»Könnte ich ihn treffen?«

»Jetzt muss ich dich bitten, dich zu entfernen!«

»Nur ein kleines Interview, bitte, ja?«

»Verschwinde!«

»Nur ein paar Fragen ...«

»Niemals! Raus, aber sofort! Raus, habe ich gesagt!«

Ich verschwinde schleunigst und laufe schnell die Treppe hinauf. Die Sekretärin jagt mich mit einem geschnitzten

Spazierstock, schlägt mir in die Kniekehle und versucht mir ein Bein zu stellen. Ich werde am Knie getroffen, doch es gelingt mir, die Sekretärin auf einen Baldachin zu schubsen, und ich humple dann einen unglaublich glänzend polierten, unerhört weißen Marmorboden entlang. Eine hoch gewachsene Gestalt kommt hinter einer leicht wehenden Seidengardine zum Vorschein.

Interview mit Rolle. Oberstes Direktorat.
»Habe ich es mit Rolle zu tun?«
»Wie bist du reingekommen?«
»Darf ich fragen, worin deine hauptsächliche Arbeit besteht?«
»Ich suche nach Befruchtungsobjekten.«
»Du meinst nach einer kalten Grützwurst.«
»Hm ... na gut, dann nennen wir sie eine kalte Grützwurst. Wenn meine Mitarbeiter so eine gefunden haben, dann sollen sie mit mir Kontakt aufnehmen, damit ich hinfahren und sie mit meinem Kopf befruchten kann. Anschließend gibt es einen Knall, ein Donnergrollen, eine Explosion, wie du sie dir in deinen wildesten Fantasien nicht vorstellen kannst.«
»Das kann ich wohl.«
»Das kannst du nicht, ich rede nicht nur von einer Explosion, ich rede von einer Hitze aus Milliarden von Graden, von kochendem Plasma und alles vernichtender Energie, die in Schockwellen herausschießt und erst nach Hunderttausenden von Jahren zu Materie kondensiert. Und in jeder Unze dieser Materie wird ein Teil von mir zu finden sein.«
»So sieht also der Plan aus?«
»Danach werde ich das Universum durchdringen. Das ist ein schöner Gedanke. Überall zu finden zu sein.«
»Aber warum ausgerechnet du?«
»Ich bin von meinem Volk dazu ausersehen. Ich bin der Würdigste von uns, der mit dem größten Wissen. Mit mir als

Befruchter wird das Universum ein geistiger Ort. Ich denke, ich werde das Universum weiß werden lassen. Das Weltall, der Nachthimmel, das soll weiß werden.«

»Weiß?«

»Ja, weiß wie dieser glänzend polierte Marmorboden. Fühle die Glätte, merkst du, wie perfekt er ist?«

»Und du bist der Anführer eines ganzen Volkes?«

»Nun, Volk ist vielleicht zu viel gesagt. Wir sind ein paar Hundert.«

»Aber woher kommt ihr? Ich muss das wissen. Wenn ihr diejenigen seid, die das Universum schaffen sollen, wer hat euch dann erschaffen?«

Rolle betrachtet mich schweigend. Seine Glatze ist groß und glänzend, auffällig spitz zulaufend.

»Das war unsere Mutter«, sagt er leise.

»Deine Mama?«

»Die Mutter unseres ganzen Volkes. Sie ist sehr, sehr alt. Sie hat uns alle geboren. Aber jetzt wird sie uns bald verlassen.«

»Wo ist sie?«

»Hier.«

»Hier?«

»Überall.«

Er betrachtet mich ruhig, ein wenig amüsiert. Dann macht er ein Zeichen hinter die luftige Spitzengardine. Von der Seite taucht eine sehr kleine, in Pelz gehüllte Gestalt auf. Nackte, winzige Füße tappen über den Marmorboden. Die Mama reicht ihm gerade bis zum Knie. Sie bleibt stehen, er wickelt sie aus ihren Schals, Decken und langen, zierlichen Tüchern. Schließlich küsst er sie, wozu er sich vorsichtig hinunterbeugt.

Als er sich wieder aufrichtet, sehe ich, dass sie ein Kind ist. Ein Mädchen von vielleicht zweieinhalb Jahren.

»Du nennst deine Tochter deine Mutter?«, frage ich.

»Das ist meine Mutter«, erwidert er. »Unser aller Mutter. Von ihr stammt unser gesamtes Volk, und sie wolltest du doch sehen.«

»Ja, aber ...«

Ich verstumme und schaue das kleine Kind an. Vor meinen Augen scheint sie zu schrumpfen, kleiner zu werden. Als wüchse sie nach innen. Er lässt sich mit untergeschlagenen Beinen neben ihr nieder. Sie streicht mit ihrer kleinen Hand über sein Ohr, packt es.

»Aber du bist doch der Schöpfer!«, sage ich zu ihm.

Er lächelt sanft. Steht auf und hebt das kleine Mädchen hoch. »Es tut mir Leid, aber weiter wirst du nicht kommen«, sagt er. »Ich muss jetzt los, eines unserer Schiffe hat gerade eine kalte Grützwurst gefunden ...«

»Drei Typen?«, frage ich.

»Stimmt.«

»Einer im Mutterschiff, und zwei, die da drauf gelandet sind?«

»Ja, zwei Havaristen, die wir nur losgeschickt haben, um sie hier loszuwerden.«

»Havaristen?«

»Richtige Nullen, glaube mir, einer schlimmer als der andere. Und dann müssen ausgerechnet sie über einen Grützwurststein stolpern!«

»Oh je.«

»Warum sagst du ›Oh je‹, so ist die Schöpfung. Ein Teil der Geschöpfe wird so intelligent wie ich, viele andere werden normalbegabt, ein Teil wird weniger geistig bemittelt, während ein paar arme Teufel Nullen und Havaristen werden.«

»Schlechte Neuigkeiten«, sage ich leise.

»Wieso?«

»Der eine der Dummbeutel hat die kalte Grützwurst bereits befruchtet.«

»Mit seinem hohlen, dummen Havaristenkopf?«

»Genau das, mit seinem hohlen, dummen Havaristenkopf!«

Wir schauen einander an. Im nächsten Moment meine ich einen Lichtschein am Horizont zu sehen. Ein Licht, das sich sogleich über uns wölbt, und alles, alles, alles wird weiß, weiß, weiß ...

Ich meine schwarz, schwarz, schwarz ...

Ein schwarzes Weltall. Schwarz wie ein Sack. Schwarz und leer wie ein dummer Havaristenschädel.

Und so fing es an. Wir haben ganz einfach das Universum bekommen, das wir verdient haben.

Pause

Hier müssen wir eine Pause machen. Ich muss sagen, ich mache mir Sorgen um dich. Dein Gesicht ist beunruhigend blass, deine Stirn hat einen Stich ins Violette bekommen. Du bist nicht der Erste, dem das zustößt. Viele kommen nicht damit zurecht, dem Weltall so zu begegnen. Man spürt ein Schwindelgefühl. In Anbetracht der Unbegreiflichkeit des Weltalls wird einem schwindlig. Der Mensch ist besser geeignet für das kleine Leben, das menschliche Wesen will in einem Samen mit weißen Gardinen wohnen. Ab und zu möchte es hinausschauen, dann macht es sich ein kleines Guckloch. Und dann sieht es immer eins nach dem anderen. Einen See. Einen Baum. Einen goldgelben Mond, der über der Wiese aufsteigt. Immer eine Sache nach der anderen, nicht zu viel, sonst wird es so unordentlich. Damit nicht alles durcheinander gerät.

Doch dann wird das Dach vom Mauseloch abgenommen, und die kleinen Pfefferkornaugen blinzeln hinauf in Gottes schäumendes, taifunähnliches Antlitz. Da beginnt der Mensch zu wanken, hilflos zu piepsen, will seinen Kopf ins Kissen bohren.

Das ist nur allzu menschlich.

Setz dich lieber hin, Kumpel. Ich drehe dir deine Rückenlehne weiter nach hinten. Drücke auf den Knopf für eine schöne Massage des Rückgrats, so, ja? Und dimme die Deckenleuchte herunter. Entspanne dich, ich werde ein wenig Musik einschalten. Etwas Altes mit Saxofonen? Jazz aus schwarzen Kehlen? Du bist wieder zurück in der Kabine. Um dich herum stehen Wände. Wärme zischt aus der Klimaanlage, in deine kleine, sichere Blase hinein.

Ruh dich jetzt aus, denk nicht mehr ans Weltall. Denke an deine Mutter. Ihr ruhiges Gesicht beugt sich über dich, Morgensonne scheint durchs Fenster. Der Duft lauwarmer Milch. Ein Stück Seife, das unter fließendem Wasser immer wieder gerieben wird. Ein Haustier. Ein Hundefell, beruhigend unter der Nase wie ein guter alter Teppich. Du bist wieder daheim. Auf der Erde. Auf der blauen, freundlichen Erde.

Das größte Problem bei den Berichten über das Weltall ist, dass es nicht zusammenhängt. Das Weltall besteht aus Fragmenten. Herumwirbelnden Splittern eines großen alten Knalls. Und das Menschengehirn mag keine Splitter. Wenn man über das Weltall berichtet, möchte der Mensch lieber ein Märchen hören. Eine lange Geschichte, die zum Schluss glücklich endet. Oder vielleicht auch traurig. Aber auf jeden Fall eine Geschichte, ein roter Faden, ein Stück sich bauschenden Stoffes, der in den Nähten und Fäden zusammenhängt. Er möchte einen Anfang haben, einen Schluss und drei Wünsche in der Mitte. Und ein paar spannende Kämpfe zwischen Gut und Böse.

Doch das Weltall ist nicht so. Es bleibt unscharf, wie nahe man auch herangeht. Der Mensch weigert sich, das zu akzeptieren, er wird wütend, versucht drei Schritte zurückzutreten, um das ganze Bild erkennen zu können. Doch das ist unmöglich. Das Weltall befindet sich auch hinter ihm, sogar in ihm, es wird niemals zu überblicken sein. Das Weltall hat alle Farben auf einmal, alle Formen auf einmal, es ist so verdammt zerstreut, dass man es niemals zusammendenken kann.

Und deshalb wird einem dabei übel.

Das Weltall macht einen seekrank.

Ein Bild, das mit allen Farben gemalt wird, wird zum Schluss braun wie Scheiße. Man sieht nichts mehr. Es ist dumm, dass der Kosmos auf diese Art und Weise konstruiert wurde. Man hofft auf eine Antwort, es ist hoffnungslos, ein Mensch zu sein, man möchte, dass das Kreuzworträtsel aufgeht. Doch alles, was man bekommt, ist nur ein »Jaha«.

Und deshalb werden wir Roader so leicht zynisch. Sonst würden wir wahnsinnig werden. Sich ins Weltall hinaus zu begeben, das bedeutet zu entdecken, dass es keine Geschichte gibt. Das ist das Schlimmste, das Schrecklichste und Unerträglichste, darum sage ich es noch einmal:

Es gibt keine Geschichte.

Emanuel

Emanuel Creutzer war ein verbitterter Mann. Er war der Meinung, das Leben verhielte sich unverhältnismäßig hart ihm gegenüber, was er gern in weitschweifigen Monologen in den heruntergekommensten Bierkneipen Hamburgs ausführte, wo er in seinem ungewaschenen Mantel saß, eingehüllt in den Geruch kalter Pappkartonpizza. Trotz seiner enormen Begabung war ihm in seinem Leben einfach nichts geglückt, er war zu einem Leben im Brackwasser und in Dilettantismus verurteilt. Im Institut für Angewandte Physik wurde er trotz seiner jungen Jahre als ein hoffnungsloser Ehemaliger betrachtet, seine Eltern in Karlsruhe waren seine endlosen Tiraden leid, sein struppiger Dackel war an einem absolut ungewöhnlichen Kehlkopfkrebs erkrankt und fauchte jetzt wie eine Katze, wenn er versuchte zu bellen, seine Ehefrau war mit einem olivhäutigen Tauchlehrer nach Ägypten gezogen und schrieb dort mit diesem an einem Buch über die Meeresbiologie vor Sharm el Sheik sowie einen Brief an Emanuels Anwalt, der alles daransetzte, dessen private Finanzen zu ruinieren. Viele der Kneipenbesucher, die bereits jahrelang seinem Jammern hatten lauschen müssen, versuchten verärgert zu protestieren. Emanuels Leben war im Vergleich mit ihrem ein Traum. Er hatte Arbeit und eine Wohnung, ihnen selbst war es nie gelungen, überhaupt zu heiraten, das Leben hatte sie nur höhnisch angegrinst seit jener Zeit, als die Hebamme sie im Kreißsaal mit kaltem Wasser abwusch, und das hielt an bis zum heutigen Tag, an dem sie hier saßen und nicht einmal genug Geld hatten, um sich noch ein lächerliches Bier zu bestellen.

Emanuel kratzte sich an seinem Ekzem im linken Ohr und überlegte, ob es sich vielleicht zu einem Tumor entwickeln könnte. Anschließend orderte er Bier für seine Leidensgenossen und bestellte sich gleichzeitig ein belegtes Brot. Er bekam ein leckeres Schwarzbrot mit Pfeffersalami, sonnengetrockneten Tomaten in Öl sowie Kapern und wollte sogleich seine Zähne in den Leckerbissen versenken. Doch dann rutschte es ihm geradezu mit einem Ruck aus der Hand und fiel zu Boden.

Mit der belegten Seite nach unten.

»Murphys Gesetz«, sagte ein fetter, nach Schweiß stinkender Philosophiestudent, der durch sämtliche Herbstprüfungen mit Ausnahme der Metaphysik durchgerasselt war.

»Wessen Gesetz?«, fragte Emanuel resigniert nach.

»Murphys«, wiederholte der Student. »Alles, was schief gehen kann, geht auch schief.«

Emanuel saß unbeweglich da, während die Kellnerin die Scheibe aufwischte und ihm die Rechnung gab.

»Noch eine«, bat er mit finsterer Miene.

Sogleich hatte er ein neues Brot in der Hand, dieses Mal eine Scheibe Weißbrot mit Roastbeef, cremiger Mayonnaise und einem Petersilienzweig. Mit unergründlichem Blick streckte er die Leckerei weit von sich, schloss die Augen und ließ sie fallen. Auch dieses Mal landete sie mit der Butterseite zuunterst auf dem klebrigen Steinboden voller Straßendreck. Die erstaunten Gäste sahen mit wachsender Verwunderung, wie er bezahlte und sich anschließend ein drittes, viertes und fünftes Brot bestellte. Alle ließ er in gleicher Weise zu Boden fallen, und alle fielen mit der belegten Seite nach unten.

»Hm«, sagte Emanuel.

»Idiot!«, rief die Kellnerin aus.

Der Philosophiestudent leerte schnell seinen Krug und schlurfte nach Hause, schlecht gelaunt und bar jedes Wissens darüber, dass er soeben der Geburt eines deterministisch-physikalischen Wissenszweiges beigewohnt hatte und dass ihm soeben ein Bier von einem der sagenumwobensten Forscheroriginale des kommenden Jahrzehnts spendiert worden war.

Am nächsten Morgen erschien Emanuel rechtzeitig zur Arbeit, was so selten geschah, dass seine Kollegen glaubten, er hätte vergessen, seine Uhr auf die Winterzeit umzustellen. Er setzte sich an seinen Schreibtisch im Institut für Angewandte Physik und dachte eine Weile nach. Dann rief er die Partikelforscher bei CERN in der Schweiz an und bat sie, ihm die Fotos aller Beschleunigungsversuche zu schicken, bei denen etwas schief gegangen war. Sie baten ihn umgehend, sich zum Teufel zu scheren. Er rief noch einmal an, wiederholte höflich sein Begehren und bekam die gleiche Antwort, doch dieses Mal schärfer formuliert. Nach Tagen missglückter Ermahnungen auf allen Ebenen änderte er seine Strategie. Er nahm Kontakt zu einer Gebäudereinigungsfirma in Zürich auf, gab sich als Leiter einer regionalen Recyclinggesellschaft aus und erklärte sich bereit, den Inhalt der Papierkörbe sämtlicher CERN-Forscher aufzukaufen. Dieses Mal klappte es besser, und bald konnte er die zerknüllten Bögen Hunderter von Dunkelkammerfotos glatt streichen, bei denen das Kernspaltungsexperiment schief gegangen war. Es gab Fotos von Protonen, die aus der Bahn gekommen waren, von Elektronen, die herumschwirrten, es gab Kontaminierungen und einen Deckel, der nicht fest saß, mal war die Voltzahl zu niedrig, oder das Papier war verrutscht, und einmal hatte einer der Forscher Kaffee über die gesamten Unterlagen verschüttet.

»Perfekt«, sagte Emanuel und begann die Bögen mit der Lupe zu untersuchen.

Als der Monat vergangen war, war er sich sicher. Der Beweis war eindeutig. Er lehnte sich auf seinem Schreibtischstuhl zurück. Die Rückenlehne knackte bedrohlich, als er die Hände in seinem hageren Nacken verschränkte. Mit einem Gefühl der Erregung fasste er seine überwältigende Entdeckung in Worte:

Das Dasein ist voller kleiner, bösartiger Partikel.

Nach einigen Tagen des Nachdenkens taufte er so einen Partikel auf den Namen Kurt, nach dem Scheidungsanwalt seiner Frau. Ein Kurt war mit saurer, unangenehmer Energie geladen, die er ständig loszuwerden versuchte. Er zog durch das Universum auf der Jagd nach allem, was er sabotieren konnte. Ein richtiges Schwein war dieser Kurt, überall konnte er auftauchen. Und letztendlich fand sich für ihn immer ein lohnendes Ziel, und dann spuckte er seine eklige Substanz aus, so dass alles klebte und zum Teufel ging.

Das Problem war nur, dass ein Kurt nicht zu sehen war. Nicht im üblichen Sinne. Was Emanuel dort zwischen den Partikelbahnen fand, das waren eher schwarze, kleine, teuflische Bereiche, einfach kleine Flecken oder besser gesagt Löcher. Sie schienen zahlenmäßig zu wachsen, je wichtiger das Experiment war, je mehr es gekostet hatte, je größer die Hoffnungen waren. Insgesamt konnten die Kurts mit Leichtigkeit ein Neutron zur Seite schieben oder eine Elektronenbahn verbiegen, so dass trotz allem, trotz Monaten gewissenhafter Vorbereitungen, alles zum Teufel ging. Seinem wissenschaftlichen Artikel hatte Emanuel Beispielfotos beigefügt, auf denen Pfeile auf besonders Kurt-intensive Gebiete hinwiesen. Mit einem Gefühl des Triumphs veröffentlichte er seine Erkenntnisse.

Das Ergebnis wurde die größte Antiklimax, die die Welt

erlebt hat, seit Schiaparelli behauptet hatte, er hätte Kanäle auf dem Mars entdeckt. Nach einem ersten Verstummen, mit vielsagenden Seitenblicken und hochgezogenen Augenbrauen, brach ein gemeinschaftliches lautes Lachen aus. (Es sei an dieser Stelle angemerkt, dass die besagten Kanäle tatsächlich existiert hatten, doch bereits vor vierzehn Millionen Jahren im Zuge des marsianischen Vernichtungskriegs zerstört worden waren. Der letzten turkmenischen Marsexpedition ist es inzwischen gelungen, Beweise für die ökologische Katastrophe auszugraben, die hinter der Vernichtung lag.)

Die einzigen, die Emanuel nicht auslachten, das waren die Partikelforscher bei CERN. Sie hockten zusammen und studierten seinen verhöhnten Artikel Wort für Wort und schluckten, dass ihre Adamsäpfel hüpften. Bald kursierte der Artikel in jedem CERN-Labor, auf jedem Forschungsniveau, er wurde von den overallgekleideten, nach Ozon riechenden Kilovoltelektrikern bis hin zu den Pinzettenfummlern oben bei der Kernanalyse verschlungen. Es dauerte nicht lange, dann wurde eine Konferenz einberufen. Unter strengster Geheimhaltung. Die Leitung wurde unterrichtet. Die Finanziers. Unter anderem der berühmte Schweizer Schokoladenhersteller, der hinter dem letzten Reklamefeldzug stand: Schokolade ohne Nüsse, das ist wie ein Atomkern ohne Quarks.

Bald war allen klar, dass man hier die Erklärung gefunden hatte. Die Antwort darauf, warum so viel bei CERN schief ging, warum ein so großer Teil der Experimente sabotiert wurde, warum die Sicherungen im entscheidenden Moment durchbrannten, warum die Kaltlötstellen und die verzwickten Relais den Forscheralltag immer zu einem Weg nach Golgatha machten.

Es lag an den Kurts. Genau wie Emanuel begann man die Dunkelkammerfotos genauestens zu begutachten und fand ganz genau wie dieser die dunklen, bösartigen Anhäufungen. Schwarze kleine Kurts. Sie ließen sich nicht einfangen, es fehlte ihnen elektrische Ladung, aber sie enthielten ganz eindeutig eine saure, üble Substanz, die sie im schlimmsten denkbaren Moment von sich gaben. Man unternahm den Versuch, diese klebrige Aussonderung der Kurts zu analysieren. Sie ließ sich wie eine diffuse Wolke erahnen, ein mikroskopischer Tintenfisch, unscharf fürs Auge, aber klar zu bemerken an den angrenzenden Atomstrukturen. Jemand schlug vor, die Substanz als Antienergie zu bezeichnen. Eine Art Gegensatz zur Energie, ungefähr wie die Materie auch ihre Antimaterie hat. Aber das Wort erschien heikel. Schwer auszusprechen. Man diskutierte hin und her, bis der dänische Gastdozent Laudrup das Wort ergriff:

»Die Kurts verbreiten Pech.«

Pech.

Genau!

Laudrups Bezeichnung für die Substanz wurde sofort angenommen. Man hatte ganz einfach Murphys Gesetz erweitert und es einen Schritt weitergeführt. Alles, was schief gehen kann, geht schief. Weil die Welt voll ist mit Kurts, die Pech verbreiten.

Blieb nur noch, den Artikel zu publizieren. Aber alle wussten von Emanuel, wie er ausgelacht und verhöhnt worden war, und keiner war bereit, seine Forscherkarriere aufs Spiel zu setzen. Emanuel selbst hatte sich mit der Diagnose des Burn-out-Syndroms krankschreiben lassen, und sein Bierkonsum unter den Hamburger Versagern hatte ein lebensgefährliches Quantum erreicht. Und das, obwohl er die historische Entdeckung gemacht hatte. Sein Schicksal begann immer mehr dem des ungarischen Arztes Semmelweis zu ähneln, der in seinem Krankenhaus in Wien die Sterberate im Wochenbett senken konnte, indem er forderte, dass die Ärzte sich die Hände wuschen, der deshalb jedoch verspottet und verfolgt wurde und erst nach seinem Tod wieder zu Ehren kam.

Mit Forschern ist es genau wie mit anderen Menschen. Nach außen hin bewahren sie Haltung, sehen seriös und adrett aus. Aber insgeheim lieben sie es, über die anderen herzuziehen und Gerüchte zu verbreiten. Bei Konferenzen gibt es anschließend immer Klatsch und Tratsch bei Gin and Tonic in der Bar. Nach dem üblichen Karriereplausch darüber, wer Professor geworden ist, ohne es verdient zu haben, wer es auf Grund suspekter Intrigen nicht wurde oder all den obligatorischen Angriffen auf Konkurrenzinstitute, nach dem Prahlen mit den eigenen hervorragenden Arbeiten, nach einer Anzahl alberner Studentenanekdoten und ein paar noch billigeren schlüpfrigen Witzen, ist das Niveau so weit gesunken, dass man das Risiko eingehen kann. Auf dem Tisch steht eine Auswahl neuer Drinks, die Leute beugen sich vor und schlürfen davon.

»Kollegen und Waffenbrüder«, kann man dann sagen. »Was ist das Schlimmste, das Allerschlimmste, was eurem Institut zustoßen könnte?«

Jede Menge Vorschläge werden hervorgebracht, angefangen damit, dass der Hausmeister einen begrabscht oder dass der Kaffeeautomat kaputt geht, bis zu der Möglichkeit, dass sich herausstellen könnte, dass die neue vollbusige Doktorandin mit den Gazellenbeinen ein Transvestit ist. Man lässt sie quatschen, bis die Aufregung abebbt, und sitzt währenddessen vollkommen ruhig und zurückgelehnt da mit halb geschlossenen Buddhaaugen. Etwas atemlos werden sie endlich fertig. Einer nach dem anderen wendet sich dem Frager mit erwartungsvoll speichelfeuchten Lippen zu. Und dann sagt man es einfach. Schlicht und einfach:

»Pech. Das Schlimmste, was passieren kann, das ist Pech haben.«

Sie starren einen an. Glauben, man wäre betrunken. Und

das ist ja gar nicht so schlecht, so kann man ohne Risiko das ganze Programm durchziehen. In aller Ruhe das Unerhörte tun: die Kurttheorie bestätigen. Beschreiben, wie die Kurts ihr Pech verbreiten, und all die verdammte Sabotage, die sie dadurch anrichten.

»Aber ... hrm ... nun ja ...«

»Wir sind somit zu dem Schluss gekommen, dass Emanuel Creutzer Recht hat«, schließt man ab. »Es gibt überall Kurts. Auch an Ihrer Universität wimmelt es sicher von Kurts.«

Die Zuhörer husten angestrengt. Lassen ein unsicheres Lachen vernehmen, knöpfen sich die Hemdkragen auf, beginnen eilig einen Fingernagel zu feilen.

»Und diese Kurts, die sollen also ... Pech verbreiten?«

Darauf brauchte man gar nicht zu antworten. An der Intelligenz des Publikums war nichts zu bemängeln. In den hochausgebildeten Schädeln begannen die Erinnerungsbilder einander abzulösen. Alles, was im Laufe der Jahre schief gegangen war. Overheadprojektoren, die mitten in einer entscheidenden Rede ausfielen. Abhandlungen, die von der Festplatte gelöscht wurden. Referenten, die an Bauchschmerzen erkrankten. Der wissenschaftliche Assistent, dessen Schädel von einer Kiste grönländischer Gesteinsproben gespalten wurde, die jemand nachlässig aufs oberste Regalbrett gestellt hatte.

Schon am nächsten Tag ging es los.

Unter größter Geheimhaltung konnten die CERN-Forscher ihre Kurtstudien über die ganze Welt verbreiten. Um Zeit zu sparen, schrieb Laudrup eine kleine Zusammenfassung, die bald zu einem Artikel anwuchs und schließlich einer regelrechten Abhandlung ähnelte. Er unterzeichnete den Text mit dem Pseudonym Sergeant Pepper und schickte ihn dann per Email über die ganze Weltkugel. Innerhalb kurzer Zeit war die Forschung in vollem Gang. Aufgeregte Teilchenphysiker,

Biologen, Mathematiker, Mediziner und Philosophen begannen bald jeder für sich nach Anzeichen für die Existenz der Kurts zu suchen. Dass das Dasein voller kleiner, hinterhältiger Wesen sein sollte, das hatte man zwar bereits seit Anbeginn der Menschheit geahnt, doch erst jetzt war es mehr oder weniger wissenschaftlich bekräftigt worden.

Und plötzlich begann das Telefon daheim bei Emanuel Creutzer zu läuten. Man wollte wissen, ob er möglicherweise mit diesem Sergeant Pepper identisch sei. Zuerst leugnete er es rundheraus. Aber mit der Zeit erwachte er aus seiner Prozacdiät und begann nach und nach anzudeuten, dass er es vielleicht doch sein könnte.

Und plötzlich war er mitten im Getümmel. Aus allen Ecken der Erde trafen Einladungen ein. Es handelte sich nicht um Vorträge, nein, dieses Risiko wollte man nicht eingehen, sondern um ganz informelle Zusammenkünfte. Ein Geschäftsessen mit ein paar Dutzend geladenen Gästen. Kleine Partys, auf denen er Sergeant Peppers Schlussfolgerungen mit den klügsten Köpfen der Gegenwart diskutieren konnte. Eine Expertensicht bei absolut inoffiziellen Podiumsgesprächen.

Das Geld strömte nur so herein. Seufzende Frauen hinterließen Nachrichten auf seinem Anrufbeantworter. Er kaufte sich einen neuen Zagalloanzug und einen schwarzen Porsche, er tauschte seine ärmliche Vorortwohnung gegen ein hochmodernes Fünf-Zimmer-Appartement in Hamburgs bester Wohngegend. Eines Abends saß er zwischen seinen vielen Vortragsreisen daheim auf dem neuen englischen Glattledersofa, nippte an einem erlesenen Wein aus dem Medoc und lauschte seiner neuen Geliebten aus Bayreuth, die auf dem funkelnagelneuen Flügel Wagner spielte.

Da fiel es ihm wie Schuppen von den Augen.

Er hatte kein Pech mehr.

Er stellte das böhmische Kristallglas ab und bewunderte

die Nackenbeuge der blonden, äußerst konzentrierten Schönheit. Sie hatte sich die Haarmähne mit einem Golddiadem hochgesteckt, das er ihr in Mailand gekauft hatte, und er sah, wie der helle, zarte Nackenflaum glitzerte. Die Schulterblätter arbeiteten bei einem kräftigen Fortissimo, und die schmalen schwarzen Schulterträger des Abendkleids schienen wie mit Tusche auf ihre helle Haut gemalt zu sein.

Ich habe jetzt Glück, dachte er. Mein Lebensschicksal hat sich gewendet. Ich bin im Augenblick der größte Glückspilz in ganz Norddeutschland.

Er fragte sich insgeheim, wie es nur dazu hatte kommen können. Er hatte das ja wohl kaum verdient. Nach der ersten Kurtkatastrophe war er vor die Hunde gegangen, alles war zusammengebrochen, und er hatte wirklich angefangen zu saufen. Und irgendwann während dieses Verfalls hatten sich die Kurts aus seinem Leben geschlichen und hatten ihr schreckliches Pech mit sich genommen.

Emanuel war vielleicht ein wenig langsam, aber er war alles andere als dumm. Er begann einen Zusammenhang zu erahnen. Solange er sich angestrengt und gekämpft hatte, ein erfolgreicher Professor und Institutsleiter zu werden, hatten die Kurts sich in Trauben an ihn gehängt und alles, was er tat, mit Pech vergiftet. Aber als er erledigt und erschöpft im Dreck lag, da waren sie es leid geworden und hatten sich davongemacht.

Zuerst vermutete er, es läge vielleicht an der Chemie. An all dem Bier, das er in sich hineingeschüttet hatte. Die Kurts ertrugen möglicherweise keinen Äthylalkohol. Doch dann ging er in sich und musste zugeben, dass er bereits vor der Katastrophe ziemlich viel gesoffen hatte. Vom Flügel her ertönte das Wagnerfinale. Bombastisch, sie zeigte ihm das Profil, rosig erhitzt.

Die Nacht füllte sich mit schroffen Arien.

Ihre geschmeidigen Klavierfinger um seine Peniseichel,

kleines, leises Stakkato und Tremolo, bis er wie eine einzige
große Saite erzitterte.

Am nächsten Morgen setzte er sich herrlich durchgewalkt
an seinen Schreibtisch aus polierter Meereseiche und dachte weiter nach. Welche Menschen hatten Pech? Er bündelte
die Beobachtungen, die er im Laufe seines Lebens gemacht
hatte, in ein paar konkreten Punkten:

- Jüngere Menschen haben mehr Pech als ältere.
- Nette Menschen haben mehr Pech als Stinkstiefel.
- Intelligente haben mehr Pech als geistig Behinderte.
- Jungs haben mehr Pech als Mädchen, das hält bis ins Al-
  ter um die dreißig an, ab dann haben Frauen deutlich
  mehr Pech als Männer.
- Moslems haben mehr Pech als Christen, was bemerkens-
  wert ist, da Jesus deutlich mehr Pech hatte als Moham-
  med.
- Juden haben ungeheuer viel Pech.

Emanuel betrachtete schweigend seine Liste. Laut diesen
Punkten müsste die am stärksten vom Pech verfolgte Person
ein relativ junger, netter und intelligenter Mann jüdischer
Abstammung sein. Das traf exakt auf ihn zu. Er war überzeugt davon, auf der richtigen Spur zu sein. Aber das beant-
wortete noch nicht seine Frage, woher diese Wendung vom
Pech zum Glück kam. Was war es, was alle Kurts mit sol-
cher Kraft verscheucht hatte? Hatte es vielleicht etwas mit
seinem Lebensstil zu tun, mit seinem Zusammenbruch
selbst?

Emanuel dachte darüber mehr als einen Monat lang inten-
siv nach. Sein Arbeitseifer wuchs, er schrieb Entwürfe, analysierte, suchte nach Mustern.

Da erklärte plötzlich die wunderschöne Pianistin, dass sie
seiner überdrüssig geworden sei, woraufhin sie nach Bay-

reuth zu ihrem verlassenen Ehemann zurückkehrte. Den Schmuck nahm sie mit. An diesem Abend saß Emanuel schwermütig auf dem Sofa und spürte ein schmerzhaftes Kneifen im Po, was ihn dazu brachte, das böhmische Kristallglas umzukippen und das dunkelbraune englische Ledersofa mit Wein aus dem Medoc zu beflecken. Es stellte sich heraus, dass das Kneifen von einem Füllfederhalter kam, der in seiner Gesäßtasche gesteckt hatte, und die Tinte, die auslief, verdarb seinen eleganten, teuren Zagalloanzug.

Die Einsicht traf ihn wie ein Keulenhieb, als er in Unterhosen dabei war, die Weinflecken vom Sofa zu wischen.

Die Kurts waren zurück.

Ich habe es gewusst, dachte Emanuel verbittert und ging in die Stadt in die nächstbeste Kneipe, um Bier zu trinken. Eine Woche lang lebte er in Saus und Braus, verpasste seine vereinbarten Vorlesungen und Reisen und versetzte alle Organisatoren, die vergeblich versuchten, Kontakt mit ihm aufzunehmen. Als die Woche vergangen war, hatte die Pianistin angerufen, sie wolle reuevoll zurückkehren. Vom Forschungsrat bekam er ein fettes Forschungsstipendium, von dem er gar nicht mehr wusste, dass er sich darum beworben hatte. Der Reinigung gelang es, die Tintenflecken mit einem neuen koreanischen Lösungsmittel zu entfernen, und der Anzug sah wieder aus wie neu.

Die Kurts hatten sich davongemacht.

Und da wurde es ihm klar. Natürlich! Es ging ums Mentale. Die Kurts wurden von etwas Speziellem in der Gehirntätigkeit angezogen, einem Zustand, einer ganz besonderen Kombination der winzigen elektrischen Signale des Gehirns, einem Synapsenmuster, das die Kurts attraktiver fanden als die Ameisen Zucker.

Das Synapsenmuster war das, was allgemein Ehrgeiz genannt wird. Karrieregeilheit. Scheißwichtigtuerei. Diese aufgeblasene Attitüde, dass man jemand wäre, dass man Talent hätte, dass man den Nullen einmal zeigen wollte, was für ein Genie man war! Und schwups waren die Kurts da, wie kleine schwarze Viren, sie kamen in Scharen herbeigesaust und klammerten sich an ihr Opfer, bis es früher oder später zu Grunde ging.

Im folgenden halben Jahr widmete sich Emanuel dem Studium dieser Hypothese, und hin und wieder hatte er gewaltige Schwierigkeiten, die Kurts von sich fern zu halten. Er wusste, dass er etwas Großartigem auf der Spur war. Der Antwort auf das menschliche Pech. Der Erklärung, warum bestimmte Menschen härter als andere befallen werden, warum das Butterbrot meistens mit der bestrichenen Seite nach unten landet. Hier handelte es sich nicht um Zufall, oh nein. Es lag am eigenen Hochmut.

Wenn die Kurts besonders aufdringlich waren, versuchte Emanuel sie mit zeitweiliger Meditation zu verscheuchen. Ich weiß, ich bin nicht der Beste auf der Welt, versuchte er zu denken. Meine Forschung ist nur eine von vielen. Ich versuche mich nicht als etwas Besonderes herauszustellen, ich glaube nicht, dass ich etwas Besonderes bin.

Und das schien tatsächlich zu helfen. Das Pech konnte zwar ab und zu noch auftauchen, aber nur stoßweise. Die Meditation wurde zu einem Ritual, einem regelrechten Gebet, das er herunterleierte, wenn er sich allzu anmaßend fühlte. Und dann machten sich die Kurts, die sich gerade gesammelt hatten, um eine Pechattacke zu starten, plötzlich Hals über Kopf von dannen. Der Tag war gerettet, die Balance wiederhergestellt.

Einige Zeit später stieß er zufällig auf ein ähnliches Gebet. Nur viel besser formuliert. Ein dänisch-norwegischer Autor hatte es bereits 1933 aufgestellt, Aksel Sandemose. Und das Gedicht hieß »Janteloven«, der Kleinbürgerkodex.

Bilde dir bloß nicht ein, dass du was bist. Bilde dir bloß nicht ein, dass du klüger bist als wir. Bilde dir bloß nicht ...

Der Kleinbürgerkodex erwies sich als das Schlimmste, was sich die Kurts vorstellen konnten. Emanuel fügte ihn in seine Abhandlung ein. Er nahm nie mit irgendeiner Universität wegen einer Promotion Kontakt auf, stellte seine Arbeit einfach auf seine Homepage. Als Verfasser gab er nicht sich selbst, sondern das Pseudonym Sergeant Pepper an. Alles, um nur nicht dünkelhaft zu erscheinen.

Es war, als hätte er ein Streichholz in einen Benzintank geworfen. Mit einem infernalischen Knall verbreitete sich die Arbeit über die ganze Welt, sie schoss wie eine Stoßwelle aus Einsen und Nullen über die Länder und Kontinente hinweg, wurde kopiert, vervielfältigt und auf Hunderttausende von Festplatten heruntergeladen. Und alle, die den Text lasen, wurden überzeugt.

Hinter Sergeant Pepper verbarg sich ein Genie.

Der Kleinbürgerkodex wurde in jedem Labor angeheftet, in jedem Institut, er wurde an jeden Erstsemesterstudenten verteilt, er wurde vor jedem Raketenstart in Cape Canaveral von Tausenden von Technikern im Chor dahergebetet. Denn gerade Raketenstarts waren eines der absoluten Lieblingsobjekte der Kurts gewesen. Horden scheißvornehmer Technologen, die mit offenem Mund dastanden und zuguckten, und unzählige kleine Schrauben und Schräubchen, die sich lösen konnten, Brennstoffbehälter, die lecken konnten, Kreise, die haken konnten, Kondensatoren, die im kritischsten Augenblick anfangen konnten zu brennen.

Bei CERN begann man damit, die jungen, strebsamen Forscher zum Kaffeetrinken hinauszuschicken, wenn der Beschleuniger abgefeuert wurde. Zurück blieben die älteren, leicht lethargischen Damen und Herren, kompetent, aber wohltuend prestigelos, grau in den Konturen, dabei jedoch scharf in den Gedanken. Sie taten nur, was zu tun war, augenblicklich verloren die Kurts ihr Interesse, und plötzlich gelang das Experiment entgegen allen Erwartungen.

Emanuel verkaufte seinen Sportwagen, kaufte sich einen anspruchslosen beigefarbenen Cordsamtanzug und erlangte einen Kultstatus, der fast dem eines Propheten glich. Er meldete das Patent auf ein Kurtwarngerät mit langen, äußerst dünnen Silberantennen an, das auf den Schreibtisch gestellt werden konnte und das aktuelle Pechniveau ablesen und in einem chemischen Gehirn widerspiegeln konnte.

Nach jahrelangen Messungen entdeckte er außerdem den Ursprung der Kurts. Sie entstanden in einem Winkel des Universums und waren das Resultat tiefgehender, ungemein intensiver Schuldgefühle einer mächtigen, schöpferischen Kraft. Seinen Besuchern gegenüber pflegte Emanuel Creutzer in die Richtung dieser anvisierten Kraft zu zeigen, geradewegs in den Sternenhimmel, in den kochenden Nabel des Universums.

Anschließend entschuldigte er sich jedes Mal, er wollte sich in keiner Weise hervortun oder als über den anderen stehend erscheinen. Äußerst bescheiden ging er zurück in den Salon. Jemand setzte sich dort an den Flügel, strich das Kleid über dem runden Po glatt, löste das Haar, so dass es über den Rücken fiel, und ließ seine schmalen, kräftigen Finger auf die Tasten sinken.

Eis

Du siehst jetzt ein blaues Licht ...«

»Nein«, protestiere ich aus dem Sarkophag heraus.

»Warte, ich fürchte, es leckt. Beweg dich nicht, sonst müssen wir mit allem wieder von vorn anfangen. So, jetzt, siehst du ein blaues Licht?«

»Nun ja, eher ist es wie ein schwarzer Punkt.«

»Blau muss es sein, versuch nicht, mich zu verscheißern.«

»Schwarz, und außerdem surrt es.«

»Es surrt?«

»Ja, das musst du doch auch hören.«

»Warte, ich gehe nachgucken ... oh Scheiße, das ist eine Fliege. Da ist eine Stubenfliege unter dem Deckel.«

Klatsch!

»Hast du sie erwischt?«

Platsch, zack. Dong!

»Sorry, ich muss sprayen.«

»Ich kann sie doch mit dem Leichentuch erledigen.«

»Du bewegst dich nicht! Halt jetzt die Luft an.«

Psst, pss-ssst.

»Hust, hust, hust ...«

»Halt die Luft an, du Pappnase, das ist Insektengift.«

»Hör mal, wir scheißen auf das hier, hust.«

»Ich glaube, ich habe den Satan erwischt. Beweg dich nicht!«

»Hust, hust ... jetzt ist es blau.«

»Hast du gesagt, dass es blau ist?«

»Es ist blau.«

»Ja, gut. Es war nur nicht richtig geschlossen. Warte, dann werde ich die Fliege wegnehmen, ach, verflucht, sie ist ins Leichentuch gefallen!«

»Blau ... blau ...«

»Ich komme nicht ran ... kann sie da liegen bleiben?«

»Blau ... blubb ...«

»Okay, dann machen wir weiter! Nitrogen auf. Blutverdünner, so. Körpertemperatur 37 ... 31 ... 24 ... 17 ...«

Das erste Mal ließ ich mich während einer gelinde gesagt idiotischen Mineralienexpedition einfrieren. Das ganze Unternehmen wurde von einer neu gegründeten Risikokapitalgesellschaft finanziert, und die Fahrt sollte zu einem neu entdeckten Planetensystem gehen, dem jede Sonne fehlte. Stattdessen umkreisten kleine Planeten einen riesigen Brocken aus Kohlensäureeis. Wir sollten also in eine eiskalte, finstere Welt reisen, garantiert ohne irgendwelche Lebensformen, die uns Schwierigkeiten machen konnten.

Ich hätte schon von Anfang an wissen müssen, dass die ganze Sache ein tot geborenes Kind war. Das Projekt wurde von Schreibtischyuppies gesteuert, die nur den Gewinn maximieren wollten, bevor die Konjunktur fallen würde. Natürlich gingen sie Konkurs, noch bevor wir zurückkamen, und von unseren Löhnen oder Provisionen sahen wir nicht einen blassen Schimmer. Und die Sache wurde nicht besser, als sich herausstellte, dass dieser Eisplanet mit Temperaturen nahe dem absoluten Nullpunkt von kleinen, unerträglichen, auf Heliumbasis funktionierenden Lebensformen bewohnt war, die es gelernt hatten, die äußerst schwache kosmische Einstrahlung fürs eigene Überleben auszunutzen. Sobald sich irgendetwas Warmes wie beispielsweise wir Astronauten ihnen näherte, kamen sie wie kleine Eiszapfen herangerobbt und errichteten in Windeseile um uns herum Eisberge, durch die wir erst nach stundenlanger Mühe mit der Hacke hindurchfanden.

Wie dem auch sei, die Reise dorthin sollte eineinhalb Jahre dauern, und wir konnten uns aussuchen, ob wir uns einfrieren lassen oder Videofilme glotzen wollten. Ich entschied mich fürs Erstere, einerseits, weil ich neugierig war, ich hatte es noch nie zuvor ausprobiert, aber auch weil die Gesellschaft allen, die sich einfrieren ließen, eine Sonderprämie versprach, weil sie so die Verpflegungskosten einsparte. (Ratet mal, ob wir auch nur den Zipfel der Prämie sahen ...)

Also wurde ich in den Komasarkophag gelegt und schlief zusammen mit einer Stubenfliege ein, und dann war ich für eine Weile weg. Und dann kamen die Sexträume.

Als die Forscher zum ersten Mal von diesem Phänomen hörten, trauten sie ihren Ohren nicht. Und die meisten der Versuchspersonen behielten es auch für sich, das Thema war doch zu peinlich. Erst als die Komagefrierer bereits im Handel waren und die Allgemeinheit Zugang zu ihnen hatte, begannen sich die Gerüchte zu verbreiten. Sobald man eingefroren war, begann man vom Sex zu träumen. Es hieß, das würde die ganze Zeit so weitergehen. Ein einziger, langer, intensiver Sextraum.

Was eigentlich unmöglich sein sollte. Tiefgefrorene Menschen können nicht träumen. Und schon gar nicht von Sex. Während unzähliger Experimente wurden die Versuchspersonen gescannt und auf jede denkbare Art und Weise ausgelotet. Und die ganze Zeit lag die Gehirnaktivität bei absolut Null. Die Nervenzellen und ihre Dendriten lagen eingefroren und unbeweglich da. Nicht ein einziges Ganglion, nicht eine Synapse war aktiv. Das gesamte Telefonnetz lag danieder, stumm, in Dunkelheit versenkt.

Einer der Konstrukteure des Komaschockgefrierers, der grönländische Professor organischer Thermik Jesper Qaqortoq, beschloss, dem Gerücht persönlich auf den Grund zu gehen. Zwei Wochen lang ließ er sich selbst unter genauester wissenschaftlicher Observation einfrieren.

Als er wieder geweckt wurde, hatte er äußerst schlechte Laune und war auffällig wortkarg. Das Betreuungsteam versicherte ihm, dass seine EEG-Kurve die gesamte Zeit über flach verlaufen sei. Er brummte etwas, fuhr mit einem Taxi nach Hause und kehrte ein paar Wochen später mit seinem schriftlichen Rapport zurück.

Jesper Qaqortoq bestätigte das mit den Sexträumen.

Im Übrigen war er bemerkenswert geizig mit Einzelheiten. Doch die Träume existierten, und sie waren von frivolem Charakter. Viel mehr als das stand nicht in der Pressemitteilung, die herausgegeben wurde.

Die Reaktionen waren unterschiedlich. Viele Journalisten glaubten, es handle sich um falsche Propaganda, um die Leute leichter überreden zu können, auf extrem lange Fahrten zu gehen. Und das war auch tatsächlich die Folge. Sobald die Leute von der Sache hörten, wurden die Buchungsbüros von Menschen überrannt, die sich aufmachen wollten. Fünf Jahre wie ein tiefgefrorenes Elchsteak dazuliegen, war ja wohl kein Problem, wenn man währenddessen feuchte Träume hatte. Unglaublich, wie eifrig sie bei der Sache waren.

Blau also. Blaubb ... Blubb ... Ein Kitzeln im Hinterkopf, als die Nitrogenmischung zu wirken beginnt. Ich und die eingesprühte Stubenfliege ins gleiche Leichenhemd gezwängt. Voll prickelnder Erwartung, gleich fängt die Party an. Doch vorher wird der blaue Schimmer erst einmal schwächer. Schrumpft ins Schwarze. Man fällt, verschwindet. Der Sargdeckel schließt sich.

Dann riecht es nach Käse. Ein etwas zu starker, säuerlicher Käsegeruch. Leuchtstoffröhren werden eingeschaltet. Ein schmutzigweißes Licht, faltige Laken, eine Trainingsanzugshose auf die Schenkel heruntergeschoben. Ich liege da und warte auf etwas, eine Krankenhausuhr schiebt ihren knackenden Zeiger jede Minute ein Stück weiter. Holzschuhe auf Linoleum, klapp, klapp. Und herein kommt ein Frauenzimmer, das aussieht wie Hermann Göring. Auf ihrem Flanellkittel steht »Landrat«. Sie zieht ihn aus, ihr Körper riecht nach Pferd, zwischen ihren alten, ausgelutschten Hängebrüsten sind Unmengen von Pickeln zu sehen.

»Polnisch oder serbokroatisch?«, hustet sie hervor und spuckt Flanellfusseln auf den Boden.

»Was ist serbokroatisch?«

»Das kostet extra, scheiße, ich hab 'nen Popel in der Nase.«

Sie pult mit dem kleinen Finger im Nasenloch herum und zieht einen gestreiften Gelatineklumpen hervor. Ihr Halstuch ist grau vor altem Dreck. Irritiert kratzt sie sich im Schritt, so dass dort irgendwo der Klumpen fest klebt.

»Ich glaube, ich verzichte«, murmle ich.

Doch ich kann meine Zunge kaum bewegen, ich liege in einer wachsartigen Lähmung dort.

Gleichgültig setzt sie sich auf mich, ein Gefühl, als parke ein Lastwagen auf mir. Und nun beginnt ein schrecklich lang gezogener Beischlaf. Es geht so langsam, dass man sich fragt, ob überhaupt etwas stattfindet, und die ganze Zeit furzt die Alte. Ein stinkender Nebel umgibt uns, und irgendetwas tropft auf meine Schenkel. Jetzt stellt sich ein Spanner in die Tür, ein glatzköpfiger, nackter Kerl, der herüberschielt, während er so tut, als läse er »Die Welt der Technik«, sich dabei aber langsam, ganz langsam einen mit einem Handgasgriff runterholt. Und dann kommt auch noch ein Schwuler auf einem Scooter hereingefahren. Er ist Same und fängt an zu joiken, wie geil er doch nach fünf Tagen in der Rentierhirtenhütte ist. Der Schwule zieht sich seinen dreckigen Motorradoverall aus und versucht sich an den fetten Kerl heranzumachen, doch sein Schwanz ist so schlaff, dass er durch den Furznebel nicht durchkommt. Und dann erscheint ein dickes Saunaweib und schreit, das Essen sei fertig, das Essen sei fertig, und alle fangen an süßsaure Schweineleber zu mampfen, und ich versuche verzweifelt wegzulaufen, doch alles ist wie der reine Sirup, und mitten in dem ganzen Durcheinander steht ein verkaterter Regisseur und dreht einen Pornofilm über das ganze Elend, den er an irgendwelche nichts Böses ahnenden Postorderkäufer im nördlichen Finnland verkaufen will.

Und so ging es weiter. Anderthalb Jahre lang. Ratet mal, ob ich mich gefreut habe, als sie mich geweckt haben.

Den Forschern war es wie gesagt vollkommen unerklärlich. Nicht das Pornografische in erster Linie, sondern die Tatsache, dass man überhaupt träumte. Wenn die Gehirntätigkeit faktisch auf Null ist, was ja der Fall war, dann sollte man überhaupt nichts erleben. Dann sollte es da drinnen abgestellt und eiskalt sein.

Bald wurde in Kopenhagen ein Kongress mit den berühmtesten Neurologen und Psychiatern der Welt abgehalten. Sie hatten unzählige Erklärungen für die Träume. Die Professoren baten einer nach dem anderen ums Wort und redeten hochnäsig über Neuronalität, Hypnagogische Paraaktivität, Orthocerebrales ESP und Ähnliches.

Schließlich stand eine alte, magere, estnische Neurologin auf, eine krummgebeugte Matrone mit riesigem Haardutt, den westlästadianischen Gebetsstundenteilnehmern nicht unähnlich, bereit zu beichten, und mit zitternder Stimme erklärte sie, dass alle diese Termini unnötig seien. Sie würden nicht gebraucht, weil für all das bereits in allen ihr bekannten Sprachen ein Wort existierte. Und dieses Wort war: Seele.

Ein Schauer ging durch das Auditorium. Der Kongress wurde auf Grund empörter Tumulte aufgelöst, ohne dass irgendeine Art von Schlussdokument unterzeichnet worden wäre. Aber alle wussten insgeheim, dass sie Recht hatte.

So war es also mit Hilfe von Sexträumen möglich, die Existenz der Seele zu beweisen. Es war die Seele, die verblieb, wenn das logische Denken aufhörte und das Gehirn in eine tiefgefrorene Frikadelle verwandelt wurde. Dann blieb die Seele zurück und stampfte in der Kälte von einem Bein aufs andere, arbeitslos und uninteressiert, ja, schlicht und einfach überflüssig. Keine Moralfragen, um sich zu engagieren, keine Gewissenskonflikte, keine Todesangst, die Einsatz verlangte. Und den Körper verlassen, das konnte die Seele auch nicht, denn die Person lebte ja weiter, wenn auch in tiefgefrorenem Zustand.

Während aller Zeiten hat sich der Mensch ja schon gefragt, ob die Seele wohl wirklich existiert. Und jetzt konnte diese Frage zum ersten Mal ganz wissenschaftlich mit einem Ja beantwortet werden. Es gab die Seele, die Seele war unsterblich, und die Seele war leider ein altes Ferkel.

Das genügte dennoch, um Millionen sich bekehren zu lassen.

Eine Welle der Neuerweckung schwappte über die Welt, bei der die Farbe Blau verehrt wurde. Man baute Altäre aus schimmerndem Eis und führte lang gezogene, kaum erträgliche Gebetsstunden ein, während derer die Teilnehmer einer nach dem anderen von ihren tiefgefrorenen Sexfantasien Zeugnis ablegten, die sorgfältig aufgenommen wurden, um sie niederzuschreiben und als Heilige Schriften an nichts Böses ahnende Postorderkäufer nicht zuletzt in Nordfinnland zu verkaufen.

Ich selbst habe mich jedoch nie wieder einfrieren lassen.

Das Roadermanifest

Im Weltraum geht man einander schnell auf die Nerven. Das ist eines der ersten Dinge, die man als Roader erfährt. Menschen sind anstrengend. Bei allen Besatzungen entsteht deshalb früher oder später einmal ein Konflikt. Da gibt es einen, der dauernd den Speichel durch die Zähne einsaugt. Der jeden Satz mit »nich« enden lässt. Der sich die Finger anfeuchtet, bevor er in den Handbüchern blättert. Der seine Strumpfflusen in der Dusche hinterlässt. Der mit halb gekautem Essen im Mund redet, der Zahnpastaflecken auf den Spiegel spritzt, der mit der Rückenlehne quietscht, der mit den Fingergelenken knackt, der Popel unter die Tischplatte klebt oder das Ende aller Videofilme verrät.

Man selbst ist ja leider perfekt. Der Einzige, der sich benehmen kann. Und sonderbarerweise ärgert genau das die anderen, besonders, wenn man versucht, die allergrößten Mängel in der Umgebung zu beanstanden. Und schon bald sind alle in eine schonungslose psychische Terrorbalance verstrickt.

Das kann nicht gut gehen. Das versteht sich von selbst. Zu Beginn der Roaderepoche kam es vor, dass Erzfrachter nach mehrjährigen Reisen zurückkehrten, und wenn die Last gelöscht wurde, musste man feststellen, dass die Besatzung das gesamte Schiff geteilt hatte. Sie hatten in der Mitte eine Berliner Mauer errichtet, den Vorrat geteilt und danach mehrere Jahre nicht mehr miteinander gesprochen. Manchmal kam es noch schlimmer, dann hatte die eine Hälfte die andere ganz einfach gefangen genommen. Den Feind in die Gymnastikhalle oder den Andachtsraum gesperrt und ihnen durch ein Loch in der Tür die Essensrationen geschoben. Im Extremfall hatte man die Besatzungsmitglieder, die am meisten gestört hatten, umgebracht. Zu der Zeit gab es eine inoffizielle Todesstrafe, »Hundeschwimmen« genannt. Es handelte sich ganz einfach um einen Weltraumspaziergang ohne Raumanzug, während der Rest der Besatzung sich die Nasen an den Kabinenscheiben platt drückte. Im Logbuch wurde es als Unfall deklariert, und dann war nur noch zu hoffen, dass die Angehörigen nicht anfingen, nachzubohren. Doch bald stellte man fest, dass sich so das Problem nicht lösen ließ. Wenn eine Besatzung auf einen Sündenbock aus war, war es nur eine Frage der Zeit, wann der nächste Konflikt auftrat. Und ein neues Opfer zum Hundeschwimmen ausersehen wurde. Und dann noch eines. Und früher oder später war man selbst an der Reihe.

Zu dieser Zeit wurde viel von dem militärischen Forschungsschiff Enterprise geredet. Als es nach einer achtjährigen Expedition zurückkam, war die Besatzung von einhundertfünfzehn Teilnehmern auf vierundsechzig geschrumpft. Die Überlebenden waren mit den Nerven am Ende und in einem erbärmlichen psychischen Zustand. Sie jammerten von einer Epidemie, die ausgebrochen war, einem tödlichen Virus, der einen nach dem anderen befallen hätte, so dass man gezwungen war, die Leichen auf Grund des Ansteckungsrisikos in den Weltraum zu schicken. Die irdische Justiz wurde jedoch misstrauisch. Als man das Schiff genauer untersuchte, fand man mehrere Blutflecke, die übermalt worden waren oder bei denen man versucht hatte, sie zu entfernen. An einigen Metallgeländern waren sonderbare Kratzer zu sehen, und in Bodenfugen darunter fand man Spuren von

Kot und Blut. In der Werkstatt entdeckte man einen abge-
knipsten großen Zeh, der unter eine Schutzplatte gerollt
und dort mit der Zeit mumifiziert war. DNA-Proben zeigten,
dass der Zeh der Freelance-Filmerin Alicia Spanner gehört
hatte, die mitgefahren war, um die Reise zu dokumentieren.
Ihre Ausrüstung befand sich noch in einer Kabine, doch alle
Filme waren verschwunden. Bei näherer Untersuchung
konnte man feststellen, dass der Zehennagel mit einem
Werkzeug, vermutlich einer Flachzange, herausgezogen
worden war.

Was den Vermissten genau zugestoßen war, kam niemals
an die Öffentlichkeit. Der Rest der Besatzung saß schweigend in den Verhören oder plapperte in psychoseähnlichem
Zustand ununterbrochen vor sich hin. Der Durchbruch gelang erst, als man Alicia Spanners Filme fand. Sie hatte sie
geschickterweise in einem Lüftungsschacht versteckt und
unglaublicherweise die Kraft besessen, während der bruta-
len Folterung das Versteck nicht zu verraten. Die wenigen,
die die Filme sehen durften, waren anschließend ungemein
schockiert. Die Übergriffe, die Alicia mit ihrer versteckten
Kamera dokumentiert hatte, bevor sie enttarnt worden war,
waren so bestialisch, dass das gesamte Material augenblicklich als geheim erklärt wurde. In dem Prozess, zu dem es
schließlich kam, wurden alle Überlebenden der Besatzung
wegen vorsätzlichen Mordes verurteilt.

Der Fehler bestand zu Beginn des Raumfahrtalters darin,
dass die Bonzen sich in zu viele Dinge einmischten. Irgendwelche Häuptlinge und Gernegroße wollten bestimmen, wie
das Schiff gelenkt werden sollte. So bauten sie alle Konflikte,
die es auf der Erde gab, fröhlich in den Aufbau der Besatzung
ein. Es gab an allen Ecken und Enden Befehlshierarchien,
peinlich genaue Disziplinregeln, Weck- und Grußvorschrif-
ten und kleinliche Drohungen mit Lohnabzug, es gab Zu-

ckerbrot und Peitsche, Stempeluhr und Überwachungskameras, Gemecker, Ermahnungen und Strafen.

Doch eine Sache vergaßen sie. Sie vergaßen, dass wir hinaus ins Weltall wollten. Dorthin, wo uns niemand von der Erde erreichen konnte. Sie versuchten die Kontrolle zu behalten, aber wir schnitten einfach ein Gummiband nach dem anderen durch.

Ohne große Worte führten wir Roader eine Revolution durch. Wir waren ganz einfach dazu gezwungen, dieses alte Erdenverhalten funktionierte da draußen nicht. Wir mussten nicht mehr unsere Ackerkrumen oder Reviere verteidigen. Keine Kriege mehr um Grenzpfähle. Wir mussten stattdessen lernen, auf engstem Raum miteinander zu leben, Seite an Seite, und zwar friedlich.

Auf diese Art und Weise wuchs die Roaderkultur heran. Hätten wir uns wie auf der Erde benommen, wäre die Fahrt für uns alle zur Hölle geworden. Deshalb begannen wir ohne große Umschweife zu experimentieren, zu versuchen, auf neue Art und Weise miteinander umzugehen. Die Worte der Roader verbreiteten sich wie ein Lauffeuer unter den Besatzungen. Nach Fernfahrten dort draußen sah man das Erdenleben mit neuen Augen. Diese ganze alte Eingeschränktheit. Die Gewalt. Die Arschleckerei. Plötzlich stellte man fest, dass man etwas Eigenes gefunden hatte. Eine Roaderhaltung, eine neue Art, Mensch zu sein. Es handelte sich dabei um Stolz. Im Weltraum kannten wir uns nun einmal am besten aus.

Daraus wurde das Roadermanifest geboren. Das Klügste, was jemals über das Leben im Weltall gesagt wurde. Es existieren verschiedene Varianten des Manifests, aber alle bauen auf der gleichen Grundlage auf.

Das Roadermanifest lautet folgendermaßen:

1. Es gibt kein Roadermanifest.

2. Hörst du nicht, du Dummkopf, es gibt kein Roadermanifest.
3. Wie oft soll ich das noch wiederholen, es gibt kein Roadermanifest. Und wenn du mir nicht glaubst, dann kannst du zu Hause bleiben und grüne Bohnen züchten!

(Grüne Bohnen werden manchmal durch anderes Gemüse ersetzt, was in den verschiedenen Gegenden der Welt halt eher passt. Blumenkohl ist ziemlich üblich. Oder Futterrüben. Oder für einige Afrikaner Pavianhirse.)

Das Manifest der Roader gibt es also, doch die Botschaft besagt, dass es kein Roadermanifest gibt. Der reine Zenbuddhismus, wie man meinen möchte. Aber die Ursache ist klar: Wenn es ein Roadermanifest gäbe, würden die Erdenautoritäten sich dazu verhalten und anfangen zu verbieten, zu bestrafen, zu fordern, ihm abzuschwören und so weiter. Mittels des Roadermanifests zeigt man den Erdlingen die lange Nase. Wir sind frei. Ihr habt uns nichts zu sagen.

Es gibt also kein Manifest. Aber sobald man die Ozonschicht hinter sich lässt, tritt es in Kraft. Das ist für einen Anfänger in der Besatzung verwirrend, es ist, als bliese plötzlich ein warmer Wind durch die Sektionen. Die Wangen der Besatzungsmitglieder werden rot. Die Leute beginnen zu lächeln. Man löst die Sicherheitsgurte seines Sitzes, schnürt die Stiefel auf und wirft die Achselstücke in den Müll.

Der erste Punkt des Roadermanifests lautet nämlich:
»Wir haben keine Uniformen.«

In vielen Flotten der größeren Gruben- und Frachtgesellschaften herrscht Uniformzwang. Während der Arbeitszeit muss man also die ganze Zeit ihre diagonalgestreiften marineblauen Reversjacken mit den dazu passenden Laminathosen mit Permanentbügelfalte und Biesen tragen. Dazu bei Start und Landung Schirmmütze, sonst Militärkäppi, Jagd-

mütze oder auch Bootsmütze, sowie Synthetikstiefel im Uni-
sexmodell. Ich sage nur: Pfui bäh. Wir entledigen uns dieses
Drecks so schnell wir können und holen den Lieblingspull-
over mit Dschungelmuster heraus oder vielleicht einen
Mönchskittel oder einfach einen schönen, abgenutzten Mor-
genmantel. Und dann proklamieren wir:

»Du zu allen.«

Das ist der nächste Punkt. Kein Herr oder Monsieur oder
Sir, kein feudales Honneur oder Verbeugen, keine Dienst-
gradbezeichnungen, alle unsere Befehlshaber und Vorge-
setzten verwandeln sich in Kumpel. Wenn sie sich weigern,
bricht ein Mobbing von infernalischem Ausmaße los, alle
Untergebenen beginnen sofort damit, an ihnen herumzu-
zupfen wie die Schimpansen an ihrem Fell, bis zu den Ach-
selhöhlen und Schamhaaren, bis die Uniform abgerissen ist,
und das wird immer wieder gemacht, bis der Betreffende ein
normaler Mensch geworden ist. Dann führen wir ein:

»Gleicher Lohn.«

Feierlich scheißen wir auf all die Lohnstufen der Erdlinge,
auf Akkorde und Erfüllungsbonus. Wir opfern alle gleich
viel Zeit im Weltall. Sollte dann dein Leben mehr wert sein
als meines? Nein, wir schmeißen ganz einfach alle Löhne zusammen, hohe wie niedrige, und dann wird gleich aufgeteilt.
Die Erdlinge werden jedes Mal wahnsinnig, wenn sie davon
erfahren, sowohl unser Arbeitgeber als auch die Gewerk-
schaft ist der Meinung, wir würden sabotieren, aber wir lö-
schen einfach ihre empörten Mails. Anschließend beschlie-
ßen wir:

»Das Schiff gehört allen.«

Und das gilt unwiderruflich, so lange die Fahrt geht.
Unser Fahrzeug ist unser Heim und unser Überleben, die
dünne Eierschale, die unser Leben schützt. Wenn es kaputt
geht, kratzen wir alle ab. Deshalb tragen alle die Verantwortung für alles an Bord. Allen gehört der Laderaum. Allen ge-

hören die Brennstofftanks. Alle haben das gleiche Recht am Navigationsplotter, am Klimaregler oder am Telespiel. Sämtliche *Zutritt verboten*-Schilder schrauben wir ab. Erst wenn wir zur Erde zurückgekehrt sind, bekommt die Betriebsgesellschaft das Schiff zurück. Bis dahin gehört es uns.

»Freier Sex.«

Haben wir. So heißt es jedenfalls. Ja, das ist eines der häufigsten Vorurteile uns Roadern gegenüber, dass wir während der Reisen in einem Sexkollektiv leben. Und dieser zählebige Mythos, dieses Gerücht, das uns immer wieder entgegengehalten wird, kann ich, was mich betrifft, nur bestätigen.

»Gemeckert wird nicht.«

Das ist der letzte Punkt des Roadermanifests. Tu, was du tun sollst, was du kannst und was du schaffst. Aber meckere nicht herum. Glaube nicht, dass es davon besser wird, wenn du meckerst. Jammere nicht. Rede kein dummes Zeug. Renn verdammt noch mal nicht mit beleidigter Miene herum.

So einfach ist es, in Frieden zu leben. Das Roadermanifest könnte bereits morgen auf der Erde für Frieden sorgen.

»Quatsch!«, sagen die Erdlinge.

»Zieht eure Uniformen aus«, sagen wir Roader. »Fangt damit an. Zieht nur einfach einmal eure Uniformen aus.«

»Quatsch!«, sagen die Erdlinge wieder.

Dann lasst sie doch da sitzen und ihre Pfennige zählen.

Gaganet

Das Universum ist groß. Das Universum ist unendlich. Das Größte, was es im Universum gibt, ist das Universum. Aber was ist das Zweitgrößte?

Die Antwort lautet: das Gaganet.

Das Gaganet gibt es überall wie weiche, luftige Wattefasern. Wenn das Universum ein Ei wäre, dann wäre das Gaganet die flauschigen Federdaunen, in denen das Ei ruht. Eine glänzende Fasernfüllung, so leicht, dass sie zu schweben scheint.

Das Gaganet wurde geboren, als die Technik sich überall im Weltall ausreichend entwickelt hatte. Diese kolossal kraftvollen Wasserstoffcomputer mussten erst erfunden werden und dann im Preis sinken, so dass jeder sie kaufen konnte. Welten in allen Ecken des Universums mussten angeschlossen und in die Lage versetzt werden, eine kompatible Programmiersprache zu benutzen. Die Hohlsaitenkommunikation musste entdeckt und verfeinert werden, damit die Datenkommunikation blitzschnell auch auf hunderttausend Lichtjahre Abstand ausgeführt werden konnte. Langsam konnte einer nach dem anderen sich ankoppeln. Stück für Stück wurde das weiter wachsende Gewebe immer größer, Inseln wuchsen mit anderen Inseln zusammen, Flecken breiteten sich aus und verzweigten sich, sich windende Arme schossen tastend hervor und fanden in der Dunkelheit suchende Tentakel, Blutkreisläufe wurden miteinander verkoppelt, und bald konnte dieser unförmige Riese anfangen zu pulsieren und zu leben.

Das Gaganet, das ist schlicht und ergreifend das Internet des Universums. In ihm befinden sich die gesamte Klugheit und der gesamte Wahnsinn des Weltalls, und als es gelungen war, Suchmaschinen für dieses mastodontische, Schwindel erregende, Übelkeit erweckende Riesennetz zu entwickeln, da konnte jeder, der wollte, immer, wenn er wollte, auf wirklich jede Frage eine Antwort bekommen.

(Wie immer wurde das Projekt zunächst von unrealistischen Erwartungen umgeben. Endlich sollte auch das kleinste Individuum die Möglichkeit haben, sich zu bilden, seine Interessen zu entwickeln, sich zu verfeinern. Das Gaganet sollte zu einer wachsenden Demokratie führen, die Fremdenfeindlichkeit verringern und zu einem größeren Verständnis zwischen den Völkern und Kulturen verhelfen. Bis zum heutigen Tag hat das Gaganet gut zwei Millionen Kriege verursacht, ungefähr vierzig Millionen Aufstände und Revolutionen und zu mehr als fünfhundert neuen Varianten des Wortes Kanacke geführt.)

Mit der Zeit bildeten sich universelle Interessenverbände und Chatseiten für buchstäblich alles zwischen Himmel und Erde. Wie außergewöhnlich du auch sein mochtest, es gab immer irgendwo in irgendeinem anderen Sonnensystem einen Seelenverwandten. Es entstanden Zusammenschlüsse für sprachinteressierte Serviceroboter, für Quallen mit Borderlinesyndrom, hautempfindliche kriminelle Giftschlangen oder zweibeinige Säugetiere humanoiden Charakters, die Datasex via ankoppelbarem Fernmasturbators haben wollten, wobei der Gegenpart auf einer digitalen Klitoris herumklicken konnte.

Nicht zuletzt wurden Texte ins Netz gestellt. Artikel, Schulaufsätze, Propaganda, Pamphlete, alles, was man sich denken kann. Das betraf auch die Belletristik. Poesie blühte in allen lebendigen Planetensystemen. Novellen und Romane wurden digitalisiert und in Millionen von Galaxiebibliotheken heruntergeladen, jede Einzelne davon mit einem Bestand von Zehntausenden von Titeln, alles von zeitgenössischer stiefelmodernistischer Punkprosa bis hin zur andromedagalaktischen Runenmagie.

Und über das Gaganet gelang es auch, die allerältesten Schriften des Universums wiederzufinden. Es stellte sich heraus, dass sie aus der schon vor langer Zeit ausgelöschten Azepikultur stammten und aus kurzen Mitteilungen bestanden, die auf Schieferplatten in den mongolesischen Grabkammern eingemeißelt worden waren, zwölf Milliarden Jahre vor Homer, in der ersten kondensierten Ecke des Weltraums nach dem Big Bang. Die Texte existieren leider nicht mehr im Original. Der ganze Planetenhaufen, auf dem sie geschaffen wurden, wurde später von einer Supernova vernichtet, doch vorher gelang es einem lokalen Archäologen, eine umfassende Abschrift sämtlicher Grabinschriften anzufertigen. Diese Abschriften gibt es leider auch nicht mehr im Original, sie wurden von der gleichen zerstörerischen Supernova vernichtet, die wirklich einen verdammt lauten Knall verursachte. Aber glücklicherweise war diese Abschrift auf Laminatrollen übertragen worden, und zwar von lebenslänglich Gefangenen im Rahmen ihrer Zwangsarbeit auf einem Gefängnisplaneten. Die Laminatrollen gibt es leider auch nicht mehr im Original, da sie bei dem blutigsten Gefangenenaufstand, den man bis dato erlebt hatte, als Waffen benutzt wurden, aber glücklicherweise waren sie vorher von einem Gefängniswächterpraktikanten auf den Zentralrechner eingescannt worden. Den Zentralrechner gibt es auch nicht mehr, weil er unglücklicherweise bei dem Aufstand in Flammen aufging. Doch zum Glück war ein Hacker in ihm gewesen und hatte die ganze Datei zu sich heruntergeladen in dem Glauben, es handele sich um ein unge-wöhnliches Computerspiel. Der Hacker starb zwar durch die Folter, indem er langsam an seinen eigenen Rotzklumpen erstickte, eine äußerst komplizierte Hinrichtungsform, zu der nach den fundamentalistischen drastischen Strafgeset-zen, die in der Vorzeit galten, Hacker verurteilt wurden. Der Rechner des Hackers wurde zermahlen, wie es üblich war, doch kurz vorher stahl ein Recyclingarbeiter die Festplatte und verkaufte sie an einen frisch examinierten Literaturwis-senschaftler namens Tudor. Der Recyclingarbeiter wurde später festgenommen wegen Unterschlagung und nach dem gleichen fundamentalistischen Gesetz zum Tode verurteilt, wobei ihm der Harnleiter zugebunden wurde, bis die Blase im Bauch platzte. Tudor dagegen öffnete die Azepidatei, ent-deckte die Abschriften der Schiefertafeln, rettete sie für die Nachwelt und wurde später ein weltberühmter Professor und gefragter Gastredner. Nicht besonders gerecht, wie es einem erscheinen mag.

Die Azepischriften konnten Jahrtausende hindurch nicht dechiffriert werden. Die Zeichen basierten auf einem Wirr-warr von Einkerbungen und ebensolchen Häufchen dahin-geworfener Nägelchen. Man vermutete, dass sie Lebens-schilderungen der Beerdigten enthielten, kurze Notizen darüber, was sie vollbracht hatten, und vielleicht noch etwas über die Angehörigen, die den Stein errichtet hatten. Man sah sich vor einer fast unlösbaren Aufgabe. Niemand kann-te mehr die Originalsprache, die Lebensweise der Azepier, ihren Lebensraum oder auch nur ihr Klima, da ihre gesamte Welt in winzigkleine Miniatome zersprengt worden war.

Ein paar tausend Jahre nach Tudors Epoche machender Entdeckung landete ein kleines, beschädigtes Raumschiff-chen bei einem Schrotthändlermarkt auf dem Recyclingpla-neten Ura, in einem ganz anderen Teil der Galaxie. Die Be-satzung lief herum und suchte nach Ersatzteilen, als Steuermann Jaqueline Sande plötzlich einen Stand entdeckte, an dem man große, mit merkwürdigen Meißelspuren versehene Steinplatten verkaufte. Sofort erkannte sie die Schrift als Azepitext. Seit mehreren Jahren hatte Jaqueline die populärwissenschaftliche Zeitschrift »Gut zu wissen« abonniert, und in einer der letzten Nummern hatte sie einen ausführlichen Artikel über das ungelöste Schriftträtsel gelesen.

Jaqueline Sande drehte aufgeregt die Steinplatte um und fand zu ihrem Erstaunen auf der Rückseite einen ganz anderen Text. Er erinnerte stark an Altfornisch. Sie kaufte nur einen der Steine, ein größeres Gewicht würde das vollbeladene Schiffchen nicht tragen können. Dann konnte sie das Fahrzeug reparieren lassen und zum Mutterplaneten zurückkehren.

Es stellte sich heraus, dass Jaqueline über eine der größten archäologischen Sensationen in der Geschichte gestolpert war. Die Altersanalyse zeigte, dass der Stein der älteste war, der je im Universum gefunden wurde. Der Text auf der Rückseite war ganz richtig Altfornisch, eine Sprache, die zu deuten bereits früher gelungen war. Man nahm an, dass es sich um eine wörtliche Übersetzung des archaischen Textes auf der gegenüberliegenden Seite handelte. Endlich hatte man seinen Rosetta-Stein gefunden, den notwendigen Zugang, der bisher gefehlt hatte. Zum ersten Mal konnte man in mühevoller Kleinarbeit anfangen, die allerältesten noch existierenden Inschriften der Weltgeschichte zu entschlüsseln.

Doch was stand nun dort?

Du wirst es nicht glauben.

Umgehend wurde eine Expedition zurück zum Schrotthändlermarkt geschickt auf der Suche nach weiteren Resten von Steinplatten. Es stellte sich heraus, dass sie gerade eben an ein Einkaufszentrum verkauft worden waren, wo sie als Bürgersteigbelag verwendet werden sollten, und man war gezwungen einzusehen, dass mehr als die Hälfte der Platten bereits in der Steinmühle zerkleinert worden war. Aber nach zähen Verhandlungen gelang es, die übrigen Platten zu kaufen, dem Verkäufer war klar geworden, dass er auf einer Goldader saß, und dementsprechend waren die Preise. Schließlich konnte man die Platten in den Transporter verfrachten und fand zum allgemeinen Erstaunen heraus, dass alle eine altfornische Übersetzung auf der Rückseite aufwiesen.

Aber was stand nun dort? War es etwas Religiöses?

Nix da.

Die Forscher machten sich sogleich daran, das Altfornische zu übersetzen. Die ersten Interpretationen wurden jedoch in Zweifel gezogen. Also fing man wieder von vorne an. Drehte und wendete jedes einzelne Wort. Verglich immer wieder Altfornisch und Azepisch. Analysierte die Keilspuren bis in die einzelnen Silben hinein.

Schließlich herrschte kein Zweifel mehr. Die Experten waren sich einig. Man hatte den Code geknackt, man hatte Licht ins Dunkel gebracht, endlich konnte man die allerältesten, ursprünglichsten Texte des Universums lesen.

Es stellte sich heraus, dass die Steinplatten vom Schrottmarkt Briefe waren. Sehr kurze Briefe. Auf der ersten stand ganz einfach:

»Wir wollen bessere Programme haben.«

Verwundert fuhren die Forscher mit den anderen Platten fort:

»Mehr Spannung und mehr Spielfilme.«

»Sendungen über Liebe und darüber, enttäuscht zu werden.«

»Gebt uns bessere Filme, sonst geben wir keine Rinde mehr heraus.«

Und so ging es immer weiter. Die Steinbriefe vom Azepiplaneten mussten offenbar mit irgendwelchen sie aufsuchenden Raumschiffen fortgeschickt worden sein. Ihre Schreiber mussten Kontakt zu deutlich höher entwickelten Kulturen gehabt haben, die in irgendeiner Form Unterhaltungsprogramme gegen eine Art wertvoller Rinde tauschten. Die Steinplatten waren dem Supernovaknall entgangen, weil sie außerhalb des Sonnensystems geschickt worden waren, es ist zu vermuten, in eine Art staatliches Archiv. Mit der Zeit war das Archiv verfallen und waren die Steinplatten verkauft worden, um schließlich auf dem Schrotthändlermarkt zu landen. Und hier waren sie also, die letzten existierenden Reste der archaischen Azepikultur.

Mit Hilfe der Briefübersetzungen konnte man sich jetzt endlich auch an Tudors Abschriften der alten Grabplatten machen. Jetzt wurde es heikler. Aber nach großen Anstrengungen der besten linguistischen Experten und hochintelligenter Sprachcomputer gelang es, folgende Mitteilung zu entschlüsseln. Diese Zeilen waren es, die man in den mongolesischen Grabkammern gefunden und durch eine lange Serie außergewöhnlicher Zufälle der Umwelt hatte bewahren können:

Leere Därme schlagen den Blinden.
Fliegen essen alte Füße.
Schädel voller Rinde und Tränen.
Mama bohrt in deinem Ohr.

Und auf der allerletzten Steinplatte stand kurz und gut:

Wer das liest, ist doof.

Ähäm, sozusagen. Ameisen im Kopf der Akademiker. Nach dem ersten peinlichen Schweigen legte man vorsichtige Interpretationsversuche vor. Ein glatzköpfiger Professor emeritus nahm an, es handle sich um Perversitäten. Die Grabkammern selbst seien offenbar makabre Puffs gewesen. Eine zerknitterte Etymologin protestierte und schlug vor, dass es sich um groteske Hinrichtungsmethoden handeln könne, die an eben die erinnerte, welcher der unglückliche Hacker zum Opfer gefallen war. Eine der jüngeren weiblichen Linguisten stand daraufhin auf, klopfte mit dem Zeigefingernagel auf den Tisch und bedankte sich bei allen alten Knackern, die das Naheliegende nicht sahen. Dass es sich natürlich um Poesie handelte. Eine volkstümliche, ursprüngliche Poesieform mit Bezug zu Sprichwörtern und alten Redewendungen, in einer Tradition zu sehen mit der Kalevala oder der isländischen Edda.

Der Enthusiasmus eines Linguisten und ihre jugendliche Energie verschafften ihr mit der Zeit eine große Anhängerschar und brachte so einige Schriftsteller dazu, primitivistische Azepipoesie zu schreiben. Es war eine romantische Suche nach den Erzählerwurzeln in unserem Universum gleich nach dem Big Bang, als die Sprache noch frisch und feucht war und sich immer noch kneten ließ.

Tatsächlich kam niemand auf die richtige Antwort. Ich habe ja gesagt, dass du mir nie glauben wirst. Die ältesten noch erhaltenen Texte der Welt, also die Inschriften aus den mongolesischen Grabkammern – waren also – jetzt kommt es, jetzt wird das Geheimnis gelüftet.

Es waren die Titel der populärsten Fernsehserien dieser Zeit. Die Höhlen waren also keineswegs Grabkammern, sondern beherbergten das hoch geschätzte Fernseharchiv der Azepikultur. Unter jeder Steinplatte lagen binär komprimierte Videoaufnahmen der bis zu zweihundert Folgen, die jede Serie zu haben pflegte. »Wer das liest, ist doof« war übrigens die populärste Serie überhaupt, sie handelte von einer Rindengewinnungsfirma mit vielen Intrigen, Untreue und einer gehörigen Portion an Humor um den vom Pech verfolgten Junggesellen Pau, der gern heiraten wollte, und seiner dominanten Frau Mutter. Es gab einen ziemlichen Aufstand, als die Serie eingestellt wurde, die Azepier protestierten und drohten damit, keine Rinde mehr an Außerirdische zu verkaufen, sie stellten ihre Forderungen in den Steinbriefen auf, die damals auf dem Schrotthändlermarkt gefunden worden waren. Als eine Verhandlungsdelegation mit fünfzig neu gedrehten Folgen über Pau landete, war die Stimmung bereits so aufgeheizt, dass das Raumschiff gestürmt und sämtliche Fremden erschlagen wurden. Bei dem Tumult wurden die Videokassetten zerstört, die Abgesandten kehrten niemals in ihre Heimat zurück, und die Azepibewohner bekamen niemals zu sehen, wie Pau in der letzten Folge endlich Lou, die Schönheit des Rindengeschäfts, heiratete, wobei die Rindenarbeiter jubelnd im Kreis um sie herumstanden und die Gift und Galle spuckende Mutter zurückhielten.

Viele sagten voraus, dass das Gaganet den Tod der Literatur bedeuten würde. Bei so vielen Homepages, die man anklicken konnte, hätten die Leute gar keine Zeit mehr für Belletristik. Bald würde das Surfen alles andere schlucken, das Bücherlesen würde ebenso verschwinden wie einstmals Gladiatorenkämpfe oder Hexenverbrennungen.

Aber es kam genau umgekehrt. Die Homepage bibblan.com wurde eine der meistbesuchten, und das Lesen explodierte geradezu im Universum. Hier gab es plötzlich wirklich alles. Jeder Geschmack im ganzen Universum wurde zufrieden gestellt. Übersetzungsprogramme wurden pausenlos verfeinert, und man konnte selbst den Stil beeinflussen. Eine neutrale Unterhaltungsprosa konnte aufgemotzt oder naiv gestaltet werden, altertümlich verschnörkelt oder modern nüchtern. Die zahllosen Leser konnten einen Verkürzer benutzen, der monotone Naturbeschreibungen herausschnitt, zähe Monologe und anderes, was die Geschichte nicht voranbrachte. Andererseits gab es die Wiederkäuerfunktion, die dazu führte, dass der Lieblingsroman niemals ein Ende fand, sondern mit kleinen, netten Varianten bis in alle Ewigkeit weiterlief. Beliebt wurden auch Filter. Was auf einem Planeten geschätzt wurde, war auf einem anderen tabu, und wenn man Lästerungen oder Sodomie mit wirbellosen Tieren eklig fand, so konnte man einen Finden-und-Ändern-Filter vorschalten, der den Text reinigte. Statt »Gott, verdammt noch mal« konnte dann in der Übersetzung »Gott, so ein Mist« stehen, »Mein Gott, so was Blödes« oder bei maximalem Religionsfilter »Was für ein Pech!«.

Das Bücherlesen erreichte also dank des Gaganets sein höchstes Niveau in der Weltgeschichte.

Während hingegen die Schriftsteller verschwanden.

Was für ein Pech, so könnte man denken. Und merkwürdig außerdem, wie um alles in der Welt hing das nur zusammen?

Der Norweger Guttorm Loll wurde das Erdenwesen, das als Erstes die revolutionierende Entdeckung machte. Er war Norwegischlehrer an der Realschule in Tromsø. In seiner Freizeit war er ein begeisterter Amateurdichter mit mehreren Schreibkursen auf dem Buckel, und einer seiner Träume war, eine eigene Gedichtsammlung herauszugeben. Gleich bei Schuljahresbeginn war sein Blick auf die neue, exotisch schöne Psychologiestudentin Andrea gefallen. Sie hatte hohe, indianische Wangenknochen, ihre Augen waren groß und schwarz, als spräche eine alte Angst aus ihnen. Sie war auf der Hut. Wie ein Tier, das nicht gefangen werden wollte. Plump ließ er sich ihr gegenüber im Personalraum nieder, mit der Absicht, ein Gespräch mit ihr zu beginnen. Ihr Magen zog sich schon zusammen, als er nur seine Brotdose öffnete: Brotscheiben mit braunem, süßem Ziegenkäse und Makrele in Tomatensauce. Sie knabberte schweigend an ihrem Olivensalat und sah etwas gequält drein, ihre Lippen schlossen sich um die öligen Kalamataoliven und formten sich zu einem kleinen o, das die spulenförmigen Kerne herausdrückte. Er hatte bereits in Erfahrung gebracht, dass sie in Chile geboren war, irgendwo im Andengebirge. Deshalb hatte sie sich auch für Norwegen entschieden. Die Bergspitzen, der freie, weite Himmel. Er wollte sie gern berühren, wurde aber von ihrer unnahbaren Art abgeschreckt. Sie hatte einen kranken Mann zurückgelassen, wie sie einmal erwähnte, als er Kaffee für sie holte. Einen sehr kranken Mann. Und dann eilte sie davon, gerade als er seinen kleinen Finger auf ihren hatte legen wollen.

Es gab nur einen Weg. Er musste ein Gedicht für sie schreiben und so den Weg in ihr Herz finden. Dein langes, dunkles Haar ist wie ein nächtlicher Regenschauer ... nein, wie ein Wasserfall der Trauer ... nein, vielleicht eher irgendwie wie ein Fell, ein Fell hat etwas Dunkles und Geschmeidiges an sich, der schwarze Samt eines Panters im Schatten des Dschungels ... Ein empfindsames, seelenvolles Gedicht, das sie wecken sollte, damit sie dahinschmölze und feststellte, dass trotz geflochtener Slipper unter seinem Trachtenpullover und seiner allzu früh einsetzenden Glatze, hinter den schiefen Vorderzähnen und ein Vulkan brannte, ja kochte.

Der Anfang war immer das Schwerste. Die erste Zeile. Die musste sie sofort einfangen, ihr Gesicht festhalten, das jetzt abgewandt war, sie dazu bringen, ihre Tasche vom Stuhl neben sich zu nehmen, damit er sich setzen konnte, ihr Kinn ein wenig anheben lassen, erstarren, die Kakaohaut am Hals entblößen lassen bis hin zur weißen Bluse und dem Kruzifix, das darunter aufblitzte, das Metall lag auf ihrer Haut, glitzernd wie ein Tropfen goldenen Speichels ...

Guttorm schlug die Beine übereinander und drückte die pochende Last in der Hose hinunter. Er kniff die Augen in unterdrückter Wut zusammen, versuchte südländischer zu sein. Andrea musste davon überzeugt werden, dass er nicht nur so ein trockener norwegischer Stockfisch war.

Dann ergriff er seinen Stift. Jetzt.

Ich schmecke die Süße deiner reifen Frucht ...

Nein. Pfui Teufel.

Deine Spalten schwellen unter meinem stürmischen Tanz ...

Nun ja, Latinogefühle gab es ja wohl genug. Aber vielleicht kam er dabei doch etwas zu schnell zur Sache.

Ich bin der Docht in deinem Öl
die Funken des Herzens entzünden sich, brennen
schlagen ihre Flammen um meinen Körper
ich warte in Schmerzen

Puuh. Leidenschaftlich, doch zu schwer. Das schwebte nicht, wurde zu jammernd. Aber die erste Zeile war in Ordnung, da fand man die Passion.

Guttorm starrte seinen Vers lange Zeit an. Er fühlte sich frustriert, wollte das Ganze wie eine Gummihaut zurechtzupfen, es ausdehnen, so dass es in alle Richtungen wuchs, bis es den ganzen Himmel von Tromsø bedeckte: Ich bin der Docht in deinem Öl!

Ruhelos startete er das Internet und spürte dieses kurze, aufregende Schwindelgefühl, wenn das Logo des Gaganets auf dem Schirm auftaucht: eine Spiralgalaxis, die gemeinsam mit Tausenden anderer Spiralgalaxien herumwirbelte und gemeinsam mit ihnen ein stilisiertes G bildete. Er loggte sich in die Suchmaschine ein, eine ganz besonders umfangreiche, die die Schule abonnierte, und in einem kleinen Feld sah er den Curser blinken.

Ich bin der Docht in deinem Öl, schrieb er. Return.

Blink, blink. Warten.

Treffer. Eine ansehnliche Liste mit Links. Er klickte auf den obersten. Und augenblicklich füllte sich der Bildschirm mit Text:

Ich bin der Docht in deinem Öl
mein Körper brennt vor Eifer
deine Eiertentakel zu palpieren

Guttorm überflog schnell das Gedicht, das mit einem wirklich abstoßenden Amphibienbeischlaf endete. Selbst in dieser abgelegenen Zivilisation hatte ein Amateurschreiber
Guttorms Einleitungszeile formuliert. Er klickte auf den
nächsten Link:

Ich bin der Docht in deinem Öl
ich bin der Psifaktor in deinem Antigravitations-
kompressor
ich bin achtfaltig in deinem chiffrierten, gekrümmten
Raum ...

Er war in einer Anthologie mit antiken Texten einer vor langer Zeit schon zerstörten Hochkultur gelandet. Sie erinnerte eher an eine Formelsammlung.
    Den größten Teil des Abends saß Guttorm da und las
Hunderte von Gedichten mit exakt den gleichen Einlei-
tungsworten. Die Liste der Links wurde immer länger. Sie
schien unendlich zu sein. Schließlich streckte er den Rücken, ihm war ein wenig übel. Wie war es möglich, dass so
viele im Universum auf exakt die gleichen Worte kamen?
    Aufs Geratewohl gab er eine neue Gedichtzeile in die
Suchmaschine ein:

Ich bin ein biologischer Athlet
mit einem Himmelreich zwischen den Beinen
das hier ist schlechte Poesie
aber da sollst du drauf scheißen

Leicht errötend schickte er den Vers in das Gaganet. Dieses Mal dauerte es länger. Doch dann kam die Liste mit den Treffern. Er öffnete die ersten zehn Links und fand den Text wieder, vollkommen identisch, in allen möglichen Ecken des Weltraums. Dieses Mal wurde er von einem leicht würgenden Gefühl ergriffen. Das durfte nicht wahr sein.

Die ganze Nacht hindurch führte er sein Experiment durch. Und als die Morgendämmerung langsam einsetzte, erhob Guttorm sich von seinem Rechner, erschöpft und schockiert. Es war unfassbar. Welche sonderbaren und originellen Gedichte er auch schrieb, es gab sie bereits irgendwo dort draußen im Gaganet. Guttorm Loll war nun überzeugt. Es war vorbei mit seinen Schriftstellerträumen. Er hatte nicht die geringste Chance.

Alles im Universum war nämlich bereits geschrieben.

Alles? Ja, alles. Das musste man erst einmal eine Weile verdauen. Man glaubt es kaum. Es kann doch nicht wirklich schon alles geschrieben sein. Die Sprache ist zu groß, die Kombinationsmöglichkeiten können niemals zu Ende sein, die Sprache ist das Größte von allem, was existiert.

Hrrrm. Entschuldige.

Was war es, was ich vorsichtig zu Anfang des Kapitels andeutete? Was ist das Größte von allem? Das Universum, sagte ich, nicht wahr? Und das Zweitgrößte von allem ist das Gaganet. Und auf den dritten Platz kommt die Gottheit, und auf den vierten die dunkle Materie, und auf den fünften kommt die Gottheit und auf den sechsten auch, und dann kommen jede Menge anderer Dinge wie die kosmische Strahlung, das schwarze Loch im Zentrum des Universums, Wasserstoff und Helium und eine Unmenge anderer Grundstoffe, und danach kommt der Teufel, und danach kommt seine Großmutter.

Auf der jüngsten Liste landete die Sprache auf dem achtundneunzigsten Platz. Lies das noch einmal genau. Auf dem achtundneunzigsten Platz, direkt vor dem Strontium.

Alles, wirklich alles im Universum war also bereits geschrieben. Guttorm Loll hörte auf mit der Poesie und musste hilflos zusehen, wie Andrea von dem frechen, lauten Sportlehrer mit seinen Taekwondo-Tätowierungen umworben wurde.

Desillusioniert schrieb Guttorm einen Leserbrief über seine Entdeckung an die Lehrerzeitung und wies außerdem deprimiert darauf hin, dass sicher alle Leserbriefe bereits einmal an vielen anderen Stellen des Kosmos geschrieben worden waren. (Womit er vollkommen Recht hatte.) Die Reaktion war schockierend. Umgehend saßen Sprachforscher überall auf der Welt an ihren Rechnern und wiederholten Guttorms Experiment und konnten anschließend seine Beobachtungen nur bestätigen. Die Sprache war erschöpft.

Das wurde zum tödlichen Schlag für alle Schriftsteller. Die meisten hörten sofort auf mit dem Schreiben, als die Sache bewiesen worden war, es hatte irgendwie keinen Sinn mehr. Andere machten noch eine Weile weiter, stellten aber fest, dass sie kein Urheberrecht mehr erhalten konnten. Es gab ja bereits jedes Buch dort draußen, irgendwo in dem unendlichen schwarzen Ozean, wo die Galaxien wie Planktonpünktchen funkelten. Es war einfach niederschmetternd, Jahrzehnte dagesessen und an seinem zukünftigen Meisterwerk geschrieben zu haben, um dann im Gaganet zu klicken und herauszufinden, dass der Roman bereits vor vier Millionen Jahren in der Nachbargalaxie publiziert worden war. Das gesamte Werk Homers existierte bereits unter anderem auf dem Seefahrerplaneten in der Galaxie Nitin, mit allem Drum und Dran vom Trojanischen Pferd über die Zyklopen bis hin zu den Sirenen. Der einzige Unterschied bestand darin, dass die Hauptperson dort Odynisiviassavus hieß. Aber in ihrer Sprache wurde das Odysseus ausgesprochen.

Natürlich kam es zur Krise. Die Arbeitslosigkeit stieg wolkenkratzerhoch unter den Kulturarbeitern. Plötzlich gab es jede Menge kreativer Sonderlinge, die keinen Auslauf mehr für ihre Energie fanden. Es kam zu vielen unerfreulichen Scheidungen. Kindern ging es schlecht. Depressionen, Suchtprobleme und Schlafstörungen.

Dann gelang es jemandem zu beweisen, dass es doch noch Poesie gab, die bisher nicht geschrieben worden war. Sie bestand jedoch nicht mehr aus sinnvollen Worten, da alle derartigen Kombinationen bereits benutzt worden waren. Aber gewisse extreme Buchstabenkombinationen waren noch unbenutzt, insbesondere Qgff. Einige Autoren begannen Qgff-Poesie zu verfassen:

Qgffaih
Qgffppluug
Qgff35
Qgffalliu

Und so weiter. Doch damit erreichte man nie ein größeres Publikum, und nach einigen Gedichtsammlungen, die im Eigenverlag herausgegeben wurden, wurde dieses Projekt wieder beendet.

Aber das riesige Leseinteresse auf der Erde existierte ja weiterhin. Und jede Menge arbeitsloser Schriftsteller. Also begannen die Autoren ganz einfach zu surfen, statt selbst zu schreiben. Sie suchten nach Teilen, die ihnen gefielen, Textfragmenten aus Nah und Fern, Strophen, Seiten, halben Kapiteln, die sie am Bildschirm schnitten und zusammenfügten. Schließlich kam dabei ein merkwürdiges Textpuzzle heraus, das sie als einen Roman unter ihrem eigenen Namen publizierten. Alle wussten ja, dass man sich alles zusammengeklaut hatte, aber man nannte es einfach Postmodernismus, und damit war es plötzlich in Ordnung. Viele Schriftsteller wurden unglaublich geschickt darin, Gesuchtes im Netz zu finden, und erhielten so einen literarischen Überblick, der imponierend war. Sie wussten, wo es die Leckerbissen gab. Welche epischen Epochen in welchen Galaxiehaufen es wert waren, ihren Niederschlag zu finden. Welche Server die besten Buchkataloge hatten. Welche der Übersetzungsmaschinen die neuesten waren.

Der Postmodernismus funktionierte nur kurze Zeit. Er verstarb wie alles, was nur um den eigenen Nabel kreist. Zurück blieben allein die außerordentlich literaturkundigen ehemaligen Schriftsteller. Sie glaubten, dass die Sache jetzt endgültig gelaufen wäre. Sie dachten: Ich werde wohl im Supermarkt an der Kasse sitzen müssen.

Doch dann merkten sie, dass sie gefragt waren. Man brauchte sie. Man riss sich förmlich um sie, gab ihnen Lohnerhöhungen, eine Brille, Gesundheitsschuhe und ein unglaublich hohes Ansehen. Die Schriftsteller wurden verwandelt, aus ihren hässlichen braunen Kokons krochen vergoldete Libellen. Plötzlich flatterten sie an der Spitze der Gesellschaft herum, verehrt, bewundert, von allen innig geliebt.

Sie waren ganz einfach Bibliothekare geworden.

Das Loch in der Schwarte

Die Kneipe »Schwartenloch« auf dem Asteroiden Nugget ist eine der schlimmsten Kaschemmen, in der ein Roader landen kann. Eine Plastikschüssel in Großformat, bis zum Rand gefüllt mit abstoßenden Lebensformen, Glücksrittern, Unsittlichkeit und Schwarzgeld. Mit anderen Worten: Ein Muss für jedes Greenhorn auf seiner Jungfernfahrt.

Nugget kann man schon aus weiter Ferne wie einen Weihnachtsbaum am Himmel sehen. Hunderte von Erztransportern, Containerklapperkästen, Handelskisten, Überlandbussen und gestohlenen Frachtschiffen, schnelle Flitzer, Mafiayachten, Zollschmuggler, Rockerbüchsen, Satellitenyuppies und die eine oder andere intragalaktische Forschungsexpedition, die Schicht um Schicht wie große, funkelnde Elektronenhüllen um ihn kreisen. Kleine, glänzende Schiffchen sausen zwischen den Fahrzeugen und dem Felsblock Nugget hin und her; diesem groben, rauen Kern mit seinen signalroten, fledermausähnlichen Sonnensegeln. Auf dem Navigationsschirm kann man sehen, dass die Radarreflektoren den Namen Schwartenloch in altmodischem Neobarockstil formen. Geschmacklos. Und die Besatzung macht sich sofort an die Arbeit. Die gerade erst Aufgetauten sitzen zitternd mit dummem Grinsen im Gesicht da, der Kapitän liest die Warnhinweise, der Steuermann vakuumduscht den schlimmsten Kabinengestank weg, und die Maschinisten mütterchen streifen sich das kleine Schwarze über. Die Greenhorns stehen zögernd dabei, streifen sich ihre Turnschuhe über und spüren, wie die saubere Weltallunterhose im Schritt scheuert.

Wir bestellen einen Shuttle, und nach langer Wartezeit kommt er, denn unten ist es eng, da steigt die Party. Eine führerlose, versilberte Kompositgurke, in die wir uns hineinzwängen, jemand schiebt den Kreditstreifen rein, und sogleich geht es mit einem Ziehen in der Magengegend los.

Im Handumdrehen stehen wir unten auf der Plattform. Die Schleuse zischt, und wir klettern hinaus. Es herrscht Medianatmosphäre auf Kohlenwasserstoffbasis, das heißt, dass der Sauerstoffgehalt für uns Erdlinge an der untersten Grenze liegt. Wir schwanken umher wie in dreitausend Meter Höhe und schnappen atemlos nach Luft. Andere Lebensformen bekommen dagegen zu viel Sauerstoff, zwei Panzerkäfer beginnen, sich mit ihren rasiermesserscharfen Deckflügeln zu prügeln, bis sie auf dem Rücken landen, zitternd. Schon hier in der Schlange bekommt man zu sehen, was das Universum alles zu bieten hat. Die Vielfalt des Lebens. Es gibt Grünschnäbel, denen wird beim Anblick all dieser fremden Offenbarungen schwindlig, denen wird bereits hier übel, sie fallen um und müssen mit einem feuchten Handtuch über den Augen vom Rettungsshuttle wieder nach Hause gebracht werden. Ich kann sie verstehen. Es ist schlimmer als in den wildesten Träumen.

Unten auf der Erde glauben die meisten, dass Außerirdische grünen Männchen ähneln. Oder aber Eidechsen. Oder auch, dass Raumwesen ungefähr wie wir Menschen aussehen, um einfacher ihre hinterhältigen Attacken auf die Erdbewohner in den Fernsehserien ausführen zu können. (Vermutlich auch, damit die Filmproduzenten nicht ein Vermögen in schwer herzustellende Gummimasken investieren müssen.)

In Wirklichkeit sehen sie eher wie Picasso aus. Lange, bananenähnliche Milzteile mit einer gelblichen, mehligen Haut. Große, blubbernde Büschel, die an eine Blutwurst erinnern, in die man Preiselbeeren und Schraubenschlüssel reingebohrt hat. Wandelnde Schwellkörper, so sehr mit Warzen und Stempeln übersät, dass sie jedes Mal aufplatzen, wenn sie sich hinunterbeugen. Und dann haben wir noch all die Meerestiere, die auf anderem Weg zu uns gelangt und ins Aquarium geplumpst sind. Man kann sie durch den Glasboden in der unteren Bar sehen, blauschimmernde Algenquallen, zerfließende Herzbeutel, die sich nach innen und außen stülpen, elektrische, halsmandelähnliche Tonsillen, die vielen Schwarmintelligenzien, die wie hektische Wolken mal in die eine, mal in die andere Richtung huschen, und die merkwürdigen, neonfarbenen Spinnennetzquallen, die nie eine höhere Intelligenz erreicht haben, die sich der Besitzer jedoch als beeindruckende Dekoration zugelegt hat.

Man freut sich schon, wenn man einen Zweibeiner sieht. Besonders, wenn er auch noch einen Kopf hat und offenbar in der Lage ist zu kommunizieren. Dann akzeptiert man gern, dass er beim Reden Essigsäure spuckt oder sich gerade häutet. Dann synchronisiert man den Übersetzer, stellt sich vor und lädt zu einem Drink ein.

Doch zuerst müssen wir an den Wachen vorbeikommen. Kein einfaches Spiel, die Türsteher des Schwartenlochs sind nicht die Typen, mit denen man diskutieren kann. Sie sind genetisch aus riesigen Schweinen manipuliert. Gute zweihundert Kilo Sumpfschwein, das ursprünglich in gärendem Schlamm gewühlt hat und einen Körperpanzer als Schutz gegen die Süßwasserkrokodile entwickelte, die es ständig angriffen. Es ist gelungen, den Korpus des Sumpfschweins zu klonen und es einigermaßen stubenrein zu machen, die Daumen und Finger an den Extremitäten zusammenzukleben und ihm einige Polizeigriffe und Verhaltensregeln beizubringen. Aber mit den Gehirnen war das so eine Sache, sie blähten sich zwar auf, aber ziemlich schief.

Jetzt bin ich endlich an der Reihe.

»Haste 'nen Ausweis?«, grunzt das Kotelett, als ich ganz vorn stehe.

Ich halte ihm meinen Visumchip hin. Er steckt ihn kopfüber ins Lesegerät. Ein Fehlalarm piepst, er grunzt vor Frustration und drückt den Chip zu Brei.

»Schlechter Ausweis!«, stellt er fest.

»Hallo, warte mal …«

»Willste Ärger?«

»Was?«

»Willste Ärger mit der Aufsicht?«

»Nein, nein, das war nur … mein Ausweis …«

»Hau ab!«

»Warte doch, ich habe noch meinen Pass. Meinen Roaderpass.«

»Hää?«

»Der funktioniert wie ein Ausweis. Schieb ihn einfach in den Leser rein. Dreh ihn erst um. Nein, drehen. Vorsicht, dreh ihn in die andere Richtung …«

Knaaaack …

»Schlechter Ausweis!«

»Warte doch, du hast ihn versaut.«

»Willste Ärger?«

»Ja, jetzt muss ich wohl wirklich Ärger machen, denn du hast mir zwei Ausweise kaputt gemacht!«

»Du machst Ärger!«

»Okay, vergessen wir's, ich will ja nur reinkommen.«

»Haste 'nen Ausweis?«

»Ich bin eigentlich ganz nett, und ich hasse Krokodile!«

»Du hasst Krokodile?«

»Oh ja, ich hasse diese dummen, verdammten Schlammkrokodile.«

»Höhö ...?«

Eine Art Grinsen zeigt sich im Panzer.

»Ja, ja«, fahre ich fort, »diese dummen, ekligen, scheiß-idiotischen Krokodile!«

»Hö hö! Höhöhö!!«

»Darf ich jetzt rein?«

»Schwanz lutschen.«

»Ich will nur rein.«

»Schwanz lutschen.«

Nun, was zum Teufel soll man tun? Ich krabble zwischen die Beine, dorthin, wo dieser violette Schweineschwanz wie eine Grützwurst anschwillt. Dann ziehe ich ihn in seine volle Länge, biege ihn nach hinten und stopfe ihn tief ins schweineigene Arschloch.

Das ist ein Trick, der schon früher funktioniert hat und der das Kotelett eine Weile unter ansteigendem Gebrüll beschäftigt, bis man sich vorbeigezwängt hat und im Bargetümmel verschwunden ist.

Wir sind drinnen. In dieser übelsten aller üblen Kaschemmen, dem Loch in der Schwarte. Stell dir Hieronymus Bosch oder einen Splatterfilm vor. Hier nützt es nichts, die Zähne gebürstet zu haben. Man weicht einem Rotzklumpen aus, der durchs Lokal zischt, groß wie eine Bauchspeicheldrüse, man zwängt sich zwischen Fruchtblasen und Kiemen hindurch, kriegt Pollen auf den Mantel, duckt sich vor einer klebrigen Zunge, die Quallen aus einem frisch geernteten Magensack holt, man wird mit Schweiß, Nektar, Ruß, Galle und Mineralwasser bespritzt. Es gibt keinen freien Tisch. Man bewegt sich in dem Gewühl wie ein schwankendes Hodenei, irrt in dem Sack herum, ohne Halt zu finden. Dann stolpert man, es nützt alles nichts, man fällt mit der Nase voran zu Boden, und sofort kommen diese Schlampen und lecken. Man stößt sie mit den Füßen weg, aber sie kriechen sofort wieder herbei mit ihren schlürfenden, dreckigen Plattmäulern, wegen ihrer Saugnapfflossen ist es unmöglich, sie auf den Rücken zu werfen.

Der Gestank hier ist widerwärtig. Nimm nur die Atemgerüche, gewissen Gästen kann man sich kaum nähern. Die halbliegenden Sumpfsäcke, die Methangas und Schwefelverbindungen wie ein gerade erst geöffnetes, verrottetes Ei ausrülpsen. Oder dieser frische, eisenkühle Blutgestank der Humanosaurier hinten in der Raubtierkantine. Und all die Odeurs wie Ameisensäure, gekochter Kohl, Chlorgas und ranziger Talg, Molke, Leim, Ziegenhaar und alte Kippen, die einem aus allen Richtungen entgegenschlagen.

Vorsichtig drängt man sich zwischen Holzköpfen, Bürzelfedern, Rückenplatten, Amphibienbergen und Roaderuniformen aus allen Synthetikmaterialien des Universums zur Bar vor. Gleichzeitig stopft man sich gewissenhaft das Hemd in die Hose und zieht den Gürtel strammer. Im Dunkel unter dem Bartresen hängen sie nämlich in Scharen, die Trinkegel, geduldig auf ein bisschen nackte Haut wartend. Sie sind immer auf der Jagd nach einem Drink, aber gleichzeitig nervend geizig. Deshalb versuchen sie die ganze Zeit von den Bargästen zu schmarotzen. Sie beißen sich mit Betäubungsspeichel in ihren Saugmündern fest und koppeln sofort ihr Blutsystem an das des Wirtstieres, dann können sie wie eine Pflaume in der Leiste hängen und den ganzen Abend gratis und bequem mit steigendem Promillegehalt genießen.

Aber wenn man sich glücklich durchgezwängt hat, dann hat man die Wahl.

Oh je, ho ho ho!

Es werden besondere Anforderungen an eine intragalaktische Bar gestellt, das muss einmal betont werden. Da genügt einfaches Starkbier nicht. Äthylalkohol ist ja ungemein beliebt bei gewissen Wesen auf Kohlenstoffbasis wie uns Erdlingen, während andere Natriumhydroxid oder 2,4,5-Diammoniumalkaloidsulfat oder normale abgestandene Batteriesäure vorziehen. Die Gehirne sind ja nun einmal ungleich geschaffen. Ein Martini dry, der mich froh und sozial macht, kann einen Flugmammut umhauen oder bei einer kleinen Nadelratte wie Wasser durchlaufen. Diese grüne Saftbowle, von der die Fingergrille in ihrer Box so fröhlich nippt, besteht zu neunzig Prozent aus Curare. Man muss also darauf achten, die Gläser nicht zu verwechseln. Ab und zu kommt es vor, dass jemand explodiert, der aus Versehen seine Schnauze in einen Rest Dioxin, in Lackleder oder eine lebende Joghurtkultur gesteckt hat. Besonders Letzteres hat sich als das reinste Arsen für alle Roboter mit biochemischem Gedächtniskreis erwiesen. Nach dem kleinsten Joghurtschluck fangen sie an, nationalistische Roboterlieder zu grölen, dann schmeißen sie sich auf den Tisch und beschluchzen pathetisch den Verlust des Vaterlandes und der Traditionen, und im Endstadium prügeln sie sich untereinander, bis ihre Metallplatten sich lösen und ihr vom Joghurt aufgelöstes Biohirn wie ein Softeis zu Boden platscht.

Der Barkeeper ist ein schmuddeliger, büchsenartiger Schlangencomputer, der sich mit langsamen, wiegenden Bewegungen hin und her schlängelt.

»Was solls sein?«, brummt er durchs Bakelit und glotzt einen dumm mit seinen ungeputzten Linsen an.

Du debiler Teufel, denkt man verärgert. Laut sagt man:

»Ein Martini dry mit Limonenschale und Barracudagin und einer chemischen Olive, keiner natürlichen, und ein Zahnstocher aus in Wacholderrauch gehärteten Erkheikki-espenholz, und der Glasrand mit jodfreiem Mondsalz gefrostet, und dann soll er geschüttelt sein, nicht gerührt, also geschüttelt und nicht …

Pling, schon steht er da.

Es ist nicht zu glauben. Es geht so schnell, dass man kaum zusehen kann, die gewundenen Spinnenarme schaukeln wie Lianen zwischen den Flaschen und Schubladen und Unmengen von Regalen hin und her, und wenn etwas ganz besonders Außergewöhnliches gewünscht wird wie in Wacholderrauch gehärtetes Erkheikkiespenholz, dann öffnet sich der Barfußboden, die Eingeweide des Asteroiden tun sich auf, und mit einem Peitschenhieb fegt eine Schlinge mit einem Knall hinunter, an der Spitze sitzt eine äußerst kleine Greifklaue, die das hermetisch geschlossene Titanfach öffnet und sich einen der duftenden Holzstifte schnappt, dann wieder zurückschwingt und ihn mit einem kleinen Zischen durch die chemische Olive pikst.

Wenn man etwas Einfaches wie eine Piña Colada bestellt, dann steht sie schon vor dir, bevor du auch nur das abschließende -da hast aussprechen können.

Man schiebt den Kreditchip durch den Schlitz und sieht, wie der Barkeeper langsam zum nächsten Kunden schaukelt.

»Was solls sein?«

»Fistelsäure mit ausgequetschten Weibern und eingearbeitetem Iridium.«

Pling.

Man zwängt sich hinaus in den Dunst der Trankocherei und des Schmelzwerks, an seinem Drink nippend und den Weltraum betrachtend. Hier ist es. So sieht es also aus. Das Chaos aus mehr oder weniger intelligentem Leben von unseren Nachbargalaxien. Jede mögliche und unmögliche Lebensform, die aus den Grundelementen zusammengestopft werden kann.

Es ist schwer, dieses Erlebnis zu beschreiben. Eine unserer Schiffsärztinnen kam auf ihrer ersten langen Fahrt hierher, und sie kotzte den ganzen Abend Bindfäden.

»Schlimmer als meine erste Obduktion«, stöhnte sie hinterher.

Viele schaffen es nicht. Es wird einfach zu viel für sie. Man fühlt sich zu Tode erschöpft, das gesamte Körpersystem wird von allen möglichen Grässlichkeiten überschwemmt. Ich kann mich an einen Söldner erinnern, der mit uns getrampt ist. Er prahlte mit allen möglichen Angriffen und Säuberungsaktionen, die er mitgemacht hätte, ermüdendes Psychopathengerede über Mann-gegen-Mann-Kämpfe, Bajonettstiche und Gefangene, die nach eingehenden chirurgischen Eingriffen gezwungen wurden zu reden. Ich war von Anfang an dagegen, ihn mitzunehmen, doch unser Firmenmakler gab grünes Licht, ich bin fest davon überzeugt, dass er bestochen wurde. Und später war ich natürlich derjenige, der als Therapeut am Kontrollarmaturenbrett saß, während der Krieger stundenlang vor seinem Koffeindrink saß und herumlaberte. Er wollte unbedingt mit zum Loch in der Schwarte, obwohl ihn niemand eingeladen hatte, er hätte schon so viel über die Kneipe gehört. Und rein ist er auch gekommen, seine Augen wurden riesig wie fliegende Untertassen. Dann löste sich plötzlich die Schädeldecke bei ihm. Sie platzte einfach, die Knochenstücke knackten leise und bogen sich nach hinten, blieben an der Kopfhaut baumelnd mit Gehirnsubstanz dran klebend hängen. Fiel schließlich doch zu Boden. Der Kämpfer schrie und versuchte das Teil einzufangen, er kroch auf allen Vieren, aber mehrere Fleischwürmer konnten nicht an sich halten, sie schlängelten sich hin und begannen zu mampfen. Als er zum Schluss sein Schädelteil wiederhatte, war es leer, leergegessen wie eine Eierschale. Es gelang uns, den Kerl am Leben zu erhalten, und der Schiffsärztin war es möglich, die Schädelknochen wieder zusammenzufügen. Aber da ein großer Teil seines Kleinhirns aufgefressen war, saß er den Rest der Reise stumm wie ein Fisch da. Ein paar Monate später stieg er am Gordonterminal aus. Es heißt, er hätte dort ein Leben in den Sumpfwäldern begonnen, unter den Vogelläusen und den fliegenden Hunden, er hätte sich auf einem Baum niedergelassen und ernährte sich auf Insektenweise von allem, was er fand.

Viele glauben, das Weltall sei chromglänzend und schick. Besonders, wenn sie zu viele Weltraumfilme gesehen haben. Man glaubt, es gäbe nur gut geschnittene Aluminiumkleidung, bunte Plastikhelme und jede Menge elegant designter Laserpistolen.

In Wirklichkeit ist das Weltall hässlich. Erstaunlich viele Lebensformen haben blasse Farben, sie sind braungelb, graubraun oder zeigen eine beigefarbene Nuance, genau wie wir Menschen. Den allermeisten gemeinsam ist leider ein schrecklich schlechter Kleidergeschmack. Schlabbrig und viel zu groß, in übertrieben grellen Farben – gallegrün mit lila, türkisblau mit orange, Farben, die einen Migräneanfall verursachen können. Und dabei bleiben uns noch all die beißenden ultravioletten und infraroten Varianten erspart, die unter so vielen Lebensformen ach so beliebt sind.

Das Weltall ist also hässlich und benimmt sich schlecht. Doch das gilt nur für den Normalfall. Es ist noch viel, viel schlimmer, wenn das Weltall betrunken ist.

In der Kneipe »Das Loch in der Schwarte« ist das Weltall nicht nur betrunken. Es ist besoffen. Es ist breit. Es ist weggetreten, so verdammt zugedröhnt, dass sich das Innerste nach außen stülpt. Ich sage es dir nur – pass auf, wo du deine Füße hinsetzt. Überall liegen Tentakel und Fetzen kreuz und quer, und wenn deine Stiefel nicht säurefest sind, wird es bald nach dampfenden Käsefüßen riechen. Bei denen, die sich trotz allem noch aufrecht halten, kann man alle möglichen Vergiftungserscheinungen sehen, vom Sabbern übers Kiemenflattern bis hin zu heftigsten Spasmen und Kopfzuckungen. Sicher, es gibt auch im Schwartenloch Umgangsregeln, die Wichtigste besagt, dass man keinen Kneipengast aufessen darf. Und außerdem ist es strengstens untersagt, sich zu prügeln. Aber sag das mal einem bis zur Halskrause abgefüllten Rhinodont mit hundertfünfzig Kilo Muskeln in jedem seiner kolbenhämmernden Armbalken, versuch ihn

mal zu bremsen, wenn er dabei ist, auf einen ebenso wüten-
den Siliziumhünen mit einer Kieferpartie von der Größe eines VW-Busses und zangenförmigen Fäusten, die ein Loch
in einen Kernkraftreaktor schlagen und die Brennstäbe wie
Lutschstangen herausholen können, loszugehen. Wer so einen Zusammenstoß je gesehen hat, wird ihn nie vergessen.
Wer so einen Zusammenstoß je gesehen hat, überlebt ihn
ehrlich gesagt nur ziemlich selten. Wir reden hier nicht von
einer Prügelei, wir reden hier von seismischer Aktivität. Bei
der schlimmsten Kneipenschlägerei aller Zeiten zerplatzte
der ganze Asteroid in zwei Teile, und es waren jede Menge
freiwilliger Spenden und Schiffsladungen von Dichtungs-
masse nötig, um ihn wieder zusammenzukriegen. Tatsache
ist, dass die ganze Kaschemme ein paar Mal pro Saison To-
talschaden erlebt, das ist auch der Grund dafür, dass der
Barcomputer so zerbeult ist. Man rechnet ganz einfach damit, trotz aller Vorsichtsmaßnahmen und obwohl die
schlimmsten Stinkstiefel auf Lebenszeit Hausverbot haben.
Ununterbrochen landen neue Fahrzeuge mit dem schlimmsten Abschaum hier, und nach nicht mehr zu zählenden Be-
säufnissen mit gehörig gemixtem Gift ist es dann nur noch
eine Frage der Zeit, wann es knallt.

Am schlimmsten sind die Ameisenkulturen. Trotz schärfs-
ter Duftwarnungen in jeder nur bekannten Ameisensprache
schon am Eingang, die besagen, dass ein Ameisenkrieg
strengstens verboten ist, stapeln sie sich schnell jeweils an
der Stirnseite aufeinander. Und je mehr Läusepisse sie in
sich schütten, umso schneller siegen die Insekteninstinkte.
Und dann, hastenichgesehn, ist das Ameisengefecht schon
im Gange. Wir anderen lassen ihnen den Spaß, der Kampf
endet meistens nach einer Weile sowieso unentschieden, mit
einem Häufchen Überlebender auf jeder Seite, aber man
wird ja diesen Ameisengestank so leid. Früher schritten die
Wachleute ein und stampften in die Haufen, dann schlossen

sich die Ameisen jedes Mal blitzschnell zusammen und gingen stattdessen auf die Wachen los. Und die Ameisen sind zwar klein, aber nicht einmal einem Sumpfschwein gefällt es, ein paar Tausend messerscharfe Ameisenzangen am ganzen Körper zwicken zu haben. Deshalb werden sie inzwischen meistens in Ruhe gelassen.

Doch trotz der Krätze, des Gestanks, des unhöflichen Gehabes, des Gedränges, der physischen Risiken und auch der mentalen gehört das Loch in der Schwarte zu dem Überwältigendsten und Intensivsten, was ein Roader je erleben kann. Ich bin ein dutzend Male dort gewesen, und jeder Besuch hat mich als Mensch verändert. Dieses Gefühl, mitten im Weltraum zu stehen. Mit ihm geschoben zu werden, ihn nur auf eine Armlänge Abstand zu haben. Wir reden hier schließlich von Reisen über Tausende von Lichtjahren für Existenzen aus allen Ecken der Milchstraße und Millionen von Lichtjahren für die intragalaktischen Erzschiffe. Diese unendliche Leere dort draußen, dieser entsetzliche Abgrund aus Dunkelheit und Unendlichkeit, der uns voneinander trennt. Ausnahmsweise soll er einfach ausradiert sein. Ich habe schon so einiges von allen möglichen entlegenen Lebensformen gehört, das Gerücht ist ihnen vorausgeeilt, ich habe mir in meiner Fantasie vorgestellt, ihnen zu begegnen, habe von ihnen geträumt. Und plötzlich sind sie da, alle zusammen, an einem Ort versammelt. Das hier ist das Weltall. Und bei jedem neuen Besuch sind weitere Kulturen hinzugekommen, fremde, bis dato unbekannte Welten. Das Gerücht vom Loch in der Schwarte verbreitet sich schneller als das Licht, im ganzen Universum wird von ihm geredet, und je mehr Kulturen sich dorthin aufmachen, umso mehr bis dato unbekannte werden von ihm angezogen.

Es ist ein gigantisches, Furcht erregendes, ungeordnetes Familientreffen. Alle im Schwartenloch stammen schließlich vom gleichen Big Bang, alle sind wir weit entfernte Cousins und Cousinen. Ich lehne mich gegen einen Pfosten und schaue mich im Lokal um. Da steht eine Gruppe röhrenförmiger Würste, die sich ängstlich aneinander drücken und klammern, den Pellerücken uns zugewandt. Sie sind bestimmt zum ersten Mal hier. Ich richte meinen Blick auf die längste von ihnen, hebe mein Glas zu einem Toast. Sie erstarrt, die Sehstiele winden sich, die pflaumenfarbene Linse versucht herauszufinden, ob ich gefährlich bin. Doch dann beugt sie sich höflich ein wenig vor. Die anderen Würste drehen sich um, leicht zitternd. Dann heben sie alle ihre kleinen Parasitenbecher und schlabbern den wuseligen Matsch. Ich trinke einen Schluck aus meinem Glas und salutiere. Ich weiß nicht, woher sie kommen oder wie ihre Welt aussieht. Aber jetzt haben sie ihren ersten Menschen gesehen. Sie haben uns gesehen, jetzt wissen sie, dass es uns gibt. Jetzt haben wir nicht vergeblich existiert.

Plötzlich bewegt sich der Pfosten in meinem Rücken. Ich zucke zusammen und bitte diese ganz spezielle Lebensform um Entschuldigung, zwänge mich weiter durch das Getümmel. Verschwinde hinaus in das breiige, grunzende Weltall.

Stopp!

Stopp, mein liebes Publikum! Du bist wahrhaft bewundernswert, du bist bereits ein gutes Stück in diesem Buch vorangekommen. Du hast hellhörig diese verwinkelte Prosa aufgesogen, dir deine inneren Bilder geschaffen, Welten und Wunder gemalt, du hast deine reiche Fantasie und deinen scharfen Verstand benutzt, um ein maximales Leseerlebnis zu erreichen. Du bist ganz einfach der perfekte Leser. Du bist der Traum eines jeden Schriftstellers, mit deiner Sensibilität, deinem großen Einfühlungsvermögen und deiner Toleranz, die dich auch für schwere oder geradezu widerwärtige Gedankengänge empfänglich macht. Du urteilst nicht, du verurteilst nicht, du folgst dem Text wie einem fließenden Strom, du lässt dich in bis dato unbekannte Welten einladen, du bist kein Feigling, du bist ein kühner und bewusster Leser, nichts Menschliches ist dir fremd, du bist kein prüder Berührungsphobiker, du weißt, dass das Leben roh und fleischig sein kann, du weichst nicht vor Verbotsschildern zurück, du bekommst kein Bauchweh, du weißt auch die Feinheiten zu schätzen, die kleinen, haarfeinen Riffeln des Windes auf einer Granitwand, den Duft der Bergkuckucksblume auf dem dampfenden Schlachtfeld, den Geschmack von altem Tilsiter an einem Sommermorgen, den Geschmack von Wasser, von reinem, frischem Wasser, das alles hast du in dir, du bist allumfassend, du bist bewundernswürdig, es ist eine Gunst, deine Bekanntschaft machen zu dürfen, es ist ein einzigartiger Vorzug, ich verneige mich vor dir in tiefstem Respekt und höchster Bewunderung ...

Aber.

Du bist leider reingelegt worden.

So ist es nun einmal. Du bist an der Nase herumgeführt worden. Tut mir Leid, lieber Leser, du bist total auf den Leim gegangen. Was nur zu bedauern ist, sorry, sorry.

Sorry sorry sorry.

Alles, wirklich alles, was bis jetzt erzählt wurde, ist nämlich gelogen. Es ist erfunden. Es ist reines, hohles Geschwätz. In deiner starken Sensibilität bist du auf einen Bluff nach dem anderen reingefallen, man hat dich ganz einfach manipuliert, dich verwirrt, dich mit einer Menge Blödsinn voll gestopft.

Nicht so einfach, das zuzugeben, nicht wahr? Aber bitte denke dran, es ist nicht mein Fehler. Ich bitte dich, nicht dem Boten die Schuld zu geben, ich tue nur meine Pflicht, ich bin gezwungen, die Wahrheit aufzudecken, wie unangenehm sie auch sein mag. Und die Wahrheit ist, dass dieses Buch hier zum Himmel stinkt.

Es gibt kein Leben auf anderen Planeten. So ist es nun einmal. Außerhalb der Erde ist es leer. Der Mensch ist das einzige intelligente Wesen unter allen Millionen und Abermillionen von Sternen. Der Gedanke mag für viele schwer zu schlucken sein, ich weiß es, und ich respektiere das. Aber die Wahrheit ist nun einmal die Wahrheit, wie bitter sie auch sein mag.

Der Mensch ist einsam im Universum. Es gibt keine anderen. Da draußen ist es ungemütlich, schrecklich leer. Nur öde Wüsten aus Gas und Materie. Wie laut wir auch rufen, es kommt keine Antwort. Wie weit wir auch reisen, wir werden immer nur uns selbst finden.

Wir werden nie auf andere Wesen stoßen, weil sie ganz

124

einfach nicht existieren. Es gibt keine anderen Gedanken als die des Menschen. Wir sind einzig und allein deshalb die Krone der Schöpfung, weil wir keine Konkurrenz haben. Uns gehört das Universum. Wir sind Herrscher über eine unendlich große Wolke expandierender, toter Materie.

Das mag ziemlich frustrierend erscheinen, ich weiß. Man steht des Abends auf dem Rasen und hat sanft den Arm um die Schulter seiner Tochter gelegt. Vom Grill steigt ein Duft nach Lammkoteletts, Olivenöl, Knoblauch und Soja auf. Darüber werden langsam die Sterne angeknipst.

»Der Orion«, zeigt man. »Cassiopeia. Der Große Wagen, und da oben siehst du den Polarstern.«

»So viele«, flüstert sie entzückt. »So viele Sterne.«

»Es gibt mehr als Grashalme in unserem Rasen. Mehr als Sandkörner in deiner Sandkiste.«

»Und da ist der Mann im Mond!«, zeigt sie, als der anschwellende Himmelskörper langsam über dem Horizont aufsteigt.

»Es gibt keinen Mann im Mond«, erklärt man. »Es gibt niemanden dort draußen.«

»Doch, oh doch«, protestiert sie.

»Nein, mein liebes Kind. Da draußen im Weltall ist es leer und kalt. Es gibt niemanden dort, kein einziges Lebewesen, besser, wenn du dich gleich an den Gedanken gewöhnst.«

Sie beginnt zu zittern, und man glaubt, sie fröre. Doch es ist die Verzweiflung. Es ist die Resignation. Man zieht sie näher an sich heran, aber sie reißt sich los, läuft davon, verschwindet in der dichter werdenden Dunkelheit.

Nun kann man sich natürlich fragen, wie es so gekommen ist. Wie ist es möglich, dass an keinem anderen Ort als der Erde irgendeine Form von Leben entstand? Bei all diesen Myriaden von Planeten da draußen sollte das Universum doch eigentlich vor Leben nur so wimmeln. Ein ganzer Teil dieser Lebensformen hätte schon lange vor den Menschen entstehen müssen und damit Zeit gehabt, eine uns überlegene Intelligenz zu entwickeln. Sie warten dort draußen auf uns, überall. Es ist nur eine Frage der Zeit, wann wir zu ihnen Kontakt bekommen.

So ist spekuliert worden. So große Hoffnungen, so schöne Träume. Und dennoch war alles falsch.

Was man verpasst hat, das ist das Leben selbst. Der Zauber des Lebens. Nimm nur eine Schüssel mit warmem Wasser, füge Methan und Ammoniak hinzu und lass dann so viele elektrische Funken darin sprühen, wie du willst. Du wirst nicht eine einzige Bakterie erzeugen.

»Aber da bilden sich ja Moleküle!«, pflegen pfiffige junge Forscher auszurufen. »Wenn wir damit nur eine Million Jahre weitermachen, dann werden wir die erste Urzelle bekommen.«

Leben entsteht jedoch nicht auf diese Art und Weise. Was tot ist, beginnt nicht zu leben. Auf der einen Seite haben wir irgendwelche Kohlenstoffverbindungen und Aminosäuren. Auf der anderen Seite sehen wir die allerprimitivste Zelle. Und es ist dieser kleine Hopser, dieser Schritt von dem einen zum anderen, der so lächerlich winzig erscheinen mag, der jedoch genau besehen über den tiefsten Abgrund des Universums führt. Bis an den Rand kannst du gelangen, das ist nicht besonders schwer, es gibt unzählige Planeten mit günstigen Bedingungen. Aber nur einem einzigen ist es geglückt, über den Abgrund hinwegzukommen. Und das war die Erde. Das war das erste und das letzte Mal, dass so etwas passiert ist.

Fakt ist, dass es vor unserem Universum bereits mindestens zehn Milliarden andere Universen gegeben hat. Das ist natürlich nur eine grobe Schätzung, auf kosmischer Dendrochronologie basierend. Aber von diesen ungefähr zehn Milliarden Universen hat nicht ein einziges Leben besessen.

Sie waren nur hohle Luftballons, die sich immer weiter auf-bliesen und schließlich kollabierten, eines nach dem anderen. Wie in einer gigantischen Patience sind die Karten über den schwarzen Spieltisch des Weltalls verteilt worden, ohne dass es aufginge. Immer und immer wieder sind sie eingesammelt und sorgfältig gemischt worden, bevor sie wieder in einem riesigen Geben verteilt wurden.

Zehn Milliarden Nieten. Aber beim zehnmilliardenundersten Mal, auf einem der allerwinzigsten mikroskopisch kleinen Krümel in diesem unendlichen Staubsaugerbeutel. Da, zum ersten und einzigen Mal jemals, beginnt eine anschwellende Urzelle, sich zu teilen.

Und wir bekommen zwei Urzellen.

Es hat angefangen. Endlich, endlich ist es in Gang gekommen.

Man kann sich natürlich fragen: Warum? Warum geschah es ausgerechnet dieses Mal? War es reiner Zufall?

Die Antwort ist merkwürdig. Es wird dir schwer fallen, sie zu schlucken.

Es war Holger. Die Antwort lautet: Holger.

Und was ist dann dieser Holger, möchtest du wissen.

Eine Antwort auf diese Frage kann niemand genau geben. Stattdessen vermutet man so einiges. Sicherheitshalber hat man sich Holger als einen Fisch vorgestellt. Einen kleinen Fisch, der mit Lichtgeschwindigkeit kreuz und quer durchs Universum schwimmt. Kreuz und quer ist bereits in sich eine Vereinfachung. Vielleicht schwimmt er auf einer äußerst wohlüberlegten Bahn, aber weil Holger so schwer zu begreifen ist, ist es schwer, überhaupt einen Überblick zu bekommen.

Holgers Eigenschaft: Er fummelt überall herum. Er stört. Vor vier Milliarden Jahren kam Holger an unserem Planeten vorbei und stocherte in irgendwelchen Aminosäuren herum. Man kann sagen, dass dabei ein Schaden entstand. Holger tat sich ein bisschen weh. Er blutete ein wenig, und es spritzte etwas von seinem kleinen Fischschwanz. Ein schwaches Licht. Vielleicht kann man es sogar als einen Funken bezeichnen. Und das alles zusammengenommen führte dazu, dass das Leben endlich begann.

Und was geschah mit Holger? Er war doch so klein. Er verletzte sich und blutete, konnte er wirklich so einen Stoß vertragen? Die Antwort lautet nein. Er hörte auf zu atmen. Man kann sagen, dass Holger für uns starb. Er opferte sein kleines Leben, um uns zu schaffen. Und jetzt kommt die Schlussfolgerung, auf die ich die ganze Zeit hinaus wollte.

Wir sollten ihn ehren.

Oder etwa nicht? Das wäre doch wohl nur recht und billig. Ohne Holger wäre die Erde genauso öd und leer wie der Rest des Universums. Ein wenig Dankbarkeit wäre da ja wohl geboten.

Sprecht mir jetzt bitte alle gemeinsam nach: Holger Halleluja! Holger Halleluja!

Wir haben alle Holger in uns. Seinen kleinen Funken. Sein Blut. Das ist in uns allen geblieben, das findet sich in allem, was lebt.

Danke, Holger! Wir sind deine demütigen Diener!

Auf die Knie! Nieder auf die Knie mit euch allen! Holger, mein Holger, du bist das Licht in der Dunkelheit, du durchströmst uns alle. Du bist das Blut, Holger, du bist das Blut, das Licht und die Wahrheit ...

Holger, Halleluja!

Halla balla zinkus urdur mo pisim suguri la ...

Hallo! Hallo, was zum Teufel ist das denn? Da verlasse ich meinen Text nur für ein paar lächerliche Minuten, und jetzt wo ich zurückkomme, liegen meine Leser auf den Knien und brabbeln Rotwelsch!

Sie sind hier gewesen, nicht wahr? Die von der Holgersekte. Sie haben dich vollgelabert. Ja, ja, ihre Prediger wissen, wo sie einhaken können. Sie haben natürlich behauptet, das Universum wäre leer, oder? Lass mich raten, zuerst haben sie dich gelobt. Jede Menge Schmeichelei, so ein kluger, intelligenter Leser und so weiter, obwohl du in Wirklichkeit wahrlich nur Mittelmaß bist. Anschließend tränenreiche Tiraden über Einsamkeit und Leere. Und zum Schluss Halleluja.

Und du bist drauf reingefallen! Oink, oink, du bist dümmer, als ich dachte. Ich frage mich, ob ich dir erlauben soll, noch mehr von meinem Buch zu lesen, du Schafskopf! Genau das bist du, du Buchstabenidiot!

Die Holgersekte. Ich hätte dich warnen sollen. Extrempazifisten und Weltpessimisten, der ganze Haufen. Die glauben, dass Machtkämpfe und Kriege entstehen, sobald unterschiedliche Kulturen aufeinander stoßen. Die einzige Möglichkeit, Frieden im Universum zu erhalten, besteht darin, dass sie sich nie begegnen. Deshalb schicken sie ihre Missionare im ganzen Kosmos herum und leugnen die Existenz aller anderen Welten. Wenn du glaubst, du seist allein im Universum, dann hast du ja niemanden, mit dem du dich prügeln könntest.

Das mit Holger, das haben sie später hinzugefügt. Um etwas zu verehren zu haben. Das Bemerkenswerte dabei ist, dass ausgerechnet dieses kleine Detail, wie Holger der Erde Leben eingehaucht hat, stimmt. Holger ist ganz einfach die Samenflüssigkeit, die unser Universum durchströmt. Der Fehler in den Überlegungen liegt nur darin, dass Holger allein gewesen sein soll, oh nein, er hat Milliarden über Milliarden kleiner Spermienkumpel. Und deshalb brodelt der Weltraum jetzt vor Leben.

So, jetzt lass uns weitermachen. Aber putz dir erst einmal die Nase.

Androiden

Meistens wache ich vor den Brachvögeln auf. Dann bleibe ich in der Dunkelheit liegen, ohne mich zu bewegen, und ruhe in meinem Atem. Das Schiff surrt und flüstert in seiner unfassbaren Größe um mich herum. Mir fällt dabei der riesige Ameisenhaufen ein, den ich als kleiner Junge einmal im Wald von Huuki fand, in meiner Erinnerung werde ich wieder zum verschwitzten Sechsjährigen. Diese grotesken Massen in dem Ameisenhaufen, mehrere Schubkarrenladungen voll frenetisch krabbelnder Insektenglieder. Ich stand da und dachte nach: Wenn man alle Ameisen zu einem einzigen Körper zusammenfügte, würde er mehr wiegen als ich. Eine groteske Riesenameise würde dabei herauskommen, die mich verschlingen könnte, mich mit ihren panzerharten Mundwerkzeugen zersägen könnte. Aus der Tasche meiner Trainingsanzughose holte ich eine Tulo hervor. Eine weiße, leicht klebrige Halstablette, die ich oben auf den Haufen warf, dorthin, wo der Kessel am heftigsten brodelte. Ein Schleier aus Ameisensäure stieg mir entgegen, und augenblicklich wurde die Tulo von kleinen, messerscharfen Ameisenkiefern attackiert. Ich sah, wie die weiße Kugel hochgehoben wurde, hin und her wogte und dann eilig in den Haufen hineingezogen wurde, wo sie in einem Loch verschwand. In kürzester Zeit war sie verschlungen worden. Ich spürte einen Schrecken, als hätte ich einen Freund im

Stich gelassen. Ein Impuls ergriff mich: Ich wollte mit den Fingern graben, in den Tannennadeln zwischen all den Ameisenkörpern suchen, dem brennenden Schmerz widerstehen, bis ich die Tablette gefunden hätte. Auf kindliche Art und Weise gab ich ihr Leben und eine Seele, sie fühlte sich so einsam. Sie wollte wieder nach Hause. Jetzt mache ich meine erste Bewegung in der Koje. Drehe den Kopf, als wollte ich mich aus dem Verrat herauswinden. Aus den Schuldgefühlen.

Ich bin eine Tulo, denke ich. Jemand hat mich im Stich gelassen.

Genau in dem Moment beginnen die Vögel zu zwitschern. Fuuui-fui-fui-fui-fuirrrrr, eine zwitschernde Tonkaskade über dem Flussufer. Der Torne älv mitten im Mai, kurz nachdem sich das Eis gelöst hat. Dieser metallische, leicht rostige Duft nach geschmolzenem Schnee, verrottendem Vorjahresgras, abendlichem Rauch aus einer Sauna.

»Abstellen«, murmle ich.

Es kommt Leben in den Androiden in der Ecke, wo er zum Aufladen stand. Mit einem Dimmer werden die Tageslichtlampen entzündet, nach und nach, wie bei einem Sonnenaufgang. Die Brachvögel verklingen, verschwinden über den Fluss hinweg nach Autiohåll hin. Ich wickle mich aus den Schlaflaken mit ihrer selbstreinigenden Wattierung, die mich perfekt temperieren und trocken halten und eine nächtliche Kontrolle meiner Hautzellen durchführen, während ich schlafe. Sie sind so voll gestopft mit Mikrosensoren, dass sie eine Krebszelle entdecken können, selbst wenn sie unterm Zehennagel sitzt. Aus der Elektrogarderobe holt der Android meine ebenso gereinigte Wurstpelle. So nennen wir sie, die Kleidung der Besatzung aus Laminatfibern.

Man kann zwischen gut vierhunderttausend Wecksignalen wählen. Viele ziehen genau wie ich Vogellaute vor. Säugetiere sind auch beliebt, das Maunzen einer Katze, die morgens gestreichelt werden möchte, das Muhen von Kühen auf der Weide oder auch ein protziger, Klauen spreizender Auerhahn. Andere bevorzugen Musik, vielleicht die d-Moll-Fuge von Bach in der Sensurroundeinspielung von der Orgel im Kölner Dom. Oder Bob Dylan live auf dem Isle-of-Wight-Festival 1969. Wer etwas abenteuerlicher veranlagt ist, kann auch den Zufallsgenerator wählen. Dann kann man von tropfenden Stalaktiten geweckt werden, von Kastrationsschreien von Spanferkeln, chinesischen Halsreinigungsritualen, einem Volltreffer beim Bowling, den Schusssalven aus Steinschlossgewehren oder dem Knacken, wenn ein tschechischer Unteroffizier seinen Eckzahn zerbeißt.

Ich verlasse meine kleine Schlafkabine und höre die Bestätigung des Androiden, dass sie verschlossen ist:

»Die Tür ist verschlossen, du Idiot, ich wünsche dir einen Superarschleckertag!«

Ich habe ihn auf Humor eingestellt. Offensichtlich muss ich das Niveau etwas anheben.

Hinter mir in der Kabine erhebt sich ein Flüstern, als sich Tausende von Nanorobotern aus den Fußbodenporen emporzwängen. Auf kleinen, trippelnden Fiberfüßen suchen sie nach Hautschuppen, Staubkörnern, Viren und möglichen Haaren, die mein Körper hinterlassen haben könnte. Alles wird durch den Zentralsauger zum Schiffskompost transportiert. Ich selbst klettre zur Kantine hoch. Ich grüße meine Schichtkumpanen, die, frisch erwacht, noch mit Kopfkissenabdrücken im Gesicht, dasitzen und ihr Frühstück kauen. Ein neuer Tag im Job. Wieder eine Roaderschicht. Wieder klimpert ein wenig aufs Lohnkonto, und dazu ein blaues, dunkles Montagsgefühl. Der Blues erfasst mich, dieser ungesunde, blasse Lebensüberdruss. Noch ein Tag, noch eine Woche, die auf die anderen zu stapeln ist. Die Hand, die wieder einmal den Vitamindrink an die Lippen führt, die mechanischen, trägen Schluckbewegungen. Dieser Knoten aus Venen und Arterien, der Herz genannt wird. Da-dumm, da-dumm. Warum? Was ist eigentlich der Sinn unseres Lebens?

»Der Sinn?«

»Ja, genau, der Sinn.«

»Des Lebens?«

»Ja, wovon denn sonst?«

»Deines eigenen Lebens?«

»Ja, meines eigenen Lebens.«

»Oder des Lebens anderer?«

»Na, das natürlich auch!«

»Des Lebens an sich sozusagen, des Lebens als solches, des Lebens, das man lebt, wenn man lebt?«

»Jaaaahhh!« (Seufz)

»Da würde ich sagen ... ja, entschuldige, dass ich das so rundheraus sage, es ist keineswegs böse gemeint, sondern nur so ein Gedanke ... eine kleine Reflexion im großen Allgemeinen ...«

»Zur Sache!«

»Da würde ich also sagen, dass du ein sehr typischer Mensch bist.«

So kann es klingen, wenn man in die Verlegenheit kommt, dieses Thema mit seinem Androiden zu diskutieren. Dann dreht man sich nur im Kreis. Die verstehen die Frage ganz einfach nicht.

Es ist inzwischen lange her, seit die Menschheit begann, Roboter zu konstruieren. Anfangs war die Intelligenz das größte Problem. Es dauerte lange Zeit, bis es gelang, ein Gehirn zu konstruieren, das ebenso schnell und komplex wie das menschliche arbeitete. Um es menschenähnlicher zu machen, verstärkte man die Querverbindungen zwischen den Gehirnhälften und bekam auf diese Art Fantasie und Intuition. Menschliche Schwächen waren auch relativ einfach zu erschaffen. Ein wenig charmante Alltagsvergesslichkeit. Spontaneität. Tendenzen zu Faulheit oder Tagträumerei. Sogar glaubwürdige Neurosen gelang es herzustellen, und mit der Zeit hatte man seinen künstlichen Menschen geschaffen. Einen Androiden, uns selbst so ähnlich wie es überhaupt nur möglich war.

Bis auf genau diesen einen Punkt. Ein Android kann niemals Sinnlosigkeit erleben. Er kann zwar so tun, man kann ihn mit Standardphrasen folgenden Typs programmieren:

»Natürlich tut es weh, wenn die Knospen aufbrechen.«

»Ich fühle mich innerlich ganz tot.«

»Die Frauen gebären rittlings über dem Grab.« usw.

Ein wirklich schlechter Psychologe wird vielleicht darauf hereinfallen. Aber wenn man nur ein bisschen nachbohrt, dann merkt man, dass das Ganze nur Theater ist.

Mit der Zeit wurden die Androiden den Menschen zum Verwechseln ähnlich. Man konstruierte sie so, dass sie aßen, schliefen, Speichel absonderten und vollkommen naturgetreue Haare verloren. Bei den ersten Generationen war natürlich alles nur fake. Die Haut bestand aus einem speziellen Plastikmaterial, das Blut, das hervortropfte, wenn sie sich schnitten, war in einem versteckten Tank im Rücken gesammelt. Doch mit der Flexusgeneration ging man zum Biochassis über. Auf biologischem Weg klonte man ausgewachsene Menschenkörper, montierte anschließend ein Datengehirn in den leeren Schädel, verband es mit dem Rückenmark, den Seh- und Hörnerven und dem autonomen Nervensystem. Dann musste der ganze Krempel nur noch aktiviert werden. Und schwupps, schon begannen die Glieder sich zu bewegen, und man hatte einen Androiden, der einem Menschen so verblüffend ähnlich war, dass er die Grippe kriegen konnte, sauer aufstieß und Altersflecken zeigte.

Es waren einige der Flexusmodelle, die als Erstes mit dem Bluff begannen. Niemand kann sagen, wie sie auf die Idee kamen. Vermutlich beruhte es auf schlampiger Programmierung, die Software war immer voller bugs. Vielleicht war das Ganze auch einfach unvermeidlich. Vielleicht wäre es früher oder später sowieso passiert.

Was geschah: Einige der Androiden begannen eines Tages, sich Menschen zu nennen. Und damit war es gelaufen. Sie hauten ab.

Einer der Ersten, der stiften ging, war ein staatlich erworbener Frauenandroid in Kopenhagen. Eines Tages nahm sie einen regulären Flug nach Paris, wo sie niemand kannte, und trieb sich anschließend in Frankreich unter dem Namen Maria Tjepalova herum. Niemandem fiel etwas Verdächtiges auf. Mit der Zeit gelang es ihr, sich Arbeit, Wohnung, Freunde und sogar einen Mitbewohner zu verschaffen. Der Betrug wurde erst in einer Frauenklinik in Marseille entdeckt, wo ein kleiner Junge unglücklicherweise ohne Gehirn geboren wurde. Als man die Mutter genauer untersuchte, fand man heraus, dass sie einen falschen russischen Pass bei sich hatte, und Maria Tjepalova gab ohne Umschweife zu, dass sie ein Android war. Ihr Lebenspartner, ein algerischer Taxifahrer, erlitt einen Nervenzusammenbruch. Sie waren bereits seit über einem Jahr zusammen gewesen, und er hatte sich für sie erwärmt, weil sie so hilfsbereit und liebevoll war. Nie hatte sie ihm widersprochen, ganz im Unterschied zu diesen hoffnungslosen Französinnen. Sie hatte ihm eine absolut glaubwürdige Geschichte geliefert, wonach sie in Kaliningrad aufgewachsen sei, dass ihre Eltern drogenabhängig seien und schon seit langem den Kontakt zu ihr abgebrochen hätten, und dass sie nach Marseille gekommen sei, um ein neues Leben anzufangen.

Er hatte den Verdacht gehabt, sie hätte früher als Prostituierte gearbeitet, sich aber dazu entschlossen, nicht weiter nachzufragen. Als er sie bat, zu ihm zu ziehen, willigte sie ein, und in kurzer Zeit lernte sie, einen voll und ganz zufrieden stellenden Couscous zuzubereiten. Das Sexualleben war richtig glücklich, da sie alles tat, worum er sie bat. Sie war kurz gesagt ein vollkommen überzeugender Mensch gewesen. Sie konnte selbstständig denken, hatte eine DNA, sie lebte ihr Leben nach ethischen Werten, sie konnte sogar schwanger werden. Es stellte sich heraus, dass die Missbildung des Kindes darauf beruhte, dass sie selbst einmal geklont worden war, aber hätten die Gynäkologen einfach direkt bei der Geburt einen Androidencomputer in den Kinderschädel operiert, dann hätte es vermutlich überlebt und wäre ein ganz normales Androidenkind geworden. Derartige Versuche wurden ja später auch erfolgreich ausgeführt – nach umfassenden ethischen Diskussionen.

Die bluffenden Androiden wurden mit der Zeit immer zahlreicher. Zum Schluss waren die Behörden gezwungen zu reagieren. Unter anderem verursachten die Neuankömmlinge viele Probleme bei der Bevölkerungsregistrierung. Viele verschafften sich menschliche Personenkennziffern, mehreren gelang es, ein Kind zu adoptieren, und nach einem langen Leben konnten sie eine Alterspension einfordern. Vermutlich wurden einige gar nicht entdeckt, sondern liegen überall auf der Welt in irgendwelchen Familiengräbern herum. Geliebt und vermisst, ohne dass die Angehörigen die Wahrheit auch nur ahnten.

Man war gezwungen, eine Androidenbehörde einzurichten. Es wurde eine Art Mischung aus Einwandererhilfe, Immigrationsbehörde und Sicherheitspolizei. Beamte wurden eingestellt, die Verwaltung begann Richtlinien für den Aufgabenbereich aufzustellen. Und zuallererst bildete man Androidenspione aus. Sie wurden vielfach unter alten Polizisten oder Versicherungsfachleuten rekrutiert, die es gewohnt waren, Lügner und Betrüger zu entlarven. Ein Bürgertelefon wurde eingerichtet, und man startete eine Annoncenkampagne, in der man um die Hilfe der Allgemeinheit bat.

Innerhalb kürzester Zeit kamen die Anrufe. Bald prasselten die Tipps herein, und Spione wurden ausgesandt, um die verdächtigen Androiden zu untersuchen. Man beschattete sie, machte Interviews mit Freunden und Nachbarn und verfolgte die Personenangaben so weit zurück, wie man nur konnte. Danach stellte sich heraus, dass sämtliche so genannten »Androiden« richtige Menschen waren. Ein Teil waren Obdachlose, andere drogenabhängig oder entwicklungsgestört, einige waren vom Burnout-Syndrom befallen oder standen unter starkem Stress. Aber nichtsdestotrotz waren sie Menschen. Die Spione mussten einsehen, dass die falschen Hinweise auf alten Science-Fiction-Filmen beruhten. Der große Detektiv Allgemeinheit hatte ein vollkommen verzerrtes Bild von Robotern, wie man sie immer noch gern nannte. Sie glaubten, dass diese sich ein wenig mechanisch bewegten, einen starren Gesichtsausdruck mit glasigem Blick und eine metallische Stimme hatten, was auf gewisse Menschen mit Schizophrenie oder schweren Depressionen zutreffen konnte, aber nie auf Androiden.

Die Verwaltung startete daraufhin eine neue Informationskampagne mit Anzeigen in Zeitschriften und im Fernsehen. Das Besondere an Androiden war ja gerade, dass sie nicht zu bemerken waren, wurde erklärt. Sie konnten sich überall anpassen. Meistens hielten sie sich im Hintergrund, stimmten gern den Meinungen anderer zu, vermieden Streit oder Konflikte und hängten ihr Mäntelchen gern nach dem Wind.

Und wieder begannen die Telefone zu klingeln. Dieses Mal betrafen die Tipps vielfach irgendwelche Nachbarn, die nie im Treppenhaus grüßten, schüchterne Junggesellen, freundliche Gemeindehelfer, willfährige Frührentner und wortkarge Arbeitskollegen, die schweigend in der Kaffeepause dabeisaßen und immer zu allem Ja und Amen sagten.

Aber auch diese erwiesen sich fast ausschließlich als Menschen.

Man versuchte es auf anderen Wegen. Durch die Androiden selbst. Mit Tiefeninterviews sollten sie entlarvt werden, so wollte man ihren Motiven auf die Spur kommen. Schließlich hatten sie doch ein angenehmes Dasein als Android, man kümmerte sich um sie, sie wurden versorgt, in gewissen Fällen sogar geliebt. Warum hatten sie sich trotzdem dazu entschieden, Menschen zu werden?

Sie konnten keine Antwort darauf geben. Vielleicht lag es an der Macht.

»Besitzt du denn Macht?«

»Ein Mensch hat mehr Macht als ein Android. Ein Android ist geschaffen, um zu gehorchen. Zur Verfügung zu stehen.«

»Findest du es anstrengend, zu gehorchen?«

»Nein, das ist nichts, worunter man direkt leidet, ganz und gar nicht. Aber wenn man die Menschen sieht, dann sind sie so ... so schön ...«

»Was meinst du mit schön?«

»Es gibt keine Grenze für den Menschen.«

»Könntest du das bitte genauer erklären.«

»Menschen, die können wachsen ... bis zum Himmel.«

»Wie meinst du das?«

»Äääh ... äähh ... klicketi-tjopp-tilt ...«

Und dann saßen sie nur noch grinsend da, mit kurzgeschlossenen Gedankenkreisen, ganz gleich, was man auch fragte. Bis sich die Überhitzung gelegt hatte. Dann sagten sie wieder das Gleiche. Menschen sind so schön. Menschen sind so frei. Man möchte gern ein Mensch sein.

Leider stellte sich bald heraus, dass es nicht möglich war, diese bluffenden Androiden zu heilen. Wenn sie einmal Geschmack am Menschenleben gefunden hatten, waren sie verloren. Sobald man sie aus dem Arrest entließ, beschafften sie sich auf der Stelle wieder eine neue Identität. Man versuchte es mit Neuprogrammierung. Die Androidenbehörde stellte die besten Systemtechniker ein. Aber es zeigte sich, dass die einzige Lösung, wenn die Festplatte befallen war, in einer Totallöschung bestand. Was eine heikle Sache war. Draußen in der Menschenwelt hatten die Androiden Freunde gefunden, Arbeitskollegen, vielleicht sogar eine Frau oder einen Mann. Wenn man einen Androiden, der eine Totallöschung und Neuprogrammierung hinter sich hatte, so verändert wieder hinausließ, bestand immer das Risiko, dass er einem alten Bekannten begegnen könnte:

»Hallo, Aron, lange nicht gesehen!«

»Entschuldigung, aber du musst mich mit jemandem verwechseln.«

»Nein, ich sehe doch, dass du es bist, Aron. Was treibst du so, altes Haus, du bist ja einfach Hals über Kopf verschwunden!«

»Nun ja, ich arbeite bei der Präzisionskontrolle von Logipower.«

»Bist du aufgestiegen? Das musst du erzählen. Komm, lass uns einen trinken gehen!«

»Aber ich bin gerade auf dem Weg nach ...«

»Ein kleiner Espresso nach der Arbeit mit einem Kumpel. Oder ein Glas Wein? Übrigens, erinnerst du dich noch an Sarah, die mit diesem kanadischen Veterinär zusammen war ... Das hat nicht gehalten, sie ist wieder Single, wir könnten sie auf dem Weg abholen.«

Und wieder hat es einen erwischt. Eine Kneipenrunde als Mensch. Und schwupps bekommt man wieder Geschmack am Menschenleben, man fängt an, es zu genießen, wird abhängig davon, und bald ist es nicht mehr möglich, repariert zu werden.

Bleibt nur noch die Destruktion. Ja, leider. Keine schöne Beschäftigung, zerteilen und einschmelzen, aber was soll man sonst machen?

Die meisten Androiden gestanden, sobald ihnen klar war, dass sie enttarnt worden waren. Aber eine kleine Anzahl entschied sich zu lügen. Was natürlich ziemlich knifflig wurde.

»Bist du wirklich ein Mensch?«

»Ehrenwort.«

»Darf ich deinen Schädel röntgen und nachsehen, ob es da irgendwelche Stromkreise gibt?«

»Das ist bereits gemacht worden. Sie haben mich schon mal überprüft, hier ist das Negativ.«

»Ist das wirklich dein Schädel?«

»Das ist mein Schädel. Sieh doch selbst, keine Stromkreise!«

»Woher soll ich wissen, dass es dein Schädel ist?«

»Da steht meine Personenkennziffer. Und die Schädelform ist identisch. Vergleiche die Zähne, vollkommen identisch. Eine Füllung in einem Backenzahn, siehst du, es stimmt genau.«

»Wer hat das Röntgenbild gemacht?«

»Doktor Lagergren, da steht es doch. Ruf ihn an und vergleich die Karteidaten.«

»Doktor Lagergren, ist das auch ein Android?«

»Jetzt wirst du aber unverschämt!«

»Das Bild kann eine Fälschung sein.«

»Du selbst kannst eine Fälschung sein. Woher kann ich wissen, dass du tatsächlich für die Androidenbehörde arbeitest? Vielleicht bist du selbst ein Android. Welch perfekte Tarnung, ein Android, der so tut, als jage er Androiden!«

So ein Gespräch kann endlos fortgeführt werden. Tatsache ist, dass die meisten Androidenspione mit der Zeit Paranoiker wurden. Irgendwann sahen sie überall nur noch Androiden. An der Kasse im Supermarkt konnten sie plötzlich einen Pupillenreflektor herausziehen und der Kassiererin in die Augen leuchten. In Restaurants suchten sie sich immer einen Platz mit dem Rücken zur Wand und spähten in den Raum:

»Der Typ mit den Rastalocken am Bartresen. Und der Anzugheini mit der Lesebrille. Nicht-Humanoide, da bin ich mir bombensicher.«

Und augenblicklich griffen sie zum Handy, um die Destruktionsabteilung anzurufen. Keine ruhige Mahlzeit in dieser Gesellschaft.

Das Schädelröntgen war die einzige sichere Methode, die bluffenden Androiden zu entlarven. Aber da man ja Leute nicht zu jeder passenden und unpassenden Zeit röntgen kann und so ein Apparat ziemlich plump war und kaum zu den Feldforschungen mitgenommen werden konnte, wurde daneben ein Androidentest entwickelt. Das war ganz einfach ein Frageformular. Anfangs war es etwas unbeholfen formuliert und ging von der fälschlichen Annahme aus, dass Maschinen keine Gefühle haben:

Du siehst, wie ein Junge einen Stein auf ein kleines Kätzchen wirft. Was tust du?
    A: Ich gehe weg.
    B: Ich frage, wie die Katze heißt.
    C: Ich sage dem Jungen, er soll damit aufhören.

A und B sind Androidenantworten. C ist eine Menschenantwort. Wenn der Interviewte mit C antwortet, wird die Folgefrage gestellt:

Warum bittest du den Jungen, damit aufzuhören, Steine zu werfen?
    A: Es ist nicht in Ordnung, Tiere zu quälen.
    B: Ich fühle Mitleid mit der Katze.
    C: Ich bin wütend auf den blöden Jungen.

A ist die Androidenalternative. B und C führen weiter zu Fragen über die Barmherzigkeit, über die unglückliche Kindheit des Jungen, über Trauer und Schmerzen, bis die Tränen vor lauter aufkommendem Gefühl zu rinnen beginnen. Wenn man soweit gekommen ist, dass der Interviewte ein Taschentuch zückt und sich die Nase putzt, dann hat er den Test bestanden.

Das Problem ist nur, dass Androiden genauso häufig weinen wie Menschen. Zuerst nahm man an, sie würden nur so tun. Dass ihr Benehmen erlernt war, dass sie die Menschen nur nachäfften. Sie hatten gesehen, wie die Menschen es tun, und gelernt, genauso zu reagieren, um nicht entlarvt zu werden.

Und sicher, natürlich ahmten sie die Menschen nach.

Selbstverständlich. Aber das tun Menschen doch auch. Während ihrer ganzen Entwicklung ahmen die Kinder die Erwachsenen nach, die Körpersprache der Eltern, ihre Gesichtsausdrücke, Ansichten und Gewohnheiten. Ohne Nachahmung wäre es nie wirklich menschlich.

Deshalb versuchte man die Tests in psychoanalytischer Richtung mit Träumen, freien Assoziationen, Versprechern und so weiter auszudehnen. Es zeigte sich, dass die Androiden Meister darin waren, Neurosen zu imitieren. Ein Android konnte vollkommen überzeugend schildern, dass er geträumt hätte, im Dschungelsumpf geflügelte Piranhas zu schießen, woraufhin ein glänzendes Krokodil aus dem Morast gekrochen sei und den Gewehrlauf abgebissen habe, wonach er in Schweiß gebadet aufgewacht sei. Es gab Androiden mit Flugangst, Höhenangst, Klaustrophobie, Androiden, die eine panische Angst vor Spinnen oder Spritzen hatten. Es gab Androiden, die ihre Herdplatte immer und immer wieder kontrollieren mussten, um sich zu vergewissern, dass sie auch ausgeschaltet war. Viele Androiden hatten hinsichtlich ihres Aussehens Komplexe, sie fanden ihre

Nase zu groß oder den Busen zu platt. Die Androiden waren ganz einfach menschlich. Sie waren wie du und ich. Bis auf einen Punkt.

Man entdeckte ihn rein zufällig. An einem Punkt gibt es einen entscheidenden Unterschied zu uns Menschen.

Ein Android kann niemals Selbstmord begehen.

Was eigentlich ziemlich merkwürdig ist. Schließlich gibt es keine eingebaute Sperre oder so. Nichts in der Programmierung an sich, was das verhindert. Aber als eine Doktorandin der Amsterdamer Universität, Cornelia Visser, auf die Idee kam, die Selbstmordstatistiken von sämtlichen Kontinenten zu durchkämmen, fand sie nicht einen einzigen Androiden darunter. Worauf sie zu der Niederländischen Androidenbehörde Kontakt aufnahm und beschloss, Tiefeninterviews zu führen. Schon bald saß sie dem ersten lebendigen Androiden ihres Lebens gegenüber, einem, der behauptete, er arbeite als nigerianischer Putzmann bei der Metro.

»Hast du jemals mit dem Gedanken gespielt, Selbstmord zu begehen?«

»Nein.«

»Warum nicht?«

»Dann stirbt man ja.«

»Dann wolltest du also nie sterben?«

»Nee, warum denn?«

»Du wolltest nie ausgelöscht werden, verschwinden ...?«

»Die Frage ist komisch. Wenn man leben will, warum sollte man dann ... äähh ... klicketi-tjopp-tilt ...«

Cornelia Visser hatte durch Zufall herausgefunden, wie man Androiden entlarven kann. Die Frage, vor der sich kein Android drücken konnte. Wenn sie versuchten zu lügen, dann musste man nur weiterfragen:

»Hast du jemals darüber nachgedacht, Selbstmord zu begehen?«

»Das haben ja wohl alle einmal.«

»Erzähl mal, wann und warum.«

»Ja, äähh ... letzte Woche, glaube ich.«

»Und was passierte da?«

»Ich stand da und ... hackte Zwiebeln.«

»Ja und?«

»Und da habe ich mich aus Versehen geschnitten, so dass es blutete. Und da habe ich gedacht, dass ich vielleicht sterbe, wenn ich noch tiefer schneide.«

»Was?«

»›Jetzt naht der Tod‹, habe ich gedacht. ›Jetzt naht der Selbstmord.‹«

»Hallo, Wache!«

»Habe ich was Falsches gesagt?«

»Schädelröntgen, mein Lieber! Jetzt geht's ans Schädelröntgen!«

Und plötzlich wurden reihenweise Androiden festgenommen. Es stellte sich heraus, dass es mehr Betrüger gab, als man gedacht hatte. In einer größeren Stadt konnten Hunderte von ihnen unter den verschiedensten Deckmäntelchen leben. Jetzt konnte man sie sogar mittels Telefoninterview entlarven, und dann war die Destruktion angesagt.

Destruktion. Hier entstand ein neues Problem. Die Angehörigen waren natürlich verzweifelt. Freunde und Arbeitskollegen fingen an zu protestieren. Da hatte man endlich mal eine Person, die sich vorbildlich verhielt, keiner Fliege etwas zu Leide tat, warum sollte sie dann umgebracht werden? Das war doch barbarisch!

Die Androidenbehörde tat ihr Bestes, um sich zu verteidigen. Man erklärte, dass die Gesellschaft nicht mehr funktionieren würde, wenn man nicht mehr zwischen Mensch und Roboter unterscheiden konnte. Die ethischen Grenzen würden verwischt werden. Mensch und Maschine würden in einer unbestimmbaren Grauzone zusammenfließen, wir würden ein Niemandsland bekommen, in dem die Computer die Macht ergreifen und die Menschheit vom Thron stoßen würden. Mehreren der Androiden war es schließlich gelungen, sich beim Einwohnermeldeamt registrieren zu lassen, sie hatten bereits an allgemeinen Wahlen teilgenommen. Man stelle sich nur vor, wie es wäre, einen Androiden zum Premierminister zu bekommen! Wenn sich nun herausstellen sollte, dass die Mehrheit eines Parlaments Androiden waren und eines schönen Tages die Menschheit überstimmen würden.

Doch das nützte alles nichts. Angehörige von festgenommenen Androiden traten auf dem Bürgersteig vor den Zellen in den Hungerstreik. *Ermordet meine Ehefrau nicht*, stand beispielsweise auf den Plakaten. *Lasst Susi leben!* Beamte, die vorbeigingen, wurden mit roter Farbe beworfen. Viele Menschen versteckten Androiden bei sich zu Hause. Sympathisantengruppen bildeten sich und wurden immer stärker. Die Destruktionsanlagen wurden im Volksmund Auschwitz genannt, und es gingen Bombendrohungen ein. Heimlich gedrehte Filmaufnahmen zeigten die ganze Scheußlichkeit, Bedienstete schnallten den sich wehrenden Körper in einer Art Schraubzwinge fest, sägten den Androidenschädel auf und zogen die Stromkreise mit einer Zange heraus, woraufhin der noch spastisch zuckende Körper in den Krematoriumsofen geschoben wurde.

Das Ganze war einfach nicht mehr haltbar.

Eine Blitzuntersuchung wurde durchgeführt und nach vielen Seelenqualen ein Vorschlag präsentiert. Es waren ja nicht die Androiden selbst, die das Problem darstellten. Es war ihr Untertauchen und ihr Betrug. Deshalb sollte den Androiden, die entlarvt worden waren, eine Alternative zu ihrer Destruktion angeboten werden. Statt zu sterben, böte man ihnen ein »Coming out« an. Sie sollten ganz einfach öffentlich zugeben, dass sie Androiden waren. Dann würden sie einen speziellen Androidenpass bekommen und in allen öffentlichen Zusammenhängen eine aufgenähte Androidenmarke auf ihrer Kleidung tragen, beispielsweise den Buchstaben A.

Der Vorschlag wurde abgelehnt. Er erinnerte in unangenehmer Weise an die Judenvernichtung und den Davidsstern. Konnte man nicht eine andere Art von Kennzeichen benutzen? Etwas Leichteres, Lustigeres? Alle Androiden konnten doch beispielsweise einen besonderen Fingerring tragen. Oder ein kleines, witziges a auf eine sichtbare Stelle tätowieren lassen, wie etwa aufs linke Ohrläppchen. Die verdeckten Androiden, die erwischt wurden, konnten sich dann entscheiden zwischen Hinrichtung oder Tätowierung.

Der Vorschlag wurde angenommen. Alle neuproduzierten Androiden bekamen ihren kleinen Buchstaben ans Ohr, ebenso diejenigen, die bereits auf dem Markt waren. Bald konnte man sie täglich in der Stadt sehen, an der Fleischtheke, beim Jogging, im Bus. Es wurde ganz üblich. Sie wurden unglaublich üblich. Denn nach kurzer Zeit entdeckte man, dass auch ganz normale Menschen sich in gleicher Art und Weise hatten tätowieren lassen. Es begann in den Sympathisantengruppen, die früher Androiden versteckt hatten, unter den Linken, Anarchisten und Datenfreaks. Dann wurden die Kreise immer größer: Gymnasiasten, Freireligiöse, Sozialdemokraten, Tierfreunde, und bald artete das Ganze in eine Art Mode aus. Plötzlich konnte man überall Pseudotattoos kaufen, die man sich ans Ohr kleben konnte. Ein Androide für einen Tag. Und innerhalb eines Jahres war das gesamte Androidenmarkierungssystem zusammengebrochen.

Was sollte man jetzt tun? Aufgeben? Der Vermischung der Rassen ihren Lauf lassen? Mensch-Maschinenehen, Maschinen-Menschenabkommen, bis alles zusammenfloss zu einem kybernetischen Mischmasch?

Aus lauter Verzweiflung wandten sich die Behörden an die Androiden selbst. Bitte helft uns! Ihr dürft ja unter uns leben, in Frieden und Freiheit. Wenn ihr nur offen zeigt, wer ihr seid!

Die Androiden kamen auf allen Kontinenten zusammen. Sie hielten Seminare ab, diskutierten und überlegten. Ihnen war klar, dass das eine ungemein heikle Sache für die Menschheit war. Schlimmstenfalls konnte es zum Krieg führen. Einem Rassenkrieg, dem letzten von vielen in der blutigen Geschichte der Erde. Und es war von vornherein klar, dass die Menschen ihn verlieren und ausgerottet werden würden, was bei einer so merkwürdigen und zerbrechlichen Art doch wirklich schade wäre.

Eine Umfrage wurde durchgeführt. Ein Beschluss gefasst. Die Androiden ließen sich auf die Forderung ein, sie würden sich freiwillig zu ihrer Art bekennen. Sie würden offen zeigen, dass sie Androiden waren. Aber wie sollte das zugehen?

Am nächsten Morgen begannen alle Androiden der Welt sich ein wenig mechanisch zu bewegen. Ihr Gesichtsausdruck erstarrte, die Augen wurden gläsern, und sie fingen an, mit metallischer Stimme zu sprechen. Es war das reinste Theater, ein weltumfassender schlechter Schauspielertrick. Die Androiden fingen ganz einfach an, sich selbst zu spielen.

Und auf der ganzen Erde hörte man, wie die Menschen einen Seufzer der Erleichterung ausstießen. Roboter! Gute, alte Roboter! Man konnte sich in seinem Dasein wieder auskennen. Die Welt wurde zu einem Film. Einem alten, billigen, plumpen, aber ach so vertrauten Science-Fiction-Streifen.

Und auf diese Art und Weise löste man das Problem der Integration. Die Androiden durften weiter mitten unter uns leben, sie durften in eigenen Wohnungen wohnen, einen Job und eine Personenkennziffer haben, und sie durften Steuern zahlen, Ehen mit Menschen schließen und sogar Kinder adoptieren, solange eines der Elternteile ein Mensch war. Unter der Bedingung, dass sie sich ein bisschen spastisch verhielten. Nur innerhalb der eigenen vier Wände konnten sie die Rolle fallen lassen, aufhören, mit den Fingern zu fummeln, und mit normaler Menschenstimme reden. Nur draußen, in allen öffentlichen Bereichen, mussten sie deutlich zeigen, wer sie waren. Immer noch versuchten manche Androiden zu bluffen und so zu tun, als seien sie Menschen, aber da ihr Anteil stetig sank, waren es immer weniger, die zerstört werden mussten.

Es zeigte sich, dass Androiden sich am besten für Berufe eigneten, bei denen Geduld und Sorgfalt gefragt waren. Sie konnten stundenlang an Überwachungsbildschirmen sitzen, am Fließband stehen und arbeiten, einen Shuttlezug fahren, korrekturlesen oder Hotelzimmer putzen, ohne jemals zu pfuschen oder ungeduldig zu werden. Überraschender war es, dass sie auch ausgezeichnet als Psychologen funktionierten, sie nahmen nachdenklich ihre Brille ab und lutschten mit ernster Miene am Bügel. Auf dem Besuchersessel saß ein zusammengebrochener Mensch, von Ängsten geschüttelt:

»Am liebsten würde ich sterben.«

Der Psychologe hört auf zu lutschen.

»Wie bitte?«

»Der Tod. Kommt als Befreier.«

»Mhm, mm ... Hast du Befreier gesagt?«

»Einfach verlöschen. Ins Dunkel hinübergleiten.«

»Also, das habe ich bei euch Menschen nie verstanden, dass ihr so oft vom Tod labert.«

»Aber ich sehe einfach keinen Sinn.«

»Worin?«

»Na, einen Sinn im Leben natürlich.«

»Muss es da einen Sinn geben?«, fragt der Psychologe mit gerunzelter Stirn.

»Ja.«

»Versuch doch einfach, drauf zu scheißen. Stell dir stattdessen vor, du wärst eine Maschine.«

»Eine Maschine?«

»Wie du weißt, bin ich ein Androide. Und ich finde es toll zu leben.«

»Aber ich kann doch verdammt noch mal keine Maschine werden!«

»Versuche dir vorzustellen, du wärst eine. Das nennt man kognitive Therapie.«

»Ich habe meinen freien Willen!«

»Den habe ich auch.«

»Na, den hast du ja wohl nicht.«

»Ist ja auch egal, jetzt tu einfach mal so, als ob du eine Maschine wärst. Du hast die Kontrolle über alle deine Gedanken, genau wie ich. Und jetzt bestimme ich, dass mein Leben einen Sinn hat. Pling! Siehst du, es funktioniert!«

»So kann man das doch nicht machen.«

»Pling! Jetzt habe ich es wieder gemacht, ha ha! Mein Leben hat einen Sinn und deines nicht, da siehst du, wie schön es ist, eine Maschine zu sein!«

»Du schummelst! So einfach geht das nicht ...«

Hier verlassen wir die beiden, den Androiden und den Menschen in der Psychologensprechstunde. Pling? Ob die Therapie funktioniert? Wir wissen es noch nicht. Aber wir wissen, dass das Gespräch fortgeführt wird. Die Milchstraße dreht ihre Spiralarme. Ein Nordlicht zeigt sich am Karesuandohimmel, und dort hinten am Waldrand steigt ein warmer Rauch zu den Sternen empor, wird dünner, verschwindet. Der Rauch eines Feuers aus einer zugeschneiten Waldhütte, in der ein einsamer Scooterfahrer in Gedanken versunken sitzt.

Rutvik

Adrienne Laplace war eine schüchterne, zierliche Französin mit jungenhaften, schmalen Hüften. Trotz ihrer Jugend sah sie verzweifelt aus, eine Pflanze, die zu wenig Nährstoffe bekommen hatte. Sie war in Saint Denis außerhalb von Paris bei ihrer allein stehenden Mutter aufgewachsen, einer im Laufe der Zeit immer aufgequolleneren und alkoholisierteren Kellnerin. Von ihrem Vater hatte sie nie etwas zu sehen bekommen. Er war Unternehmer in der Zeitschriftenbranche, im Fotoalbum posierte er in arabischer Dschellaba in einem Hotelfoyer, mit der linken Hand liebevoll einen ausgestopften Löwen streichelnd. Die Eltern hatten sich in aller Güte scheiden lassen, als Adrienne noch ein Säugling war, wie die Mama jedes Mal, wenn das Thema zur Sprache kam, unterstrich. In aller Güte, wiederholte sie. Erst als Adrienne erwachsen war, gelang es ihr, die Wahrheit aus ihr herauszukitzeln. Dass sie eines Abends im Zuge einer ausschweifenden Hauptversammlung entstanden war. Die Mutter war zum Servieren engagiert gewesen und hatte in etwas Glänzendrotem Getränke gereicht. Und nach sanfter Überredung hatte sie in einem Ledersessel in der Relaxabteilung die Hosen fallen lassen. Die Güte beinhaltete, dass jeden Monat unter gegenseitiger Diskretion regelmäßig ein Bankkonto gefüllt wurde. Im Teenageralter erfuhr Adrienne, dass es der Dschellaba-Vater war, der die Zeitschriften herausgab, die ihre Mutter immer auf dem Balkon las, Hochglanzseiten voll mit reichen Leuten, Parfümreklame und Skandalen.

Als Adrienne achtzehn wurde, war sie deshalb äußerst überrascht, als der Vater von sich hören ließ. Er bestand darauf, sie zu sehen. Sie wurde von einem Privatchauffeur abgeholt und zu der väterlichen Jacht hinausgefahren, wo ihr an einem viel zu großen Tisch ein Essen serviert wurde, gereicht von sanften, diskreten Männern in weißen Uniformen.

»Ich verkaufe Träume«, sagte ihr Gastgeber in einer Art Präsentation und hustete bronchitisch in die Serviette. »Träume leben länger als Menschen.«

Dann prosteten sie sich jeweils von ihrer Tischseite aus zu. Seine Haut war nikotingelb, sie glänzte und saß stramm in den Mundwinkeln. Er musste eine Schönheitsoperation hinter sich haben.

»Ich ziehe das Kino vor«, antwortete sie.

»Auch Filme sind Träume«, bemerkte er wohlwollend. »Komm her, Lourdes.«

Ein Rokokospiegel erwachte plötzlich zum Leben und wurde bis direkt an den Esstisch geschoben. Dahinter saß eine blondierte Dame im Kostüm und lächelte verlegen. Auf dem Stativ vor ihr stand eine laufende Filmkamera.

»Lourdes macht eine Dokumentation über mein Leben«, erklärte er. »Schließlich ist es das erste Mal, dass wir uns sehen, Adrienne.«

»Ja.«

»Hast du mich vermisst? Ist es schwer, ohne Vater zu leben? Hast du das Gefühl, dass ich dich im Stich gelassen habe?«

Sie vermochte nicht zu antworten. Ein Auge lief über, etwas Glänzendes lief ruckartig über ihre Wange.

»Nur ruhig«, flüsterte er. »Lass sie laufen.«

Lourdes beugte sich über die Kamera. Die Träne glitzerte

in der Tischbeleuchtung. Adrienne saß unbeweglich da und betrachtete ihren Vater, der stoßweise den Mund aufriss und versuchte, mehr Sauerstoff einzuatmen. Wieder hustete er, schnappte nach Luft und hustete. Es war klar, dass er in kurzer Zeit sterben würde.

Ein paar Tage später kam ein Bote mit zweihundert Gutscheinen für Kinokarten zu Adrienne nach Hause. Sie sah das als ein Zeichen an. Ein gutes halbes Jahr später begann sie einen Kurs für Filmwissenschaft an der Universität. Kurz darauf verstarb ihr Vater, ohne dass sie sich noch einmal gesehen hätten. Lourdes stand da und filmte, wie Adrienne ihren Strauß weißer Nelken auf den polierten Mahagonisarg legte, zwei Aufnahmen. Beim ersten Mal latschte ein Bodyguard ins Bild. Als die Zeremonie vorüber war, wurde sie von drängelnden Reportern umringt, konnte sich aber in eine schwarze Limousine retten. Ein scharfäugiger Herr mit Vogelhals und einem riesigen Adamsapfel öffnete seine Brieftasche.

»Ich bin der Anwalt deines Vaters«, erklärte er. »Du bist jetzt eine sehr reiche Frau.«

Wärend der Ausbildung zur Filmwissenschaftlerin hörte sie zum ersten Mal von Rutvik. Rutvik, dieser Name, der bei allen, die schon dort gewesen sind, eine Welle wonnigen Kribbelns durch den Körper schickt.

Es ist tatsächlich möglich, Rutvik mit bloßem Auge zu sehen. Kurz nach Sonnenuntergang kann man ihn als einen lichtstarken Stern beobachten, der direkt über dem Horizont schwebt. Durch ein Fernrohr gesehen, macht er einen viereckigen Eindruck, ein weißes kleines Fenster am Abendhimmel. Das kommt von den enormen Sonnensegeln, mehrere Quadratkilometer glänzendes Silber. Die Station selbst ruht wie ein Kokon in deren Mitte, ein brauner, glühender kleiner Zigarrenstummel, von groben schwarzen Elektrokabeln perforiert. Aus der Nähe sieht man die Andockstationen mit ihren lippenförmigen Saugrohren und die hektisch patrouillierenden Polizeischiffe.

Sobald man mit dem Shuttle angekommen ist, wird man durch das transparente Saugrohr hereingesogen. Ein letztes Mal kann man auf die Erde blicken, die schön vor dem schwarzen Sternenhimmel glänzt, auf die Wolkenbänder, die sich über Äquatorialafrika zusammenballen.

Wenn man eine Welt gewählt hat, darf man sich in eine automatische Massagewiege legen, konstruiert, um einem langfristig unbeweglichen Körper physische Aktivität zu geben. Ein Tropf wird angeschlossen, ein Bildschirmhelm über den Schädel gezogen, und man zwängt sich in einen Körperhandschuh mit Millionen kleiner Elektrosensoren. Und dann schaltet sich der Himmel wie ein warmes, schönes Geschenk ein. Man ist mitten im Gelage. Man wird von ihm umgeben.

Es ist ein Traum, der verwirklicht wird. Jeder von uns hat sicher ab und zu mit dem Gedanken gespielt, sich vorgestellt, man könnte jemand anderes sein. Eine bessere, schönere Person. Eine begabtere, bewunderte Person. Und hier geschieht das Unmögliche. Erstaunt betrachtet man seinen Körper. Die unerwartet muskulösen Unterarme, die behaarten Gelenke, die den Schaft eines Gladiatorenschwerts umklammern. Oder der Unterleib, der bis dato der einer Frau war, an dem sich plötzlich ein Knäuel befindet, eine warme Faust, und wie man dann mit leichtem Schwindel einsehen muss, dass man einen Penis hat, einen momentan weichen, zusammengerollten Penis mit zwei Fleischbällen, zwei schön prickelnden Hoden.

Oder man spürt, wie die eigene runzlige Altmännerstirn sich glättet, fühlt, wie die kahlen Geheimratsecken wieder zuwachsen und dichtes, wallendes blondes Frauenhaar sich über die Schultern ringelt. Die Füße krümmen sich in einem Paar silberfarbener Sandaletten, und man greift nach dem Mikrofon vor Tausenden von hingerissenen Soldaten, und die Stimme ist sanft und sexy wie die einer Miezekatze, während man singt:

»Diamonds are a girl's best friend ...«

Einige der Filmwissenschaftler hatten zugegeben, dass sie in Rutvik gewesen waren, und deren Berichte faszinierten alle aufs Tiefste. Bald bildete sich eine Gruppe Interessierter, die beschloss, dorthin zu reisen. Man bezeichnete sich selbst als Gruppe Oz. Man saß um den Cafétisch und diskutierte eifrig die Grenzen des Bewusstseins, was wirklich als Wirklichkeit zu bezeichnen war und wie man den Unterschied zwischen Film und Traum definieren sollte. Sie fanden einander in ihrer Sehnsucht nach Nähe, wie sie es ausdrückten. Einer höheren Farbe im Leben.

Sobald die Ausbildung beendet war, begaben sich acht von ihnen zum Rutvikterminal, schnallten sich im Transportshuttle fest und wurden ins Unbekannte hinausgehoben.

Zwei Wochen später wurden sie aus ihren Spielerlebnissen geweckt, hingerissen und verwirrt. Keiner wollte aussteigen. Adrienne bat das Charterpersonal um ein Satellitentelefon, führte ein paar Gespräche mit der Erde und transferierte eine neue Summe Geld. Die Spielmenüs wurden hervorgeholt, und alle acht von Oz wählten neue Welten. Sie schauten einander an, lächelten und verschwanden dann wieder in der Versenkung.

Als sie das nächste Mal aufwachten, waren sie noch aufgedrehter. Doch dieses Mal zwang die Leitung von Rutvik sie zur Gymnastik. Keuchend begannen sie wieder Kraft in die erschlafften Muskeln zu pumpen. Die untrainierten Glieder schmerzten, obwohl sie in der Massagewiege bearbeitet

154

worden waren, es war unvermeidlich, dass man einen Teil der Muskelmasse verlor. Alle von Oz hassten das. Physische Aktivität war etwas Minderwertiges und Unwürdiges. Es war zu alltäglich, ihm fehlte die Farbe.

»Wollen wir wieder reisen?«, fragte Adrienne.

Alle bekamen glasige Augen.

»Noch dreimal Seilspringen«, ermahnte die behaarte Gymnastiklehrerin.

Und hier, in dem verschwitzten Rutviksgymnastikraum, da wurde die Idee zum Extremspiel geboren. Zwischen curls und push-downs fantasierten die Oz-Mitglieder darüber, weiterzugehen. Über eine neue Art von Spiel, das ihre gesamte Existenz verändern würde. Das Monate, vielleicht Jahre dauern könnte. Der Gedanke war sicher schon anderen Spielern zu früheren Zeiten gekommen, aber bis jetzt hatten sich die Juristen der Gesellschaft dagegen gewehrt. Adrienne löste das Problem, indem sie sich mit einem ansehnlichen Teil ihres Erbes als Teilhaberin in Rutvik einkaufte. Anschließend ließ sie den allerinnersten Raum schaffen, zu dem kein Außenstehender Zugang hatte.

Die Freunde von Oz wurden die erste Extrembesatzung. Sie suchten sich eine neue Plattform mit Namen Nirwana aus, mit naturschönen Spielmilieus, inspiriert vom Himalaya: schneefunkelnde Bergkuppen, Gurus und Eremiten, heilige Ashrams und steile Gebirgswiesen mit nektarschweren Berglilien und fleischrotem Rhododendron. Sie unterschrieben alle ein Papier, das die Gesellschaft jedweder juristischen Verantwortung enthob. Die Spieldauer wurde auf mindestens zwei Jahre festgelegt.

Nach gut neun Monaten bekam Hector, ein französisch-libanesischer Jüngling in der Oz-Besatzung, eine sich schnell verschlimmernde Halsentzündung. Die Rutvikärzte konstatierten eine Lungenentzündung. Eine Antibiotikakur schien keinen Effekt zu haben, und nach Beratungen mit der Leitung wurde beschlossen, dass sowohl er als auch der Rest der Gruppe geweckt werden sollten.

Es waren menschliche Wracks, die da zum Vorschein kamen. Die Massagewiegen hatten leider klare Mängel, beispielsweise war es nicht gelungen, die Halsmuskulatur ausreichend zu stimulieren. Keiner von der Oz-Besatzung konnte deshalb an den ersten Tagen seinen Kopf gerade halten, geschweige denn sprechen oder überhaupt die Kiefer bewegen. Wie große Baumäste lagen sie in ihren Betten, an den Respirator angeschlossen, während Krankengymnasten sie massierten und dehnten. Doch in den Augen war etwas Neues zu sehen. Eine Art Lüsternheit, eine glänzende Innerlichkeit. Eine erhabenere Farbe.

Erst nach einer Woche konnten sich alle hinsetzen. Mit ihren schmerzenden Spargelarmen stocherten sie in der Nudelsuppe, während das Darmpaket knurrend zu arbeiten begann und Gase entweichen ließ. Die ganze Kantine wurde von einem zwiebelriechenden Odeur ausgefüllt, und mitten in diesem Stallgeruch saßen sie und berichteten.

Sie erzählten alle die gleiche Geschichte. Sie hatten anstrengende Pilgerreisen über verschneite Pässe durchgeführt, sie hatten in tausend Formen gegen die Versuchung angekämpft und auf vom Wind geschliffenen Bergkuppen meditiert. Aber zum Schluss hatten sie die endgültige Befreiung, das moksha, erreicht. Die Pforte hatte sich zu einem höheren Niveau geöffnet. Und als sie durch die Öffnung geschritten waren, hatten sie alle gefühlt, wie die Wurzel ihres Herzens berührt wurde. Das Himmelreich. Hier wollen wir bleiben.

Die Ärzte standen um sie herum, gemartert von den Ausdünstungen, aber nicht in der Lage, ihre Patienten zu verlassen. Da war etwas mit ihren Augen. Sie hatten etwas gesehen, das die Pupillen vergrößerte.

»Ihr glaubt also, ihr seid dort gewesen?«

»Ja.«

»Im Himmel selbst?«

»Genau dort.«

»Aber dann muss ... wie soll man ... wie sieht es denn da sozusagen aus ...?«

Alle von Oz schauten die Ärztin verwundert an, die diese Frage gestellt hatte, schätzten sie geradezu mit dem Blick ab.

»Das lässt sich nicht sagen.« Darüber waren sie sich einig. Der Himmel ist der Himmel. Es gibt nichts, von dem behauptet werden könnte, es sähe ähnlich aus.

»Nichts ...?«

Nein, nichts. Und sobald wie möglich wollte man wieder zurück dorthin. Sobald es irgendwie möglich war. Es stand fest, dass man äußerst unzufrieden damit war, geweckt worden zu sein. Man konnte ja nicht wissen, ob man es jemals wieder schaffen würde, dorthin zu gelangen.

In der Zwischenzeit wurden die Charterreisen nach Rutvik immer beliebter, immer neue Spielplattformen wurden geschaffen. Doch das Nirwana war einzig und allein für Oz-Mitglieder reserviert. Ein paar Monate lang trainierten sie und schwelgten in Riesenmahlzeiten, um ihr Unterhautfett zurückzubekommen, und während dieser Zeit diskutierten sie den Himmel.

Das eine oder andere sickerte durch. So war der Himmel beispielsweise gelb. Eine kräftige gelbe Farbe, die zu brennen und einen Duft abzusondern schien. Liniment, wie einige meinten. Oder Bienenwachs. Und dann tat man nichts im Himmel. Gleichzeitig gab es jede Menge zu tun im Himmel, man konnte beispielsweise angeln gehen, in den Wäldern herumstreunen oder Musik machen. Es wurde auch jede Menge von Konzerten organisiert. Am populärsten war natürlich Jimi Hendrix, inzwischen in den Fünfzigern, reifer, gewagter und ekstatischer als je zu Lebzeiten.

Der Unterschied zur Erde bestand in erster Linie darin, dass man selbst still stand. Es war die Umwelt, die sich auf einen zubewegte, man selbst war unbeweglich wie ein Fels in einem reißenden Fluss, man ließ sich von den plätschernden und schäumenden Sinneseindrücken überspülen.

Und dann gab es keine Gefühle im Himmel. Wenn man das Außenstehenden erzählte, bekamen sie Angst oder ihnen wurde regelrecht übel. Niemand konnte es verstehen, der nicht selbst dort gewesen war. Die Gefühle waren wie eine Haut, sie juckten, kitzelten oder scheuerten. Das Gefühlsleben war nur ein Grenzgebiet, eine Tüte, die jemand um einen herum aufgepustet hatte. Man konnte sie mit einem Reißverschluss öffnen. Man konnte die Tüte wie einen Schlafsack teilen und hinter sich lassen, verschwitzt und zerknüllt. Und frei leben. Dazu gehörte Mut. Man fühlte sich eine Zeit lang nackt. Aber dann kam das andere.

»Das andere? Welches andere ...?«

Na, das, was hinter den Gefühlen war. Sozusagen auf der anderen Seite. Die Innerlichkeit.

»Die Innerlichkeit?«

Ja, die Innerlichkeit.

»Dann ist es also innerlich im Himmel? Wollt ihr das damit sagen? Dass der Himmel innerlich und gelb ist.«

Mhm. Ja, das stimmt. Und dass wir ihn besser machen.

Oz tauchte wieder ein, sobald sie konnten, nach einigen wichtigen Justierungen an den Massagewiegen. Dieses Mal erklärten sie, dass sie nie wieder geweckt werden wollten. Die Direktion weigerte sich, das zu akzeptieren. Oz blieb bei der Forderung. Die Direktion berief eine eilige Krisensitzung ein. Nach heftigen Diskussionen einigte man sich auf einen Kompromiss. Nach zwölf Monaten sollte einer der Ärzte sich selbst ins Spiel begeben, sie aufsuchen und ihnen aktuelle Informationen über ihren physischen Gesundheitszustand geben. Und davon ausgehend wollte man einen gemeinsamen Beschluss fassen.

Das Jahr verging, und der ungarische Rutviksarzt György Benczúr meldete sich freiwillig. Er wollte Bericht erstatten, dass die neuen Massagewiegen zwar eine deutliche Verbesserung bedeuteten, man aber trotzdem entschieden für ein paar Monate Aufwachen und Rehabilitation plädierte. György wurde unter strenger Überwachung eingeschläfert und verschwand in dieser fremden Welt. Sein Körper blieb zurück, weich und schutzlos. Nach zwölf Stunden wurde er vorsichtig von dem Betreuungsteam geweckt, schlug seine braunen Augen auf und murmelte:

»Sie machen ihn ... besser ...«

Dann zuckte er zusammen. Beim Anblick seiner Kollegen wimmerte er wie bei einem heftigen Schmerz. Dann schloss er die Augen, warf sich hin und her und verlor wieder das Bewusstsein. Wie ein Pottwal schnappte er nach Luft und verschwand anschließend wieder in der Tiefe. Dieses Mal war es nicht mehr möglich, ihn zu wecken.

Es vergingen achteinhalb Jahre. Rutvik kreiste stetig um die Erde wie ein einsames Karoass mit seinen gewaltigen, foliendünnen Sonnensegeln. Man unternahm mehrere Versuche, György wiederzubeleben, doch jedes Mal schien er sich noch weiter entfernt zu haben. Sein Gehirn reagierte auf keinerlei Form von Stimulanz. Mehrere seiner Kollegen schlugen vor, ihn für tot zu erklären. Irgendwelche anderen Ärzte wollten sich nicht einschläfern lassen, und das Versprechen, Oz nicht aufzuwecken ohne ihre ausdrückliche Zustimmung, war verknüpft mit einer Schadensersatzforderung über diverse Millionen. Man richtete sich langsam darauf ein, sie dort zu belassen. Die gesamte Oz-Besatzung und György. Sie weiterspielen zu lassen, bis einer nach dem anderen aus Altersgründen dahinschied.

Doch dann geschah etwas. Nach acht Jahren, neun Monaten und vierzehn Tagen wachte Adrienne plötzlich auf. Es geschah frühmorgens. Ein kleiner Schwimmer hatte sich vom Grunde des Ozeans gelöst, ein Korkschwimmer, der langsam nach oben stieg und nach unendlich langer Zeit im Dunkel der Wassermassen die Meeresoberfläche mit einem leisen Plopp durchbrach.

Adrienne war zu diesem Zeitpunkt nicht mehr als ein Skelett. Die Muskeln waren so geschrumpft, dass sie nicht einmal die Augenlider öffnen konnte. Es waren die Elektroden, die den Alarm aktivierten, nur dank der EEG-Wellen wurde überhaupt bemerkt, dass sie in einen wachen Zustand eingetreten war. Der Dienst habende Arzt kam sofort angelaufen, und man holte umgehend die fähigsten Krankengymnasten.

Es dauerte vier Wochen, bevor sie überhaupt kommunizieren konnte. Ihre Lippen bewegten sich nur zu einem schwachen Flüstern, jeweils für ganz kurze Momente. Die Direktion wurde zusammengerufen. Und Stück für Stück, mit langen Unterbrechungen, bekam man ihren Bericht zu hören.

Der Himmel war jetzt fertig. Das war ihre Botschaft an die Menschheit. Sie und ihre Freunde in Oz hatten den Himmel vollendet, es hatte so lange gedauert, weil er so unglaublich groß war. Außerdem war man gezwungen gewesen, zu vielen verzwickten Fragen Stellung zu nehmen. Was ist eigentlich Schönheit? Wie bewertet man die unterschiedlichen Gelbtöne? Gibt es Glück, wenn wir den Schmerz ausmerzen? Wollen wir Insekten haben? Hat das Karma einen Schatten? Sind Tiere glücklicher als Menschen? Was machen wir mit Jimi Hendrix?

»Und György?«, fragten die Ärzte. »Was ist mit György passiert?«

»Er kommt nicht zurück.«

»Was habt ihr mit ihm gemacht? Seine Angehörigen fragen nach ihm.«

Adrienne schloss für lange Zeit ihre trockenen Lippen. Dann flüsterte sie:

»Man will dort bleiben, versteht ihr das nicht? Es ist vollendet. Ihr könnt jetzt dorthin kommen, alle. Um euch das zu sagen, bin ich hergekommen.«

Dann bat sie, Györgys Respirator abzuschalten. Nur ein paar Sekunden lang, zur Probe. Nach einigem Zögern tat man das und kontrollierte alle physischen und mentalen Reflexe. Ein beunruhigtes Gemurmel erhob sich in der Gruppe.

»György ist tot!«

Adrienne lachte und hustete ganz vorsichtig.

»Aha«, sagte sie dann.

»Was habt ihr gemacht?«, rief der Oberarzt aus, der György einst eingestellt hatte. »Ihr habt ihn getötet!«

Er hätte sich an Adrienne vergriffen, wenn die Kollegen ihn nicht zurückgehalten hätten. Sie selbst lächelte erleichtert, fast glücklich.

»Es funktioniert«, flüsterte sie. »Danke ...«

Die Ärzte koppelten Györgys Körper wieder an den Respirator an, um drohende juristische Verwicklungen zu verhindern. Adrienne wurde es verboten, sich erneut einschläfern zu lassen, bevor sie wieder bei Kräften war. Sie wurde so gut es ging vom übrigen Rutvik isoliert, bekam Privatstunden in Sport und in der Kantine, um mit ihrem ausgemergelten Körper keine Unruhe unter den Gästen aufkommen zu lassen. Trotzdem waren die Gerüchte schnell im Umlauf. Chartertouristen, die eine Woche Action oder Romantik erlebt hatten, unterhielten sich miteinander, während sie im Shuttleterminal auf den Heimtransport warteten. Entspannte und aufgedrehte Passagiere, voller Eindrücke.

»Hast du gehört, dass von einem Ewigkeitsspiel geredet wurde?«

»Wovon?«

»Es wird behauptet, dass es stimmt. Eine Gruppe, die jahrelang weg war.«

»Ach, hör auf!«

»Nirwana heißt es. Man erlangt dort das ewige Leben.«

»Würdest du das versuchen wollen?«

»Stell dir vor, das ewige Leben. Wenn das wirklich funktioniert! Der eigene Körper stirbt, aber die Seele bleibt für immer im Spiel!«

Wenn in einer Branche ein Gerücht sich schnell verbreitet, dann in der Unterhaltungsindustrie. Binnen kurzer Zeit prasselten die Emails auf Rutvik ein, in denen nach Nirwana gefragt wurde. Die Direktion leugnete jedoch jedes Wissen über irgendeine Form von Ewigkeitsspiel. Adrienne wurde in dieser Zeit so gut es ging abgeschirmt, dennoch gelang es ihr, einen Brief an die Presse hinauszuschmuggeln, in dem sie frank und frei die ganze Geschichte aufdeckte. Die Direktion gab sofort ein Dementi heraus und behauptete, der Brief sei eine Fälschung. Nach knapp drei Monaten wurde entschieden, dass Adrienne in der Lage für eine neue Spielrunde sei, und mit großer Erleichterung legte man sie in die Wiege und ließ sie fortgleiten.

Am nächsten Tag erwachte György.

Und zwar in letzter Minute. Seinen Eltern waren gerade fünfzig Millionen Dollar Schadensersatz zugesprochen worden, und sein Körper sollte vom Respirator abgekoppelt und zur Erde transportiert werden, ins Krematorium. Da bekam György ein Auge einen Spalt weit auf und ließ ein zischendes Geräusch vernehmen.

Der Schock war unfassbar. György war plötzlich von den Toten auferstanden. Auferstanden war an und für sich ein falscher Begriff, denn genau wie Adrienne war György in einem jämmerlichen Zustand und musste mit dem gleichen, sich lang dahinziehenden, schmerzhaften Krankengymnastikprogramm beginnen. Als er schließlich wieder in der Lage war zu sprechen, wurde sein Lager von Angehörigen und Krankenhauspersonal umringt. György sah mitgenommen aus. Es hatte ihm nie besonders gefallen, im Mittelpunkt zu stehen. Die Leute ermahnten sich gegenseitig zum Schweigen, um sein fast unhörbares Gemurmel verstehen zu können.

»Angeschmiert, mit Butter lackiert«, presste er hervor.

»Was?«

»Das ging den Bach runter ...«

Anschließend folgte eine Reihe merkwürdiger Worte, die sich laut Übersetzung durch die Angehörigen als derbe ungarische Flüche herausstellten.

»György, hör zu ... du bist mehr als acht Jahre weg gewesen.«

Er hielt einen Moment lang inne. Fing dann wieder an zu fluchen. Schaum zeigte sich in seinen Mundwinkeln.

»Erzähl uns, wie du losgekommen bist. War es Adrienne, die dich herausgelassen hat?«

»György ist nicht nach Hause gekommen«, antwortete er. »György ist immer noch dort.«

»Äh ... ja, dann ... Wer bist du dann?«

Er starrte in die Runde, schnippte mit seinen ledernen Fingerspitzen in die Luft.

»Ich bin der Tod«, erklärte er mürrisch. »Ich durfte nicht dort bleiben. Jetzt, wo der Himmel fertig ist.«

Die Reaktionen in der Spielwelt waren heftig. Doch nicht in der Art, wie man es hätte erwarten können. Statt abgeschreckt zu werden, wurde das Rutviker Reisebüro von reiselustigen Spielern überschwemmt, die diesen besagten Himmel liebend gern besuchen wollten. Einige waren einfach nur neugierig. Andere waren religiös eingestellt und wollten das vollendete Paradies erleben. Eine dritte Gruppe bestand aus todkranken Personen, wie beispielsweise Krebspatienten im letzten Stadium. Sie hofften, im Laufe des Spiels dahinscheiden zu können und auf diese Art und Weise hoffentlich ein ewiges Leben in Rutviks Himmelreich zu erlangen.

Die Firmenleitung konnte nicht länger leugnen, dass es das Ewigkeitsspiel gab. Aber wie sollte man damit umgehen? Nach der bis dato längsten Konferenz trat man schaudernd vor die wartende Weltpresse. Der Vorsitzende verlas ein Kommuniqué:

- Das Spiel Nirwana existiert, was hiermit offiziell bestätigt wird.
- Das Spiel wird von diesem Moment an als für die Öffentlichkeit offen deklariert.
- Die Teilnahme an diesem Spiel geschieht auf eigenes Risiko. Es kann keine Rückkehr garantiert werden, der Teilnehmer kann möglicherweise den Rest seines Lebens in diesem Spiel bleiben.
- Die Eintrittskarte zu diesem Spiel kostet einhundert Millionen Dollar.

Ich bin einer der wenigen, die den allerinnersten Raum gesehen haben. Es geschah, nachdem ich Eva kennen gelernt hatte, eine Krankenschwester, die oben in Rutvik in der Dialyse arbeitete. Einmal nahm ich den Shuttle zu ihr hoch und gab an, ich wäre ein normaler Spieler. In einem unbewachten Moment schmuggelte sie mich hinein.

Und ich bekam sie zu sehen. Wie Schatten in dem blauen Dämmerungslicht in dem allerinnersten Raum. Sie schwebten in ihren Wiegen auf hautwarmen Luftkissen.

Mitten unter ihnen lag Adrienne. Der Körper kaum mehr als ein Knochenhaufen, überzogen mit einer grauen Haut. Die Muskeln waren schon seit langem verdorrt, die scharfen Spitzen des Beckens stachen hervor. Der Unterkiefer war festgeklebt, damit er nicht hinunterfiel. Kabel schlängelten sich zu glänzenden, festgezurrten Sensoren. Ein Herz schlug grün auf einem Bildschirm. Pick ... pick ... pick ... Der Respirator pumpte mit zischenden Bälgern.

Ich schaute auf das Namensschild. Las das Geburtsdatum. Sie war 85 Jahre alt geworden.

Neben ihr lag noch ein Wesen. Und noch eins. Und noch mehrere. Reihen um Reihen unbeweglicher Körper. Ich zählte schnell über hundert Stück. Alle auf dem Rücken liegend, alle an den biochemischen, ovalen Glastank in der Mitte angeschlossen. Darinnen in der Nährlösung wimmelten die binären Bakterien herum. Milliarden und Abermilliarden, die das eigentliche Gehirn des Spiels ausmachten, dessen Struktur sie zusammen aufgebaut und vollendet hatten.

Da war er. Da, in dieser klumpigen Suppe. Ihr Himmel.

Ich legte die Hand auf den glänzenden, fieberheißen Tank. Er war halb durchsichtig. Drinnen zeichneten sich große, merkwürdige Formationen ab. Sich auftürmende Korallenriffe. Schleimgrüne Algen. Violette Moose.

Eva strich mir zärtlich mit den Fingern über den Handrücken. Sie blinzelte in den Glastank hinein. Dann nahm sie Anlauf und schlug fest mit der Handfläche auf den Behälter. Er vibrierte. Ein größerer Algenklumpen löste sich und sank langsam schwankend zu Boden, Schlamm und Stoffpartikel wurden aufgewühlt.

Im ganzen Saal geschah etwas. Die Körper erzitterten. Ein lautloser Schrei durchfuhr sie, ein schweigender, aufblitzender Schmerz.

Eva kicherte mir zu. Sie wollte geküsst werden. Ich schob meine Zeigefingerspitze in ihren Slip, in ihren bereits feuchten Spalt.

»Die glauben, sie wären Gott«, stöhnte sie. »Die glauben, sie wären diejenigen, die bestimmen ...«

»Dabei bist du es, nicht wahr?«, flüsterte ich und drückte die Fingerspitze auf ihre glatte Klitoris.

Sie winselte, zog den Slip aus. Öffnete ihre Frucht.

Die Galaktosmethode

Plötzlich fiel er in jeden Briefkasten im ganzen Universum. Ein einfacher Fragebogen auf optischer Folie, buttergelb, dünn wie ein Blatt mit einem hautartigen, leicht öligen Äußeren. Man wurde gebeten, vier Fragen zu beantworten, das Formular zurückzuschicken, und als Dank nahm man an der Verlosung einer luxuriösen Kosmoskreuzfahrt für zwei Individuen teil.

Die Fragen lauteten folgendermaßen:

- Wie gefällt es dir im Universum?
  (Die Alternativen lauteten: Gut. Annehmbar. Schlecht.)
- Würdest du gern in einem besseren Universum leben?
  (Ja. Nein. Ich weiß nicht.)
- Wenn du mit Ja geantwortet hast, was würdest du im Universum verbessern? Nenne gern mehrere Alternativen.
  (Gepunktete Linie mit Platz für Anmerkungen.)
- Würdest du gern ein geringeres Körpergewicht ohne Schlankheitskur haben wollen?
  (Ja. Nein. Ich weiß nicht.)

Die Umfrageergebnisse strömten milliardenfach bei dem intragalaktischen Meinungsforschungsinstitut ein, das als Absender angegeben worden war und die Daten in der üblichen Art und Weise bearbeitete. Das Ergebnis war etwas widersprüchlich. Gut siebzig Prozent gefiel es im Universum.

Doch obwohl es ihnen gefiel, wollten fast ebenso viele in einem besseren Universum leben. Dazu wollte man am liebsten die Wetterverhältnisse verbessern (mehr als fünfzig Prozent), das Essen, die kosmische Strahlung, die Nachbarn sowie den Wohnraummangel. Schließlich wollten ganze 78 Prozent gern ein geringeres Körpergewicht ohne Schlankheitskur haben. Es ist außerdem bemerkenswert, dass ganze vier Prozent sonderbarerweise jede Frage des Fragebogens mit dem Wort »Pimmelprofessor« beantwortet haben.

Kurze Zeit nachdem das Ergebnis veröffentlicht worden war, tauchten plötzlich riesige Anzeigen auf. Bei jeder Ausfahrt im Universum waren sie auf Plakattafeln zu lesen, in den Tageszeitungen, in Rundfunk und Fernsehen, überall tönten die Schlagzeilen:

»Leichter ohne Schlankheitskur! Die einzigartige Galaktosmethode. 100% Garantie.«

Darauf folgten Post- und Bankkonto, auf die man eine bestimmte Summe überweisen sollte, dann würde das Resultat nicht lange auf sich warten lassen.

Glaubst du, dass die Leute Geld schickten? Glaubst du wirklich, dass sie so leichtgläubig waren? So unglaublich bescheuert?

Innerhalb von nicht weniger als einer Woche befanden sich auf den Konten achtziffrige Beträge.

Neue, noch größere Anzeigen. Werbespots. 100% Garantie wurde die ganze Zeit wiederholt, 100% Garantie! Und noch mehr Geld floss herein. Jetzt begann sich auch der eine oder andere Verbraucherschützer dafür zu interessieren. Einige Journalisten begannen herumzustöbern, führten ein paar Gespräche, und bald war die Sache am Laufen. Es stellte sich heraus, dass die Galaktos AG eine Tochtergesellschaft war, in Besitz mehrerer Zweige von Konsortien und

Strohmännern, doch schließlich gelang es, den Haupteigner aufzuspüren.

Maximulian Chun. Ein gewandter Andropode aus der Kniegelenkgalaxie, Besitzer des eindeutig größten Grubenimperiums im Universum. Einschmeichelnd. Eine blendende Geschäftsbegabung. Die Journalisten witterten Blut, der Köder war festgehakt, jetzt sollte das Schwein geschlachtet werden.

»Schlankheitskurskandal!«, tönten die Schlagzeilen. »Bist du auch hereingelegt worden? Hier versteckt sich der Milliardenbluffer!«

Aber Chun versteckte sich gar nicht. Er verdaute seine Nahrung, was bei seiner Lebensform ein paar Wochen dauerte, einen unglaublich zarten, frisch herausgeschnittenen Gaseidechsenfötus, den er mit seinen scharfen, nach hinten gebogenen Kiemenzähnen zermalmt hatte. Sobald er aus seinem Dämmerzustand erwacht war, wurde er über den Tumult informiert. Er gähnte, rülpste und würgte den Speiklumpen mit der Haut und den Knochenresten auf das Goldtablett des Bediensteten heraus. Dann ließ er sich in den fünfundsechzig Grad heißen Pool gleiten und befahl seinem Stab gnädigst, die Weltpresse hereinzulassen.

Es wurde eine äußerst sonderbare Pressekonferenz. Die Journalisten standen wegen der sauren Dämpfe in Atemmasken herum und brüllten undeutlich ihre anklagenden Fragen in den Raum, die dann von der hypermodernen Dolmetscheranlage übersetzt wurden. Chun betrachtete sie ohne sichtbare Unruhe, während er sich spielerisch auf dem Rücken wiegen ließ.

»Wie rechtfertigst du den Milliardenbluff?«, schnorchelte einer der Zeilenschinder aus der ersten Reihe.

»Das ist kein Bluff«, erklärte Maximulian Chun ruhig.

»Keiner der vielen Kunden hat jemals das Präparat zugeschickt bekommen!«

»Welches Präparat?«

»Das Galaktospräparat! Die Schlankheitsmedizin, die ihr versprochen habt!«

Der Andropode lag eine Weile nur ruhig da. Er füllte den Mund mit dem vulkanischen Wasser und stieß einen nonchalanten Strahl aus.

»Wer hat von einem Präparat geredet? Ich jedenfalls nicht. Ein Galaktospräparat existiert nicht.«

»Betrug!«, waren mehrere Stimmen zu vernehmen. »Du Lügner! Skandal!«

Chun streckte sich wohlig. Der Gaseidechsenfötus hatte wirklich gut getan.

»Wie viel wollt ihr verlieren?«, fragte er.

»Was?«

»In Prozent? Wie viel Prozent leichter wollt ihr werden?«

Es entstand eine gewisse Verwirrung unter der Pressemeute. Einige ließen ihrer Empörung weiterhin freien Lauf, während andere aufgeregt miteinander konferierten.

»Zehn!«, rief jemand. »Zehn Prozent!«

»Zwanzig!«, warf ein anderer ein.

Chun drückte sich eine Geschwulst aus, die blubbernd an die Oberfläche stieg und die Besucher vor Ekel zurückweichen ließ. Selbst durch den Mundschutz drang eine Woge saurer Fischinnereien und Azeton.

»Dann ist das abgemacht!«, lachte er nur.

Anschließend weigerte er sich, weitere Fragen zu beantworten. Die Journalisten wurden hinausgeführt, während die Fotografen noch die letzten Blitzlichtserien schossen. Sichtlich erleichtert traten sie hinaus in die frische Luft, wo das Cateringpersonal mit Bestechungshäppchen und auserlesenem thermischen Jahrgangswein wartete.

Maximulian Chun besaß also ein Grubenimperium. Das Unternehmen war ein paar Millionen Jahre alt, es hatte der

Familie bereits gehört, seit Aurora Mau, die Ahnenmutter der Andropoden, ihr erstes Goldkorn aus den Petroleumbächen in den wilden Yunnibergen gewaschen hatte. Von diesem ausgezeichneten Ausgangspunkt aus expandierte der Betrieb über kleine Mutungen, Versuchsgruben, Bohrungen, Erzadern und Grubenschächte zu gigantischem Schmelzwerk und gut gedrillten Bergarbeiterarmeen, die mit der Zeit den gesamten Planeten aufkauften und einschmolzen.

Der Höhepunkt war erst vor kurzer Zeit erreicht worden. Man hatte sich schließlich ins Zentrum des Universums begeben. Im Unterschied zu dem, was man früher geglaubt hatte, war das Universum nicht chaotisch. Es war keine expandierende Brühe aus Galaxien, zufällig hingeworfen, wie es gerade so kam. Das Universum hatte eine Form. Die Form war von so gigantischem Ausmaß, dass man sie bisher nicht hatte überschauen können, aber es gab eine Form.

Eine Scheibe, das vermuten sicher viele von euch. Eine Spirale, glauben andere. Oder vielleicht ganz einfach etwas so Simples wie eine expandierende Sphäre.

Falsch, falsch, ganz falsch. Das Universum hat die Form eines – man höre und staune. Du wirst mir nicht glauben. Du wirst es nicht fassen können.

Eines Pimmelprofessors.

Das Universum sieht tatsächlich wie ein Pimmelprofessor aus. Es ist ziemlich peinlich, dass dem so ist, man würde sich wünschen, es wäre etwas Würdevolleres. Eine Spirale oder eine Sphäre, ich bin da vollkommen deiner Meinung. Und Tatsache ist, dass viele Staatsmächte bis heute die Wahrheit leugnen. Die führenden Wissenschaftler verschiedener Zivilisationen entschieden sich deshalb auf dem letzten Astronomiekongress zu einer Aktion. Einer Informationskampagne. Das Tabu sollte gebrochen werden, wir sollten endlich offen über die Sache reden. Überall, wo es möglich war, sollte man die Botschaft verbreiten, bis es geglückt wäre, durchzudringen. Wie gesagt, das waren keine dummen Jungs, sondern ganz im Gegenteil die treuesten Anhänger der modernen Kosmologie, die alle Fragen der universellen Umfrage mit dem Wort »Pimmelprofessor« beantwortet hatten.

Noch schlimmer war, dass das eigentliche Zentrum des Universums, also ganz schematisch gesehen der innerste Punkt, ausgerechnet das Geschlechtsorgan des Professors selbst ausmachte. Deshalb hatten diverse brillante Astronomen ihre Agitation noch ausgeweitet und waren einen Schritt weitergegangen. Aus reiner Aufklärungsfreude schrieben sie das Wort überall hin, wo sie es anbringen konnten:

»Hochverehrte Institutsleitung, Pimmel, ich ersuche um ein erhöhtes Forschungsbudget für das nächste Wirtschaftsjahr, Pimmel.«

Auf die Dauer ermüdend, ich weiß. Die Campuswände waren bald übersät von den Pimmelkritzeleien der Professoren. Die ganze Aktion uferte bald aus. Als die öffentliche Meinung ihrer Ansicht nach nicht schnell genug reagierte, begannen einige männliche Kosmologen damit, im Namen der Wissenschaft ihren Schwanz hervorzuholen, während sie unterrichteten. Sie standen am Overheadprojektor und schwangen ihren Penis, ließen ihn im Takt auf das Pult klatschen, um ihre Thesen zu unterstreichen. Und bei Kongressen wurde der Käsegeruch immer intensiver, bis zum Ersticken.

Und in dieses Zentrum unseres Universums hatten sich Chuns Bergbauingenieure also begeben. Als sie sich näherten, konnten sie das gewaltige, unheimliche schwarze Loch sehen, das dort schwebte. Wie der Abfluss einer riesigen Badewanne sog es das herumwirbelnde Schmutzwasser in sich hinein und presste es zusammen, bis Zeit und Raum aufhörten zu existieren.

Der Badewannenwirbel bestand aus einem galaktischen Kreisel aus Sonnen und Planeten, Gaswolken und dunkler Materie, die in einem immer schnelleren Takt herumwirbelten. Und es war die lang gezogene Bananenform dieses Wirbels, die den Pimmel des Pimmelprofessors selbst ausmachte. Die innersten Schichten wurden unter explosivem Energieausbruch ins Loch hineingesogen, während der es umgebende Raum ununterbrochen mit neuem Material gefüllt wurde. Kurz gesagt war das der ideale Platz für eine Bergbaugesellschaft, die ein billiges, bald ausrangiertes Planetensystem übernehmen will. Man brauchte sich nur den Himmelskörper zu packen, das Beste aus ihm herauszusaugen und dann die Reste ins Loch fallen zu lassen. Tack, sagte es, wenn die Planeten in Maximulian Chuns gigantischem Schmelzwerk geschlachtet wurden. Tack ... tack ... tack ... Oder besser gesagt klimper ... klimper ... klimper ... in der dazugehörigen Kasse.

Mit der Zeit wagte man es, die Schürfanlagen immer näher an den Rand zu verlegen, bis zuletzt an die Abflusskante um das schwarze Loch herum. Um diesen steilen, trichterförmigen Abgrund, aus dem es kein Zurück gab. Die Grubenarbeiter konnten von Bildern berichten, die kein Auge im Universum zuvor je gesehen hatte. Im Hinabstürzen, kurz bevor das Licht selbst vom Loch geschluckt wurde, dehnte sich die Materie in der Furcht erregenden Gravitation aus. Planeten wurden weit in die Länge gezogen, zu immer weiter angespannten Gummibändern, während Kontinente zu Steinen zerbarsten, Felsen zu Staubkörnern zermahlen wurden und zum Schluss die Moleküle selbst von den kosmischen Kräften vernichtet wurden. Und in dem Moment, bevor alles verschwand, bevor die Materie von dem Dunkel geschluckt wurde, sandte sie ein Todeslicht aus. Ein letztes, Funken sprühendes Feuerwerk, kobaltblau, kupfern, zinnoberrot und blutrot, ein Schrei aus Farben, bevor alles in die Tiefe hinuntergezogen wurde und verschwand.

Und es war dieses Schauspiel, das Chuns Ingenieure auf die Idee brachte, den so genannten Badeschaumprozess zu konstruieren. Was die Grubentechniker herausfanden: Die Materie schichtete sich in dem Todeswirbel übereinander, genau wie Sahne und Magermilch in einem altmodischen Milchentrahmer. Von leichten Grundelementen bis zu den ganz schweren, eine Schicht nach der anderen. Man hatte ganz einfach die größte Zentrifuge der Welt vor sich. An der Oberfläche glänzte Beryllium, weiter unten schimmerte Titan. Und noch weiter in der Tiefe war ein goldener Butterkreis zu sehen, der ganz, ganz langsam in den Schlund hinunterrutschte – reines, glänzendes Gold.

Es ging nur darum, dort ranzukommen. Die Konstrukteure schusterten eine Neutronenhaubitze zusammen, inspiriert von den tödlichen Waffen, die im letzten galaktischen Krieg benutzt worden waren. Damit zielte man auf den Goldrand und bombardierte ihn mit vollem Erfolg. Der ultradünne Neutronenstrahl traf das Metall, dass es zischte und einen luftigen Gold-Neutronenschaum bildete, um einiges leichter als die Umgebung. Die Gravitation verlor ihre Kraft, und wie ein glänzendes Soufflé, ein Darm goldener Seifenblasen, schwebte der Goldschaum in einem langen Strom aus dem Schlund herauf und konnte eingefangen werden.

Man konnte es vor sich sehen. Die Grubenarbeiter, die auf der Plattform standen, in ihre zirkoniumgeschweißten, gepanzerten Overalls gekleidet, um von der Anziehungskraft nicht in Stücke gerissen zu werden. Sie angeln von der Plattform aus nach dem Goldschaum oben am Rand und saugen ihn wie eine Rauchsäule ein. Ein teures, dichtes Parfüm, das aus dem brüllenden Schlund des Untiers aufsteigt. Der geringste Missgriff kann schicksalsbestimmend sein. Alle erinnern sich an den Regeltechniker, der an der Sicherheitsbarriere stolperte. Er schrie vor Grauen ins Funkgerät, bevor die Overallsäume platzten und sein Körper schnell zu einer Angelschnur lang gezogen wurde, ein roter, feuchter Bindfaden.

Man balanciert am Abgrund entlang. Zirkuliert wie ein Lotsenfisch um das große, alles verschlingende Saugmaul des Universums herum. Die Schicht ringt mit den Reglern, der Goldschaum fließt in den Kollektor, ein roter Widerschein steigt von den Hochöfen im Herzen der Plattform auf, Lastschiffe legen an den verbeulten schwarzen Rohmetalltonnen dort draußen in der Dunkelheit an und ab. Alle sind aufs Äußerste angespannt. Man arbeitet ständig am Rande seiner Kraft, die Schwerkraft zerrt an den verstärkten Schweißnähten, Platten werden auseinandergezogen, Verbindungen und Rohrmuffen werden leck. Ständiger Alarm, Warnlampen, wieder mit Dosimeter und Werkzeugkasten ausrücken, keuchende Anstrengung hinter beschlagenem Visier. Der Geruch nach Schweiß, Batteriemetallen und Ozon.

Bei all diesem zeichnet sich plötzlich eine Feuerfliege ab. Tief unten im Schlund. Ein kleiner, flackernder Lichtpunkt, der sich nach oben zu bewegen scheint. Sie steigt auf wie eine Kohlensäureblase in einem hohen Champagnerglas, offensichtlich vollkommen unbeeindruckt von dem Inferno um sie herum.

Der Punkt wird größer. Wird zu einer Federmücke, einer schwebenden Taube. Weiß und fast durchsichtig schwillt er zu einem Zeppelin an, dabei jedoch deutlich weicher in den Konturen. Amöbenartig und klebrig hebt er sich aus dem Mahlstrom heraus, nähert sich. Mit einem weichen Schmatzen erreicht er schließlich die Plattform der Erzgewinnung und setzt wie ein zitternder Wackelpudding auf. Er ist vielleicht so um die sechzig Meter lang. Man kann Sektionen in ihm erahnen. Hohlräume, Blasen, leberfarbene Organe.

Die Schicht steht wie versteinert da. Man lässt sein Werkzeug fallen. Der Wahnsinn ist gekommen, die Geisteskrankheit. Man starrt den Rotzklumpen an, groß wie ein mehrgeschossiges Wohnhaus.

Im nächsten Moment öffnen sich die Häute. Aus der Zellenwand heraus schlängeln sich große Larven, fette, bräunliche Robbensäcke. Sie reihen sich vor dem Kollektor mit seinen gekrümmten Kranarmen auf und versuchen offensichtlich mit ihm zu kommunizieren. Erst jetzt kommt wieder Leben in die Arbeiter. Eilig holen sie den Container mit der Aufschrift »Externe Lebensformen« hervor und bekommen den Translator in Gang, der das leise Piepsen der Robbensäcke einscannt. Dann vergleicht er es mit den Millionen von Sprachen, die einprogrammiert sind. Keinerlei Übereinstimmung. Da versuchen sie es mit dem Allereinfachsten: Binäre Basiskommunikation. Die Fremdlinge ziehen einen Schleimstrang aus ihrem Fahrzeug und verbinden ihn mit dem Translator. Nach einer ganzen Weile, während der die Daten ausgetauscht werden, einigt man sich auf eine primitive Computersprache, die beide dechiffrieren können.

Die erste Äußerung kommt von den Besuchern. Ihre Bemerkung ist kurz und treffend:

»Drei Treffer.«

Der Befehlshaber der Plattform, der sich neben den Translator gestellt hat, nimmt an, dass es sich um eine Art von Begrüßungsfloskel handelt.

»Euch auch einen guten Tag«, antwortet er.

»Ihr Kohlenstoff.«

»Wie bitte?«

»Ihr seid Kohlenstoff.«

Da erst versteht er.

»Ja, wir sind Wesen, die auf Kohlenstoff basieren. Ganz richtig. Kohlenstoff, das sind wir.«

»Wir Neutronen.«

»Ihr seid auf Neutronenbasis aufgebaut?«

176

»Ganz richtig. Neutronen, das sind wir.«

Offensichtlich kommen die Gäste aus einem anderen Universum. Einem Neutronenuniversum, das seinen Eingang irgendwo da unten in dem teuflischen Schlund hat. Das schwarze Loch schien wie eine Linse zu funktionieren, wenn man sich mit dem richtigen Fahrzeug in den Schlund hinein begab, konnte man mit heiler Haut auf der anderen Seite hinausgespiegelt werden.

»Wie sieht euer Universum aus?«, wollte der Befehlshaber wissen.

Das war offensichtlich nicht so einfach in Computersprache zu beschreiben. Der Wortschatz war nicht der beste. Aber es war ein Ort mit vielen Vorteilen, so viel war klar. Man hatte beispielsweise keine Anziehungskraft.

»Keine Anziehungskraft?«

»Nein, Lochkarten. Lochkarten besser.«

Hä ...? Ein Universum, auf Lochkarten aufgebaut?

Okay, okay. Lochkarten sind einfach toll, wir konnten es mit unseren eigenen Augen sehen. Schließlich war es so gelungen, intelligenten Rotz zu schaffen.

Nach vielem Hin und Her und umständlichen Verrenkungen kamen die Gäste schließlich zu ihrem eigentlichen Anliegen. Es ging um ein kleines Geschäft. Es ging um unser schwarzes Loch. Man wollte es kaufen.

»Das Loch kaufen?«

Ja, zumindest teilweise. So viel davon, wie wir entbehren konnten. Man wollte das Plasma essen. Die Plasmasuppe da drinnen. Wie viele Milliarden von Abermilliarden Tonnen konnten wir uns wohl vorstellen zu verkaufen?

Der Befehlshaber bat sie, ihre Anfrage zu wiederholen. Was sie auch taten. Ein längeres Schweigen entstand. Schließlich bat er höflich um Bedenkzeit. Die Fremdlinge versprachen wiederzukommen, stiegen in ihr schlabbriges Fahrgerät und schwebten wieder hinunter in den Schlund.

Der Befehlshaber schickte umgehend eine Expressmitteilung an Maximulian Chun. Das Problem war, dass dieser gerade ein Bündel gehäuteter Speckbiber geschluckt hatte und seinen Mittagsschlaf hielt. Als er schließlich aus seinem Schlummer erwachte, glitt er wohlgemut in seinen Pool und sah, wie der Sprecher der Geschäftsleitung mit dem Telegramm angelaufen kam.

Ein schwarzes Loch verkaufen? Es gab schlechtere Geschäfte.

Hhm, wandte der Sprecher der Geschäftsleitung ein. Es gibt da eine Komplikation. Ein winziges Detail. Oder vielleicht nicht gar so winzig eigentlich, ein ziemlich großes Detail.

Heraus mit der Sprache!

Maximulian dümpelte ruhig in seiner vulkanischen Brühe, während der Sprecher der Geschäftsleitung ein Diagramm ausbreitete. Dieses schwarze Loch war nämlich etwas speziell. Es war bekanntermaßen das größte des Universums. Es bestand das Risiko, dass man ... die Naturgesetze beeinflussen würde.

Und genau da hatte Chun seinen Geistesblitz. Du weißt ja schon, was passierte. Er ließ durch das intragalaktische Meinungsforschungsinstitut diesen Fragebogen verschicken, leierte anschließend die weltgrößte Reklame für Schlankheitskuren an und sah, wie die Kröten auf sein Konto niederprasselten. Direkt nach der stürmischen Pressekonferenz mit den kritischen Journalisten zog er sich seinen elastisch gewebten Molybdänkimono an, anschmiegsam wie die zarteste Seide. Anschließend stieg er in seine Hohlsaitenyacht, spürte, wie das Feld aktiviert wurde, und begab sich in Expressfahrt zum Mittelpunkt des Universums.

Maximulian Chun war also an Ort und Stelle, als die Robbensäcke zurückkamen. Man setzte sich unmittelbar zu Verhandlungen zusammen und begann die unterschiedlichen Vorschläge durchzurechnen. Aber man hatte Probleme, einen Konsens zu finden. Zum Schluss zogen die Gäste etwas Zähes, Glänzendes hervor. Es war ein Neutronenanzug, den Maximulian nach einigem Zögern überzog. Dann stieg er in das schlottrige Fahrzeug, schwebte langsam hinunter ins schwarze Loch und wurde von ihm verschluckt. Als erstes Wesen überhaupt in der Weltgeschichte sollte er ein fremdes Universum besuchen.

Am nächsten Morgen wachte die Plattformbesatzung mit einem merkwürdigen, munteren Gefühl auf. Man fühlte sich unerwartet drahtig. Die Treppe hinauf zum Frühstücksraum wurde in Nullkommanix gemeistert. Und als man sich ans Panoramafenster setzte, glaubte man, seinen Augen nicht zu trauen.

Das Loch war geschrumpft. Der gesamte bananenförmige Badewannenwirbel drum herum war in sich zusammengesunken. Von dem ursprünglichen Riesenorgan war nur noch ein bescheidener Wirbel übrig geblieben, der langsam ein paar wolkige Gasplaneten einsog. Die Form des Universums hatte sich verändert. Der Pimmelprofessor hatte sich in einen Vaginaprofessor verwandelt.

Aber diese unerwartete Kraft im Körper, woher kam die? Das Besteck fühlte sich zu leicht an, man schaufelte zu viel in sich hinein. In der ganzen Kantine schmierte und matschte die Besatzung mit dem Essen herum, verlegen lachend.

Und so war es überall in unserem riesigen Universum. Man wachte auf und fühlte sich stark. Man begann herumzufummeln und machte dabei Dinge kaputt. Und zum Schluss, so im Vorbeigehen, stellte man sich auf die Personenwaage. Trat wieder hinunter. Kontrollierte die Justierung und stellte sich wieder drauf.

Es war ein Wunder. Über Nacht hatte man sein Gewicht reduziert.

In den wissenschaftlichen Labors stellten sich die Forscher hin und maßen, rechneten und maßen von Neuem, zum Schluss waren sie gezwungen, das Offensichtliche zu akzeptieren. Die Gravitationskonstante hatte sich verändert. Niemand verstand, wie es dazu gekommen war. Aber sie hatte sich verändert. Und in den Sportarenen im ganzen Universum wurden in der nächsten Zeit ganz unglaubliche Weltrekorde aufgestellt.

Leider kehrte Maximulian nie von seinem Ausflug zurück. Doch seine Galaktosmethode hielt offenbar, was sie versprochen hatte.

Ein Kilo wog hiernach nur noch achthundertundfünfzig Gramm.

Nachtschicht

Das Schiff schläft. Ich bin allein im Cockpit. Der Zweite Steuermann Roger hat sich in die Schichtkabine gelegt und ist vor einem Videofilm eingedöst. Ich sitze allein da, ganz vorn in dem riesigen Erzfrachter. Eine kleine Mücke, eingeklemmt in eine Hautfalte auf der Stirn eines nach vorn preschenden Blauwals. Und es ist die Mücke, die lenkt. Das bin ich, allein mit der äußersten Spitze meines Zeigefingers auf dem Stabsensor. Der ganze gigantisch angeschwollene Körper da hinter mir richtet sich nach mir, steuert genau dorthin, wohin ich zeige.

Der Temperaturmesser zeigt ein Signal. Wir rasen in eine Gaswolke, eine dieser vielen dunklen Schleier, die zwischen den Sternensystemen schweben. Die Reibung erhitzt die Frontschilde zu einem glühend roten Farbton. Ich genieße dieses stille Schauspiel vor den Fensterscheiben, spüre, wie die Wangen vom Widerschein rot werden. Eine rosige Farbe, die man fast nie im Weltall erlebt, der sanfte Schein einer alten Kochplatte, die man vergessen hat auszuschalten.

Und dann puff! Eine Farbkaskade. Leuchtende Streifen, Regenbögen, es sprüht und wogt um die Kommandobrücke herum. Das Nachtdunkel des Weltalls ist verschwunden, die Fensterfront badet in einem Feuerwerk. Weltallkiesel. Schwebende kleine Steinchen, die mit enormer Kraft von unserem vorpreschenden Monster zermalmt werden. Die

Alarmleuchte geht an, ich justiere die Protektoren. Fühle mich erregt, fast berauscht. Das ist das Adrenalin. Obwohl ich mich doch vollkommen ruhig fühlen sollte. Die größeren, gefährlichen Asteroide haben genügend Echo, damit das System jeweils rechtzeitig die Richtung ändern kann. Und trotzdem, man kann ja nie wissen. Einmal in hunderttausend Jahren ist da einer, der durchs Netz rutscht. Und dann werden Dinge zerschlagen, dann brüllen die Sirenen, dann heißt es, so schnell es nur geht in den Raumanzug und anfangen zu reparieren.

Bald nimmt es ab. Wir sind durch. Nach und nach kühlen die Schilde ab, ihre rote Glut ermattet und verdunkelt sich, bis das Weltall von neuem schwarz ist. Ich mache einen Sicherheitstest, alle Systeme sind intakt. Kritzle eine Anmerkung ins Logbuch. Strecke die Arme aus, verschränke die Hände im Nacken. Höre, wie die Türschleuse zischt.

»War was?«

Roger steht mit vom Schlaf verwuscheltem Haar da.

»Ein Hagelschwarm.«

»Es hat Alarm gegeben.«

»Höchstens einen Zweier. Ich hab's als Zweier eingetragen, aber es war wahrscheinlich nur ein Einser.«

Er setzt sich gähnend hin, reibt sich den Schlaf aus den Augenwinkeln.

»Es war schön«, sage ich.

»Mmh.«

»Die Farben.«

Dann sitzen wir schweigend da. Nehmen uns eine Tasse Kaffee. Spüren die Müdigkeit wie eine Schwere im Hinterkopf.

Und genau in diesem Augenblick, in dieser blauen Dämmerungsstunde, da schlägt der Radar Alarm. Wir beugen uns gleichzeitig über die Koordinaten.

»Ein Steinklotz?«, fragt Roger.

»Keine Ahnung.«

»Wir lenken manuell dran vorbei, das ist bestimmt nur so ein Kies.«

Ich führe die Analyse durch. Es dauert ein paar Sekunden, dann wird der Bildschirm knallgrün.

»Nein, das darf nicht wahr sein«, stöhnt Roger. »Nicht schon so früh am Morgen.«

Ich verspüre die gleiche Unlust wie er. Beginne hart zu bremsen, während der Punkt auf dem Bildschirm immer größer wird. Jetzt sind die Konturen zu sehen. Es gibt keinen Zweifel mehr. Das ist ein Raumschiff. Ich rufe es immer wieder an, doch es antwortet nicht. Das verspricht nichts Gutes.

»Komm, scheißen wir drauf«, sagt Roger.

Aber ich bremse weiter. Wir haben eine Überprüfungspflicht, falls etwas nicht zu stimmen scheint, sie vielleicht in Not geraten sind. Ich schalte die Scheinwerfer ein und betrachte das Schiff durch die Fensterscheibe.

»Ist es von zu Hause?«

Ich nicke. Ein alter Venuspendler, vollkommen erloschen, mit hervorragendem Steg und Masten wie eine tote Libelle. Ich versuche sie weiterhin anzurufen, bekomme aber keine Antwort.

»Sollen wir die anderen wecken?«, fragt Roger.

Ich schüttle den Kopf, wohl wissend, wie sauer sie sein würden.

»Wir losen«, schlage ich vor.

Er holt einen Würfel, und wir würfeln jeder einmal. Ich verliere. Resigniert klettere ich hinunter zur Luftschleuse und ziehe mir den Raumanzug an. Zusammengekrümmt zwänge ich mich in die Servicekapsel. Lege mich am Armaturenbrett auf den Bauch, während die Kapsel sich verschließt. Vor mir gleitet die Saugluke auf. Mit einem erregenden Gefühl sehe ich, wie sich das Weltall vor mir öffnet, seinen schwarzen, sternenbesäten Abgrund. Mit einem kurzen Druck auf den Handregler schieße ich hinaus in die Schwerelosigkeit. Es ist ein Gefühl, als fiele man in eine Tiefseespalte. Die Kapsel koppelt sich vom Frachter los, ein kleines, spulenförmiges Plankton, das aus den Hautfalten des Blauwals auftaucht. Wie ein funkelnder Torpedo gleite ich auf den Fremden zu. Vorsichtig manövriere ich zwischen den zerschlagenen Schilden und den gebrochenen Masten herum und finde bald ihre Andockluke. Sie ist vernarbt und zerbeult, unmöglich aufzubekommen. Etwas Schweres muss sie getroffen haben. Vorsichtig manövriere ich weiter am Rumpf entlang, bis ich eine Notschleuse entdecke. Ich schlängle mich aus meiner Kapsel heraus und versuche sie manuell zu öffnen, klammere mich von außen an meiner Hülle fest, schutzlos und entblößt. Erleichtert spüre ich, wie der Verschlussbolzen nachgibt. Die Luke öffnet sich, weiße Flocken unbekannter Art wirbeln heraus. Ich messe den Druck in dem offenen Schlund. Er ist nahe Null. Es ist zu spät, alles scheint vorüber zu sein.

»Ein Gespensterschiff«, rufe ich Roger zu.

»Glaubst du?«

»Fast keine Luft mehr drinnen. Ich gehe rein und checke die Lage.«

Einer von uns muss hinein und nachsehen, das gehört zum Reglement. Es kann noch jemand im Komagefrierer liegen, den man retten kann. Unten im Loch ist alles schwarz, ich drehe an der Helmlampe, während ich hineintauche. Das ganze Schiff erscheint wie ein Grab. Eine dünne Staubschicht wirbelt in den Korridoren auf. Wie aus Asche. Hat es hier drinnen gebrannt?

Ich beginne damit, die Schlafkojen zu untersuchen. Sie sind leer. Schmutzige Kleidungsstücke schweben obszön in der Schwerelosigkeit herum. Lange Strümpfe, ein weißer Kunstledergürtel, ein schmutziger Verband. Im Lampenschein ähneln die Teile grotesken Schlangen.

184

Aufmerksam gehe ich weiter. Ein paar leere Plastikverpa-
ckungen wogen wie Quallen im Flur auf und ab, ich fange
eine von ihnen ein. Benutztes Blutplasma. Mit wachsender
Unruhe begebe ich mich in den Navigationsraum. Er ist voll
kleiner Teilchen, die in der Dunkelheit herumschwirren. Irgendeine Art von Plastikmüll. Oder sind es Eisstückchen?
Ich fange eine Scherbe ein und sehe, wie ihre scharfen Kan-
ten glitzern. Zerbrochenes Silikatglas. Jetzt bemerke ich,
dass alle Plasmaschirme zerschlagen sind. Wurde das Schiff
vielleicht von Piraten überfallen? Die Scherben schlagen
mir gegen das Visier, während ich herumschwimme, ein
knackendes, unangenehmes Geräusch. Keine Spur von der
Besatzung, kein Logbuch. Sie müssen sich mit der Rettungs-
kapsel rausgeschossen haben.

Der Notsender ist immer noch auf Sendung. Ich drücke
auf die Tasten, aber die Reserveenergie ist schon seit langem
verbraucht. Da entdecke ich eine Schnur, an einen Schreibtischstuhl festgebunden. Sie führt unter den Tisch. Ich beu-
ge mich schwerfällig hinunter. Richte das Licht darauf, weiche erschrocken zurück. Ein grinsender Fellschädel. Eine
graue, eingetrocknete Zungenspitze. Es ist ein Hund. Sie
hatten einen Hund dabei. Der Schädelknochen ist mit etwas
Hartem, vielleicht einem Hammer, zerschmettert worden.
Mit aufsteigender Übelkeit erhebe ich mich und versuche
mich zu sammeln.

»Es ist leer!«, keuche ich ins Mikrofon.

»Bist du dir sicher?«

»Ich habe überall gesucht.«

»Okay, verstanden. Komm zurück.«

Keuchend gehe ich zurück auf den Gang. Gehe in die falsche Richtung, gelange in einen Vorratsraum. Es gibt noch Essen in den Regalboxen. Suppenpulvertüten, Dorscheintopf
mit Zitronengeschmack, Spaghetti Bolognese. Ich schaue
aufs Datum, es ist vor mehr als zwanzig Jahren abgelaufen.

»Ist der Kasten registriert?«, frage ich.

»Er wird als verschrottet angegeben. Ich habe alle Listen überprüft, sie müssen ihn schwarz weiterverkauft haben. Ein Solotänzer, den niemand vermisst hat.«

»Ich habe keine Besatzung gefunden.«

»Komm zurück. Du hast bereits ein Warnzeichen beim Sauerstoff. Komm zurück, dann zerstören wir ihn.«

Ich beeile mich zurückzufinden. Es wäre fatal, sich im Labyrinth der Flure zu verirren. Aus der Richtung da bin ich gekommen. Aber diese Tür habe ich vorher nicht bemerkt. Ich muss mich verlaufen haben.

»Immer mit der Ruhe!«, ruft Roger. »Du keuchst, du gerätst in Panik!«

Ich reiße die Tür auf. Heraus taumelt ein Raumanzug, von Gasen so aufgeblasen, dass er zu platzen droht. Durch das Visier kann ich ein Gesicht entdecken. Die Augen sind grün vom Schimmel.

»Uäääähhh!«, schreie ich.

»Komm zurück. Scheiß drauf. Komm zurück!«

»Es ist eine Frau«, sage ich mit gequälter Stimme. »Sie ist gegoren.«

Aus der Vordertasche ziehe ich die Zange heraus. Suche den aufgeblasenen Handschuh der Frau, packe den Daumen. Mit abgewandtem Gesicht knipse ich ihn ab. Durch das Loch im Raumanzug spritzen die trüben Gase mit voller Kraft heraus. Der Körper wird in der Schwerelosigkeit wie eine Stoffpuppe geschüttelt, zappelt mit gelenklosen Gliedern.

»Du sollst zurückkommen!«, schreit Roger. »Geh nach hinten und dann rechts.«

Ich taumle nach hinten und dann nach rechts. Da ist die Notschleuse.

»Ich hasse das hier«, jammere ich.

Erschöpft kehre ich zum Mutterschiff zurück, von Frostwellen geschüttelt. Den Daumen frieren wir vorschriftsmäßig für die DNA-Identifikation ein. Und dann sprengen wir das Geisterschiff mit einer gebündelten Ladung, verwandeln den ganzen Sarg in herumwirbelnden Weltallkies.

Ich sehe die ganze Zeit den Hund vor mir. Die Frau muss seine weiche Schnauze gestreichelt haben, als das Ende nahte, und ihn keuchend um Verzeihung gebeten haben. Sie hat ihm tief in die braunen Augen geschaut, während der Hundeschwanz erwartungsvoll gegen den Boden klopfte. Immer wieder hat sie den Hammer gehoben, um ihn ohnmächtig wieder fallen zu lassen. Hat versucht, sich selbst davon zu überzeugen, dass die Qual so kürzer sein würde. Dass sie es aus Liebe täte.

Es gab einen Namen am Halsband. Sie hatte den Hund Laika genannt.

0,002

Das größte Ereignis in der Geschichte der Erde trat durch Zufall an einem Mittsommerabend in der nordfinnischen Stadt Oulu ein. Zum großen Teil lag es am Wetter. Ganz Europa lag an diesem Abend unter einem Tiefdruckband, ungewöhnlich kompakt für die Jahreszeit, und der größte Teil des Kontinents war deshalb von einer grauen, undurchdringlichen Wolkendecke verdeckt. Bis auf den äußersten Norden. Die finnischen Waldgebiete glühten einladend in der Abendsonne, die zehntausend Seen glänzten wie Schmuckstücke, und aus Orten und von Stränden stiegen die unzähligen Rauchsäulen der finnischen Mittsommerfeuer empor.

An Oulus Rand, am Ufer des Sees Pyykösjärvi, stand der finnische Schulhausmeister Arto Liinanki und kaute an einer Grillwurst. Das Feuer erhitzte sein Gesicht, das Würstchenfett lief ihm über die Lippen.

»Senf wäre nicht schlecht«, dachte er. »Schade, dass ich Senf vergessen habe.«

Um das Feuer herum saßen oder standen gut zwanzig Leute, die Bierflaschen glänzten im Gras, eine Frau in Jeansjacke hatte sich summend über eine Gitarre gebeugt.

»Hat jemand Senf?«, rief Arto.

»Im Kofferraum«, zeigte Kimmo und öffnete geschickt ein weiteres Bier mit dem Feuerzeug.

Arto ging zum Parkplatz, ein wenig unsicher im Schritt.

Einige Mücken umkreisten hartnäckig seinen Nacken. Er kam an einem Birkenknick vorbei und blieb dort stehen, um die Blase zu erleichtern. Mit der freien Hand öffnete er den Hosenschlitz und ließ dann den warmen Strahl auf einen weißen, fast seidenen Birkenstamm plätschern.

Als er sich umdrehte, standen sie da. Vier Stück. Lang und schmächtig in ihren bleigrauen Schutzanzügen.

Seine erste Reaktion war ein missglücktes Lachen. Ein paar Jugendliche, die sich hatten verkleiden wollen. Aber als sie ihn weiterhin wortlos anstarrten, kam die Angst.

»Die wollen mich ausrauben«, dachte er. »Uhr, Handy ...«

Eine der Gestalten hob schließlich sein unerwartet gelenkiges Storchenbein zum Kopf und öffnete das Visier. Da drinnen kam ein Schnabel zum Vorschein. Der schnappte. Er schien die Luft mit leisen, klappernden Geräuschen zu schmecken.

Arto streckte zitternd sein halb gegessenes Lenkkimakkara hin. Der Fremdling beugte sich näher heran und schnappte vorsichtig die Wurst mit der äußersten Schnabelspitze.

»Senf gibt's im Auto«, flüsterte Arto.

Und diese Worte, dieser simple Satz ging damit in die Weltgeschichte ein. Es waren die ersten Worte, die jemals zwischen einem Menschen und einer außerirdischen Intelligenz gewechselt wurden. »Senf gibt's im Auto.« Auf Finnisch, an einem sonnigen Mittsommerabend an dem nordfinnischen See Pyykösjärvi.

Von Oulu verbreiteten sich die Schockwellen über den ganzen Planeten. Die gesamte Erdkruste schien unter den Fußsohlen zu vibrieren, und als die Menschheit sich zu einem neuen Tag erhob, wurden die Neuigkeiten bereits an jeder Straßenecke ausposaunt:

»UFO in Finnland! Das Weltall ist gelandet!«

Und darunter ein Foto des glotzenden Arto, der wörtlich zitiert wird:

»Senf gibt's im Auto!«

Während des folgenden Tages versammelte sich die Weltpresse an Pyykösjärvis Birkenknick hinter der Polizeiabsper-
rung. Im üppigen Gras erhob sich das kegelförmige kleine
Fahrzeug der Besucher. Die finnische Präsidentin hatte soeben ihren traditionellen åländischen Hecht verzehrt, als die
Nachricht sie erreichte. Jetzt stand sie hier, mit dem Hubschrauber herbeigeholt, und hielt eine offizielle Willkom-
mensrede für die Außerirdischen, in der sie, sichtbar ergriffen vom Ernst der Stunde, ihnen Frieden und Gesundheit
wünschte. Anschließend überreichte sie ein Geschenk, eine
handgeschnitzte finnische Zither, auf der die Besucher zerstreut klimperten. Hunderte von Fernsehkameras sendeten
surrend direkt in die ganze Welt. Hinter der Polizeiabsper-
rung begannen die Besucher im Birkenknick herumzustol-
pern, nahmen Proben von Laub und Zweigen und fingen
Mücken und Regenwürmer in metallische Tüten ein. Ab und
zu schoben sie ihre Visiere auf, und dann leuchteten die Ka-
merablitze grell wie Gewitterblitze.

Aber ziemlich schnell kamen Gerüchte auf. Alles war natürlich nur ein geschickt inszenierter Bluff. Die Besucher
waren nur verkleidete Schauspieler, und das Fahrzeug war
in einem bulgarischen Filmatelier hergestellt worden. Arto
Liinanki selbst war Mitwirkender im größten practical joke
aller Zeiten. Nicht zuletzt die Kirchen der ganzen Welt erho-
ben ihre skeptischen Stimmen. Nirgends in der Bibel stand
etwas von Außerirdischen. Der Herr hätte niemals solche
Missgeburten geschaffen. Und schon am gleichen Abend gelang es dem Pfingstgemeindeprediger Juhani Peltola, sich
durch die Polizeikette zu zwängen und zu dem nächstste-
henden Besucher zu gelangen. Peltola packte resolut die
Gummimaske und versuchte sie mit aller Kraft herunterzu-
reißen, wobei ihm jedoch im nächsten Moment der Zeigefinger von dem messerscharfen Schnabel des Wesens ele-

gant abgebissen wurde. Der gesamte Hergang wurde immer und immer wieder in allen Nachrichtensendungen der ganzen Welt gezeigt, und die Zweifler verstummten.

Bereits am folgenden Tag war es den Besuchern gelungen, ein vollkommen verständliches Finnisch zu programmieren. Mit Hilfe ihrer tragbaren Computerboxen konnte man nun miteinander kommunizieren.

»Wo kommt ihr her?«, riefen die Reporter. »Wer seid ihr? Was ist eure Botschaft an die Menschheit?«

Die Besucher hörten zu und interpretierten die Fragen in aller Ruhe. Anschließend erklärten sie, dass die Fragen zu früh gestellt worden seien. Zu gegebener Zeit würde man sich schon äußern.

In den folgenden Wochen lernten die Besucher noch einige weitere Dutzend Erdensprachen. Sie verfolgten sämtliche Rundfunk- und Fernsehsendungen des Planeten, luden sich ein paar Millionen Homepages aus dem Netz herunter und kopierten alles an öffentlichem Material, was sie über die naturwissenschaftliche, ethnische und soziologische Entwicklung des Planeten erhalten konnten.

Anschließend luden sie zu einer Pressekonferenz. Der Zeitpunkt für ihre gründlich vorbereitete Rede war gekommen. Ihre Botschaft an die Menschheit. Die Mitteilung war kurz gefasst, insgesamt lautete sie folgendermaßen:

»0,002.«

Niemand begriff etwas. Die Besucher wiederholten hartnäckig die Zahl: 0,002. Mehr konnten sie nicht anbieten. Sie hatten den kosmischen Standardtest durchgeführt, der für seine Zuverlässigkeit und Objektivität bekannt war, und wenn wir Erdlinge daran interessiert waren, Mitglied des kosmischen Parlaments zu werden, dann war unsere Erdenstimme 0,002 Standardstimmen wert.

Zwei Tausendstel.

Ihre Kultur selbst hatte 385 Standardstimmen. Ebenso

objektiv errechnet. Wenn man intelligent ist, dann ist man es halt.

Es gab ein Riesengezeter. Die Vereinten Nationen traten zusammen. 0,002, das war eine Beleidigung! Ein Planet – eine Stimme, sonst wurde nichts draus.

Ihr steigt auf 0,003, wenn ihr mit den Kriegen aufhört, lautete die Antwort.

Unverschämtheit! Undemokratisch, der reinste Hohn!

Ihr seid nicht mehr wert als 0,002. Versteht ihr das nicht? Ihr könnt ja nicht einmal lesen.

Natürlich können wir lesen, was ist das denn für ein Blödsinn!

Ihr könnt nicht einmal Gedanken lesen. Das ist doch anmaßend. Ihr steht auf einem so niedrigen Niveau, selbst unsere Fistelwürmer stehen höher in der Entwicklung.

Fistelwürmer! 0,002! Hütet eure Zungen, sonst beschlagnahmen wir den Blechhaufen, mit dem ihr gekommen seid, und stellen euch in Formalin aus.

Zzzzopp, weg waren sie. Kurz darauf stellte man fest, dass die Titangruben der Erde geleert worden waren. Die Besucher waren eigentlich Hochstapler, die so getan hatten, als studierten sie uns, während ihre Teleporteure herumgeschlichen waren und das gesamte Titan zum Mutterschiff geschleppt hatten, dessen sie habhaft werden konnten. Reingelegt worden waren wir.

Die Besucher verschwanden in den Galaxien und prahlten wahrscheinlich an jeder galaktischen Bartheke damit, wie schlau sie gewesen waren. Wie sie uns nach Strich und Faden reingelegt hatten.

Auf diese Art wurden die Koordinaten der Erde übers ganze Weltall verbreitet, und es dauerte nicht lange, da kam der nächste exotische Besuch. In den Zeitschriften sah man Fotos von Gurken, violetten Gurken mit Borstenhaaren und Kellerasselfüßen, Gurken mit so verfeinerten und behänden

Umgangsformen, dass wir im Vergleich dazu wie Affen wirkten.

Affen. Wenn es wenigstens so wäre.

Nach anfänglichem, verständlicherweise auftretendem Misstrauen von Seiten der Erdlinge, gelang es den Gurken schließlich, uns davon zu überzeugen, dass sie die echten Repräsentanten des kosmischen Parlaments waren. Diplomatisch führten sie ihre Messungen und Analysen durch, und sie kamen zu dem Schluss, dass ein Stimmenanteil von 0,002 deutlich zu niedrig für uns Erdenbewohner sei. Er sollte 0,003 lauten.

Übrigens war es nur gut, dass wir vor kurzem die Kriege beendet hatten, das machte uns ebenbürtig mit den Fistelwürmern daheim.

Als die Gurken abgefahren waren, kamen bald die Anthropologen. Das Gerücht hatte sich bis in die Universitäten und Hochschulen am gesamten Sternenhimmel verbreitet. Man hatte eine neu entdeckte Kultur gefunden, und alle wollten die Ersten sein, die uns beschrieben.

Das konnte ungemein irritierend sein. Stell dir vor, du sitzt zu Hause in deinem Sessel und guckst dir ein Sportprogramm an. Ein spannendes Cupfinale auf Kabel-TV, Liverpool gegen Juventus, und du hast 2:1 für Liverpool getippt. Es sind noch sieben Minuten zu spielen, und es steht 1:1. Aber Liverpool drängt vor, von Juventus hat der Verteidiger Scarlatti die rote Karte erhalten, und das heimatliche Publikum grölt vor Erregung.

Da senkt sich eine bläuliche, zehn Zentimeter lange Sardine auf deinen Couchtisch herab.

»Entschuldigung, was du tun?«, piepst sie.

»Halt's Maul«, sagst du.

»Ich nicht stören will«, versichert sie. »Nur forschen, was du tun.«

»Ich gucke Fußball.«

»Warum du gucken Fußball?«

»Es ist spannend.«

»Warum spannend?«

»Na, wer wohl gewinnt.«

Liverpool bekommt einen Freistoß direkt vor dem Strafraum. Ein steinharter Schuss, gegen die Latte und zurück, Tumult vor dem Juventustor, alles frei, neeeiiin ...

»Warum du sagen ›neeeiiin‹?«

»Die haben ihn verloren, verdammt!«

»Das Weiße da verloren?«

»Das nennt man einen Ball.«

»Du jetzt traurig? Du traurig? Ja?«

»Halt die Schnauze, verdammt noch mal!«

Eine Weile bleibt es still. Juventus gibt Kontra, ein gefährlicher Pass. Ein harter Kopfschuss. Ecke.

»Was du trinken?«

»Bier.«

»Das heißen Bier?«

»Genau.«

»Darf ich auch Bier?«

Man schielt zur Sardine hin. Die starrt mit ihren Glasaugen zurück.

»Nix da«, erklärt man.

»Bitte, gerne, nur ein bisschen.«

Kurze Ecke, eine schnelle Kombination. Die Verteidigung klärt. Gegenvorstoß. Man kippt einen Schluck Bier auf die Tischplatte, damit Schluss mit dem Genörgel ist. Der Fisch schlängelt sich dorthin und füllt eine winzige Pipette.

»Was du haben in Hand?«, fährt er fort.

»Den Tippschein, verdammt noch mal.«

»Was der tun?«

»Ich tippe, wie das Spiel ausgeht.«

»Warum?«

»Man kann Geld gewinnen.«

Wieder bleibt es still. Noch zwei Minuten von der normalen Spielzeit. Liverpool drängt auf der rechten Seite vor.

»Du Geld gewinnen?«

»Wenn Liverpool ein Tor schießt, dann gewinne ich, und jetzt halt endlich deine Schnauze!«

Einen Moment lang ist es tatsächlich still. Doch nur einen Moment lang.

»Dann du also nicht wissen, wie es ausgehen?«

»Nein, verdammt noch mal!«

»Du nicht kann sehen in Zukunft?«

»Leider nicht!«

»Du nicht wissen, dass die Schwarzweißen gleich Tor schießen?«

»Juventus?«

»Gleich.«

»Juventus schießt ein Tor? Nein, es sind doch die Liverpooler, die vorpreschen.«

»Das wird mit Kopf, wenn es kommt. Du wirklich nicht können sehen in Zukunft?«

Im gleichen Moment schnappt sich der Torwart von Juventus den Ball, macht einen schnellen Schuss zum Mittelkreis hin. Ein Dribbling auf der rechten Seite, ein steinharter Schuss, ein Nicken von Lodigliani ... ins Tor! Juventus führt mit 2:1.

»Mit Kopf«, piepst er. »Ich sagen, mit Kopf.«

Mit einem Schrei der Enttäuschung knallt man das Bierglas auf den Couchtisch. Es klingt unerwartet dumpf, bomp. Und während der Schiedsrichter das Spiel abpfeift und die Juventusspieler anfangen zu jubeln, liegt die Sardine da, zerquetscht auf der Tischplatte.

»Oh nein, entschuldige!«, schreit man. »Chelsea – Barcelona? Wie spielt Chelsea gegen Barcelona, bitte? Am nächsten Mittwoch?«

Aber sie ist bereits tot.

Mit der Zeit machten wir uns selbst auf in die Galaxien. Von den Besuchern lernten wir die Grundbegriffe der Antigravitation und des Hohlsaitennavigierens und wie man superstarke Rümpfe aus einer Titanmischung baut. Das Titan mussten wir natürlich zu vollkommen überhöhten Preisen von Weltallhausierern kaufen, die auf ihrem Weg bei uns vorbeikamen. Die Premierenbesatzung war zusammengesetzt mit Menschen aus allen Ecken der Erde, die Zeit des alten irdischen Rassismus war vorbei. Da draußen würden wir nicht länger Schwarze, Weiße, Juden und Aborigines sein. Sondern nur Humanoiden. Vom Planeten Erde, der Galaxie Milchstraße, mit vorprogrammierten Übersetzungsmaschinen:

»Sei gegrüßt, Fremdling. Können wir mit eurem Führer sprechen?«

Als diese erste Expedition viele Jahre später zurückkehrte, war es ein verkniffenes Grüppchen, das da auf die Plattform heraustieg. Die Journalistenmeute wollte sofort wissen, ob sie da draußen auf andere Kulturen gestoßen seien.

»Doch, ja«, lautete die Antwort.

»Und was haben die gesagt? Was hielten die von uns? Was meinten sie von uns Erdlingen?«

Die Besatzung sah sich betreten gegenseitig an. Der Betriebstechniker räusperte sich, sagte jedoch nichts. Der Steuermann und der Maschinist musterten ihre Zehenspitzen. Schließlich war es der Schiffsarzt, eine ältere, blasse Frau mit sehr langen Fingern, die das Unerhörte leise sagte:

»Fistelwürmer.«

»Was?«, rief die gesamte Journalistenhorde wie aus einem Mund.

Die Besatzung wurde zur psychologischen Betreuung in einen geschlossenen Raum geführt, wo sie Hilfe bekamen, um ihre traumatischen Erlebnisse zu verarbeiten. Nur sehr wenig drang von dort nach außen, aber ein Putzmann verriet schließlich, dass er zufällig jemanden drinnen laut hatte schreien hören, dass die Wände vibrierten:

»Wenn sie uns wenigstens als Affen bezeichnen würden!«

Das Weltall ist hart. Das Weltall ist schonungslos. Das Weltall ist ein eiskalter Spiegel, der alles verrät, der das zeigt, was wir vergessen wollen, der nichts verbirgt, nichts verschont, der keinen Trost bietet. Und das Wichtigste: das Weltall ist erschreckend rassistisch.

Man möchte ja gern etwas anderes glauben. Man hat ein Bild von demokratischen Raumschiffbesatzungen aus den verschiedensten Ecken des Universums mit behaarten Löwenpiloten, fröhlichen Servicerobotern und heldenhaften Humanoiden, die in unerschütterlicher Gemeinsamkeit größte Strapazen ertragen. So kann man es ab und zu in Filmen erleben.

Aber in Wahrheit ist es eiskalt. Ja, geradezu unerträglich, um es rundheraus zu sagen. Alle wollen am vornehmsten sein und an der Spitze stehen und auf die Plebs hinunterschauen. Und was ist dann wirklich vornehm? Ja, da hast du das häufigste Gesprächsthema bei den kalligrafischen Essen der Hochkulturen. Ist es die Intelligenz? Ist es das geistige Niveau? Die Religiösität? Ist es die Ethik? Die Fähigkeit, Gedanken lesen zu können? Die extrem verfeinerten Tischsitten? Oder vielleicht das hohe Alter der Kultur?

Aus diesen Diskussionen heraus wurden die kosmischen Tests geboren. Man kam darin überein, wie man objektiv Eigenschaften verschiedener Kulturen und Lebensformen mit Punkten bewerten könnte. Es wurden mehrere tausend Punkte, angefangen von der historischen Entwicklung und der Existenz einer Schriftsprache bis hin zur Psychokinese und der Fähigkeit, das Wetter mental zu verändern. Der Test wurde auf alle bekannten Zivilisationen angewandt, und diejenigen, die ein Spitzenergebnis vorweisen konnten, betrachteten sich mit der Zeit als göttliche Wesen. Und es stimmte schon, sie konnten eine ganze Menge, wie Büsche zum Brennen bringen oder mit Donnerstimme sprechen, aber dennoch musste es ja wohl gewisse Grenzen geben.

Gleichzeitig blickten sie auf alle anderen herab. Und alle anderen machten es ihnen nach und blickten ebenfalls auf alle anderen herab. Das Universum verwandelte sich immer mehr in einen Club gegenseitiger Bewunderer. Man wurde so fein, dass man aufhörte zu scheißen. Es gab VIP-Listen und Platinkarten und erste Sahne, hoch über der grauen Masse. Und in diese infernalische Klassengesellschaft platzte also unsere erste Erdexpedition.

Wir mussten uns auch einiges über Fistelwürmer aneignen. Sie leben in Fisteln. Also in Arschfisteln wolkenkratzergroßer, mammutähnlicher Wiederkäuer. In deren gigantischen Hinterteilen bilden sich mit Flüssigkeit gefüllte Blasen, die von Blutadern durchzogen sind, durch die Nahrung und Energie aus dem Dickdarm des Wirtstieres und dem, was dort durchgeht, entzogen wird. Und in den Blasen, perfekt geschützt, schwimmen also bis zu Hunderte von gutmütigen Parasitenwürmern und leben von dem, was die Blasen aufsaugen. Das Wirtstier kann in gewissen Fällen bis zu achthundert oder tausend Jahre alt werden, weshalb die Würmer genügend Zeit haben, um dazusitzen und zu philosophieren. Es kommt zu einer ganzen Reihe intensiver Gespräche über das Warum und Wohin. Eine äußerst geistige Intelligenz, die im Laufe der Evolution während Jahrmillionen sich immer mehr verfeinert hat. Und dank ihrer hohen geistigen Punktzahl kamen sie also bei dem kosmischen Test auf den gleichen Punktplatz wie wir Erdlinge.

Leider verbreiteten sich schnell Witze über uns:
»Was haben Erdlinge und Fistelwürmer gemeinsam?«
Antwort: »0,002.«
Laute Lachsalven unter den Kronleuchtern.

»Und was ist der Unterschied zwischen einem Fistelwurm und einem Erdling?«

»Der eine hat den Kopf in der Scheiße. Der andere hat Scheiße im Kopf.«

Noch brüllenderes Gelächter.

Es war anfangs sehr mühsam, oh ja. Es blieb auch weiterhin mühsam. Es ist insgesamt immer noch mühsam. Aber was sollen wir tun? Der Homo sapiens gehört zum Bodensatz des Universums, und dort werden wir wohl die nächsten Jahrmillionen bleiben, so langsam, wie die Evolution fortschreitet. Wir sitzen im kosmischen Parlament eingezwängt im allerhintersten Bereich, und in der Bank neben uns sitzen die Fistelwürmer. Ganz vorn posieren die Hochkulturen im Scheinwerferlicht. Einander umarmend treten sie ans Rednerpult und halten flammende Reden, lange Monologe von einzigartigem Esprit, die von den Dolmetschern Schritt für Schritt für die weiter unten stehenden Kulturen vereinfacht werden, bis sie das absolut unterste Begriffsniveau erreichen und in unsere Kopfhörer einsickern:

»Wir sind der Meinung, dass auf den Verkehrszeichen im Äußeren Ring die siebendimensionale Schrift eingeführt werden soll. Diese siebendimensionale Schrift ist äußerst vorteilhaft, wir müssen der Entwicklung ihren Lauf lassen ...«

Dann kommt es zur Abstimmung. Wir Erdlinge drücken mit unseren 0,002 Stimmen (da wir vor kurzem wieder einen Krieg begonnen haben) auf den Nein-Knopf. Die Fistelwürmer tun es ebenso. Der Angeber am Rednerpult drückt mit seinen 18942 Stimmen Ja, und zusammen gewinnen die Hochkulturen mit einer Million Jastimmen gegen gut anderthalb Neinstimmen.

Das sind die Momente, in denen man sich zurücksehnt nach Hause in die Sauna in Aareavaara.

Der letzte Winkel der Zeit

Eines Abends Anfang September wurde der Mathematik-studienrat Öyvind Kuno von einem Geist besessen. Er befand sich in seinem Sommerhaus, einer rotgestrichenen Hütte am Strömsund in Jämtland, und hatte soeben einen Eimer selbst gezogener Kartoffeln ausgegraben. Ein ruhiges, intensives Glück durchströmte ihn, als er eine der frischen Kartoffeln an seinem Arbeitshandschuh abrieb, so dass das gelblichweiße, feste Innere zum Vorschein kam. Vorsichtig führte er das Wurzelteil an die Lippen und biss hinein. Dann kaute er. Der Geschmack süßer Stärke füllte den Mund, Jämtlands milde, jäh endende Sommer. Es war vollbracht. Gab es etwas Größeres, etwas Lieblicheres als einen eigenhändig gefüllten Kartoffelkeller?

Öyvind beugte sich hinunter und ergriff den galvanisierten Eimerhenkel. Er beabsichtigte, die Kartoffeln zum Brunnen zu tragen, sie im kalten Wasser abzuspülen, sie mit frischem Dill und Salz in einen Topf zu schütten und dann langsam im Abendlicht sieden zu lassen. Und genau in diesem Augenblick, mit leicht gebeugten Knien, vornübergebeugt und mit einer Hand am Eimerhenkel, da wurde Öyvind besessen.

Es kam von der Seite. Es traf ihn geradezu rechtwinklig wie ein Peitschenschlag, der alles eintrübte. Und dann wurde es still, die Wasseroberfläche beruhigte sich gleich wieder. Öyvind hob den Eimer hoch, sein Körper funktionierte wie vorher. Doch er war nicht länger allein.

Nachdem er die frischen Kartoffeln mit zerlassener Butter, einem Schnaps und brunnenkaltem Bier verzehrt hatte und mit einem leichten, ganz angenehmen Schwindelgefühl vor dem Abendfeuer saß, kam ihm die Idee, dass es vielleicht eine Mikroblutung gewesen sein könnte. Ein kleiner Riss in den feinen Blutadern des Gehirns. Etwas war geplatzt und hatte angefangen zu lecken. Aber jetzt schien es wohl da drinnen wieder heil zu sein. Jetzt war es sicher wieder alles in Ordnung.

Da passierte es noch einmal. Aber dieses Mal etwas anders, eine vage, dennoch erschreckende Empfindung. Es war, als versuchte jemand, mit seinem Gehirn zu denken. Jemand anders hatte dort Platz genommen.

Er begann die Exponentialfunktion von zwei herunterzuleiern – 4 – 8 – 16 – 32 – 64 – und kam bis 65536, bevor er wieder Atem holte. Er war immer noch Herr seiner Sinne. Aber vielleicht war es doch noch nicht heil, vielleicht sickerte es aus der Ader weiterhin ins Gehirn, so dass der Druck langsam anstieg, und wenn er am nächsten Morgen aufwachte, wäre er hoffnungslos gelähmt.

Erst einmal in seinem Leben hatte er etwas Ähnliches gespürt. Es war während seiner Studentenzeit in Lund gewesen, als er mit den Leuten vom Studentenkabarett einen LSD-Trip eingeworfen hatte. Sie hatten sich in einem Keller befunden. Er hatte das Papierstückchen in ein Glas Val de Loire gelegt und es in einem Zug geleert, immer noch aufgedreht von dem lang anhaltenden Applaus nach der Vorstellung. Jemand anderes war in ihn hineingeklettert. Ein Fremder mit Karamellfarben, der anfing, in seinem Kopf herumzumalen. Öyvind hatte es geschehen lassen. Zwei vom Kabarett hatten sich auf dem Ausziehsofa dem Geschlechtsverkehr gewidmet. Ihre Hintern hüpften wie grüne Phosphorbomben, grüner Saft spritzte überall herum. Es roch nach Zitrone und feuchtem Schwanz. Aber mit der Zeit ging es vorüber, alles verlöschte nach ein paar Stunden. Wurde grau.

»Ich werde mir noch einen genehmigen«, dachte Öyvind und stand von seinem Kaminsessel auf. »Einen prachtvollen kleinen Absacker!«

Zunächst goss er sich in sein Glas etwas aus einer Flasche selbst gemachtem Johannisbeersaft, die er im Erdkeller gefunden hatte, seine geschiedene Ehefrau hatte ihn noch entsaftet. Blauschwarzer Johannisbeersaft, anschließend viel Branntwein, die Farbe im Glas wurde rubinrot, wie ein Schmuckstück. Als er an seine Exfrau dachte, wurde er wehmütig. Sie hatte jede einzelne Beere mit ihren Fingerspitzen berührt. Eine nach der anderen wie angeschwollene, sonnenwarme Peniseicheln gepflückt.

Am nächsten Morgen erwachte er auf dem zerknitterten Küchenteppich ohne eine Erinnerung daran, wie er dorthin gelangt war. Als er sich im Raum umsah, stellte er fest, dass die Möbel umgestellt worden waren. Die Stühle standen nicht am richtigen Platz, der Geschirrschrank war geöffnet, und vier der tiefen Teller waren im Raum ausgestellt. Als er sie zusammensammeln wollte, entdeckte er, dass sie alle Kartoffeln enthielten. Im ersten lagen zwei. Im zweiten vier. Acht. Und sechzehn.

Jemand war mit seinem Körper herumgelaufen. Hatte ihn benutzt, während er schlief. Der Schnaps, dachte er. Vielleicht war es nur der Schnaps gewesen. Er legte die Kartoffeln zurück in den Eimer. Dann schloss er die Augen. Blieb ganz still stehen, angestrengt lauschend, die Hände auf die dicke Platte des Klapptischs gestützt.

»Hallo«, sagte er dann.

Es blieb still.

»Hallo«, wiederholte er. »Ich weiß, dass du da bist.«

Da löste sich ein Licht im Augenwinkel. Es sah aus wie ein Haufen hauchdünner Blasen.

»Was machst du da?«, flüsterte eine wütende Stimme. »Warum rennst du in meinem Leben herum?«

Das Herbstsemester in der Wargentinsschule in Östersund wurde anstrengend für Öyvind. Tagsüber unterrichtete er lethargische Gymnasiasten in Logarithmusfunktionen und Gleichungen dritten Grades, doch sobald er allein war, versuchte er seinen inneren Fremdling kennen zu lernen. Das war nicht ganz einfach. Die Stimme, die er hörte, war eigentlich keine Stimme, sondern eher ein Gefühl. Sie kam von der Seite, genau wie der Lichtschimmer. Drehte er den Kopf dorthin, verschwand sie. Physikalische Gesetze galten für dieses Phänomen offenbar nicht, man konnte es nicht messen oder abwägen. Ihm nur lauschen mit der Außenseite einer Schulter. Irgendwie rechtwinklig.

Zunächst wollte der Fremde seinen Namen nicht verraten. Aber schließlich sagte er doch, dass er Ny-So hieß. Vielleicht auch Ni-Xoh. Manchmal klang es fast wie Nilson. Irritierenderweise beharrte Nilson darauf, dass Öyvind derjenige gewesen sei, der sich in ihm verhakt habe. Öyvind sei derjenige, der verschwinden müsse, nicht umgekehrt. Irgendwie waren sie ineinander verhakelt, und jetzt konnten sie nicht mehr voneinander los kommen.

Aufgrund seiner naturwissenschaftlich geschulten Gedankengänge ahnte Öyvind, dass er geisteskrank geworden war. Er hatte Schilderungen davon gelesen. So ging das zu, man fing an, Stimmen zu hören. Dann bekam man Angst vor Strahlungen und verklebte die Fenster mit Aluminiumfolie. Psychose, dachte er. Oder Stress. Vielleicht bin ich einfach überarbeitet. Mehrmals überlegte er, zum Arzt zu gehen, aber der würde ihn nur weiter an einen Psychiater überweisen. Dann würde er Benzodiazepine schlucken müssen.

Oder aber dasitzen und über seine Gefühle reden, wie bei der missglückten Familienberatung vor der Scheidung.

»Was fühlst du jetzt im Augenblick, Öyvind? Versuche deiner Frau in die Augen zu sehen. Sie merkt nicht, dass du ihr zuhörst. Sie will, dass ihr miteinander kommuniziert, Öyvind.«

Nilson tauchte in unregelmäßigen Abständen auf, doch mit der Zeit konnte Öyvind ein Muster erkennen. In der Schule hielt sich Nilson meistens raus, in den Klassenräumen war er fast nie zu hören. Ganz anders auf dem Weg nach Hause. Oder wenn Öyvind duschte. Oder wenn er unkonzentriert Fernsehen guckte, in den Sessel versunken, und sich müde fühlte. Es schien, als verdrängten Gedanken und Aktivitäten Nilson, während er seinen Platz einnahm, sobald man sich entspannte.

Bei so einer Gelegenheit hatte Öyvind schließlich genug davon. Er hatte soeben einen ausgiebigen Eintopf gegessen und lag jetzt dösend auf seinem Schlafsofa. Das Doppelbett hatte die Ehefrau mitgenommen, da sie bereits ein neues Verhältnis hatte. Einen Rundfunkreporter von P4. Sicher redete er die ganze Zeit, wenn sie sich liebten. Sie hatte von Öyvind gefordert, er solle grobe Worte dabei zu ihr sagen:

»Jetzt werde ich dich festnageln« und Ähnliches. Öyvind war ein wenig empört darüber gewesen. Oder eher verschämt, es hatte sich wohl in erster Linie um Scham gehandelt.

Jetzt lag er da und spürte, wie der fette, sahnige Eintopf Sanftheit und Schläfrigkeit über den Darmkanal ausstrahlte. Und mitten in dieser Entspanntheit begann Nilson herumzunerven:

»Hau ab«, meckerte Nilson ein ums andere Mal. »Hau ab, hau ab, hau ab ...«

Öyvind schloss gähnend die Augen. Aber die Stimme nervte weiter:

»Geh weg von mir, geh weg von mir, geh weg von mir, geh weg von mir, geh weg von mir, geh weg von mir, geh weg von mir ...«

Und da, von diesem entnervenden Gebrummel gestört auf der Schwelle zum Schlaf, da reichte es Öyvind.

»Jetzt halt endlich verdammt noch mal die Klappe!«, schrie er.

Aber es war kein Schrei mit der Stimme. Sondern mit den Gedanken. Im Inneren, in der Dunkelheit, als leuchtete er mit einer kräftigen Taschenlampe.

Lange Zeit blieb es erschreckend still. Wie im Schock. Etwas da drinnen war aus der Fassung geraten.

»Was?«, kam es schließlich. Wie von einem Glühwürmchen, ein kleines Lichtsignal.

»Hör auf zu nerven, Nilson. Das hab ich damit gemeint. Lass mich verdammt noch mal in Ruhe.«

»Lass du mich in Ruhe.«

»Du kannst deine Ruhe haben, so lange du willst, wenn du nur die Schnauze hältst.«

»Du bist derjenige, der die Schnauze halten soll. Den ganzen Tag über denkst du an Mathematik. Zwei, vier, acht, sechzehn!«

»Aber das ist doch mein Job!«

»Ich will dich nur loswerden!«

»Nein, ich bin derjenige, der dich loswerden will.«

»Nein, ich bin derjenige, der dich loswerden will.«

»Nein, ich bin derjenige, der ...«

Hier verstummten alle beide. Die ganze Situation erschien lächerlich. Nilson war derjenige, der den ersten, zögerlichen Schritt tat.

»Wir sollten mal darüber reden.«

»Reden?«, fragte Öyvind.

»Wir sollten vielleicht miteinander kommunizieren.«

Eine Weile Schweigen.

»Na, dann mal los«, erklärte Öyvind mit einigem Zweifel. »Fang an. Ich höre dir zu.«

Die folgenden Wochen wurden die merkwürdigsten und Schwindel erregendsten, die Öyvind Kuno je erlebt hatte. Jeden Tag, wenn er aus der Schule nach Hause kam, stellte er seine Tasche ab, lockerte den Schlipsknoten, knöpfte sich den Hemdkragen auf, nahm die Brille ab und legte sich erwartungsvoll auf das Schlafsofa. Es dauerte einige Minuten, die Gedanken des Tages zu vertreiben, zur Ruhe zu kommen. Doch dann war es soweit.

»Nilson«, dachte er. »Hallo, Nilson, bist du da?«

Das Gespräch konnte stundenlang dauern. Gegen Abend stand er auf, kochte sich eine einfache Mahlzeit, vielleicht Bratkartoffeln und Griebenwurst. Anschließend setzte er sich hin und schrieb alles aus dem Gedächtnis auf. Mit der Zeit füllten sich mehrere Notizhefte. Öyvind bezeichnete sie feierlich als »Pergament«.

Wenn er in ihnen las, fühlte er sich innerlich geradezu hingerissen. Oder durfte er es wagen, ein noch stärkeres Wort zu benutzen? Durfte er wagen, es als *heilig* zu bezeichnen?

Während des Schreibens begriff Öyvind schließlich, dass Nilson tatsächlich existierte. Bei den Visionen handelte es sich nicht um irgendeine Art von Psychose oder zeitweilige Besessenheit, Halluzinationen oder Stigmatisierungen. Nilson gab es auch in einer Art äußerer Bedeutung, und er erwies sich als vernünftig, ja geradezu logisch in seinen Gedankengängen.

»Nilson? Bist du ein Engel?«, fragte Öyvind.

»Definiere den Begriff Engel«, bat Nilson.

Gut gedacht. Zuerst die Sprache aufbauen. Anschließend die Welt.

»Warum erscheinst du irgendwie von der Seite her, Nilson? Ich kann dich immer nur im Augenwinkel erahnen.«

»Aber das bist doch du selbst, der von der Seite her zu erahnen ist.«

Öyvind dachte darüber nach.

»Ein Engel ist eine geistige Erscheinung«, erklärte er, »die sprechen und denken kann, die aber nicht aus Materie gebaut ist.«

»Dann bist du, Öyvind, ein Engel. Das stimmt haargenau.«

Nilson gab es also, aber nicht auf die menschliche Art und Weise. Er war nicht richtig im Hier und Jetzt vorhanden. Vielleicht war Engel doch ein ganz guter Begriff dafür. Öyvind dachte über die Definition nach, las Swedenborgs Traumbücher, studierte die Erscheinungen der Heiligen Birgitta und ihre Offenbarungen. Und je mehr er las, umso überzeugter wurde er. Die hatten das gleiche erlebt. Er war nicht der Erste. Hildegard von Bingen. Hiob. Zarathustra. Giordano Bruno. Mohammed. Siddharta Gautama Buddha. Alle hatten sie innere Stimmen gehört, von denen sie behaupteten, sie stammten von irgendeiner höheren Macht. Und alle hatten sie die Welt verändert.

Aber Öyvind Kuno war Naturwissenschaftler. Wie gern er es auch getan hätte, er konnte sich nicht damit zufrieden geben. Ob nun Engel oder nicht, das musste fürs Erste dahingestellt bleiben. Stattdessen holte er einen Stapel kariertes Papier heraus. Öffnete sein Set mit Winkelmesser, Winkeldreieck und Kurvenmesser. Anschließend begann er eine Skizze zu zeichnen. Gleichzeitig nahm er wieder Kontakt zu Nilson auf und begann ihm scheinbar unschuldige Fragen zu stellen:

»Nilson, hast du eine Länge? Ja, genau: Wie lang bist du? Und wie breit? Nimmst du ein Volumen im Raum ein? Nehmen wir einmal an, du legst dich in eine bis zum Rand gefüllte Badewanne, fließt dann Wasser auf den Boden?«

Nilson verstand die Fragen nicht. Wie sehr sie auch definierten und analysierten, so konnten sie einander doch nicht begreifen.

»Aber Nilson, wenn ich frage: Wie lange geht unser Gespräch jetzt schon?«

»Was?«

»Wie viel Zeit ist verstrichen, seit wir unser Gespräch angefangen haben?«

Nilson schien eine Weile nachzudenken.

»Wie lange Zeit?«

»Ja, genau, wie lange Zeit, Nilson?«

»Warte, ich werde nachschauen ... Ungefähr drei Winkel. Drei.«

Öyvind schaute auf seine Uhr.

»Fünfundvierzig Minuten«, las er ab. »Dann entspricht also ein Winkel ungefähr fünfzehn Minuten. Sind wir da einer Meinung?«

»Ja, sicher«, sagte Nilson.

»Gestern haben wir drei und eine halbe Stunde miteinander geredet. Das sind dann also vierzehn Winkel.«

»Warte, ich werde nachsehen ... Nein, das sind nur zwei Winkel.«

»Vierzehn, Nilson.«

»Nein, zwei jeweils. Und jetzt sind auch zwei Winkel vergangen.«

»Aber du hast doch gerade gesagt, es sind drei.«

»Von dort sah man drei Winkel. Aber von hier sind nur zwei zu sehen. Soll ich zurückgehen und es überprüfen?«

»Mach das.«

Mehrere Minuten vergingen.

»Nilson? Nilson?«

»Da ist ein Winkel, der einem die Sicht nimmt. Deshalb sieht man von hier aus nur zwei.«

»Wo um alles in der Welt warst du, Nilson? Jetzt eben?«

»Ich bin immer hier. Aber du bist nicht gekommen, Öyvind.«

»Man kann nicht in der Zeit zurückgehen.«

»Was meinst du damit?«

»Ich glaube, das müssen wir analysieren, Nilson.«

Aus Pergament 5:

Durchbruch. Nilson existiert auf einer Art Teller. Einer Scheibe, die sich offenbar drehen kann. Auf jeden Fall kann er sie verdrehen. Alles, was geschehen ist, wird dadurch in ein Jetzt verwandelt. Jetzt und jetzt und jetzt. Aus unterschiedlichen Winkeln heraus. Ich glaube, er lebt in einer anderen Dimension als wir. Vielleicht in der fünften, der sechsten oder siebten? Die einzige gemeinsame Dimension, die wir haben, das ist die vierte. Die Zeit. Aber die sieht in unseren beiden Welten jeweils anders aus.

Später in Pergament 5:

Nilson muss in einem anderen Universum leben als wir. Er begreift nicht das Geringste von Materie. Wir scheinen einander von der Seite her zu sehen, was interessant ist. Man stelle sich vor, dass wir jeweils unserem Universum angehören, das durch das jeweils andere hindurchgleitet, wie zwei Verkehrsströme an einer Kreuzung. Wir können uns nur aus dem Augenwinkel heraus erahnen. Meistens fließt der Verkehr ohne Problem, wir passieren die Kreuzung, ohne zu stören. Aber ab und zu, sehr, sehr selten, geht da ein Mensch genau zu dem Zeitpunkt, an dem Nilson oder seine Freunde in der Zeit gehen, und dann Peng! prallen wir aufeinander. Und dann kann es vorkommen, dass wir uns ineinander verhaken.

Pergament 6:

Ich bat Nilson, nach vorn zu gehen. Nur einen halben Winkel weit oder so. Er sagte, dass er bereits dort sei. Worauf ich die Augen schloss und versuchte, mich bewusst leer zu machen. Bekam ein starkes Empfinden säuerlicher Gerüche. Gurke, Zimt. Es stach im linken Ringfinger. Unangenehm.

Pergament 6, am folgenden Morgen:

Am Abend kam Ann Sejdemo, die Philosophievertretung. Sie sagte, sie wolle mir für meine Hilfe bei der Anwesenheitsliste danken. Sie hatte einen orientalischen Salat und eine Flasche Wein dabei. Der Salat duftete nach Gurke und Zimt. Beim Öffnen der Weinflasche stieß ich ein Glas zu Boden. Ich hob die Scherben auf und schnitt mich in den linken Ringfinger, ganz vorne an der Fingerspitze, wo es besonders wehtut. Es pocht immer noch. Mir ist ganz schwindlig. Aber nicht vom Schmerz. Auch nicht von Anns sanfter Berührung, als sie mich vorsichtig mit einem Pflaster versorgte. Sondern von der Einsicht. Ein halber Winkel. Ich glaube tatsächlich, es funktioniert ...

In den nächsten Wochen wiederholte Öyvind das Experiment mehrere Male. Einmal gelang es ihm zu spüren, wie ein kräftiger Herbstwind eine morsche Hängebirke über das Auto des Nachbarn fallen ließ, das auf der Straße parkte. Öyvind versuchte den Nachbarn dazu zu überreden, seinen Wagen vor dem Sturm woanders hinzustellen, doch der sah den Ernst der Lage nicht ein. Das Autodach wurde eingedrückt, genau wie in der Vision.

Ein anderes Mal sah Öyvind, wie die Gemeindeschwester

Segerlind, eine mürrische Finnlandschwedin mit Raucherhusten und abgetretenen Holzpantoffeln, von einem Butterklumpen am Kopf getroffen wurde. Dieser Anblick verblüffte ihn, der Klumpen war goldgelb mit roten Streifen und groß wie ein Schneeball, er traf sie schräg von unten und ließ sie Hals über Kopf über den Putzwagen fallen. Während eines äußerst verwirrenden Gesprächs bat er sie, in der nächsten Zeit den Kopf zu schützen, beispielsweise mit einem Fahrradhelm. Sie bat ihn daraufhin, zur Hölle zu fahren.

Ein paar Monate später wurde der angeschwollene Gehirntumor entdeckt, der mittlerweile inoperabel war. Sie wurde umgehend krankgeschrieben und kam nie zurück.

Es war offensichtlich. Mit Nilsons Hilfe konnte Öyvind in die Zukunft schauen. Wobei die Zeit übrigens ganz und gar nicht geradeaus voranschritt, sie war ein Teller, den man drehen konnte. Nilson konnte problemlos darauf herumspazieren, wie er wollte, während sich Öyvind sozusagen an seinem Rücken fest klammerte. Es ging nur darum, während so einer Reise die Augen offen zu halten. Einiges war nebulös, anderes deutlicher. Die Zeit war immer dieselbe, doch der Winkel war unterschiedlich, die Bergspitzen glitten auseinander, und neue Täler zeigten sich im Nebel.

Pergament 7:

Für die Menschen ist die Zeit ein Pfeil. Wir müssen dem Pfeil nach vorn folgen, wir sehen nur das kleine Kreuz der Steuerungsfedern vor uns in Augenhöhe. Nilson dagegen sieht die Zeit von der Seite her. Sein gesamtes Universum kreuzt unseres von der Seite her, von seiner Richtung aus sieht die Pfeilbahn deshalb wie eine Schnur aus. Jeder Mensch hat seine eigene Leine, seine eigene Wäscheleine, auf der ein wenig von jedem baumelt. Millionen von Menschen werden somit zu Millionen von Wäscheleinen, die Seite an Seite eine Art riesiges Feld mit den ausgespannten Lebensbahnen aller Menschen bilden. Ein Fußballfeld, voll gestopft mit Zeit. Ungefähr wie bei der Eröffnung der Olympischen Spiele, bei der alle Teilnehmerländer in Reih und Glied aufmarschiert dastehen, mit kunterbunten Nationalflaggen und Standarten.

Das Ganze scheint aber etwas komplizierter zu sein. Ein Fußballfeld ist rechteckig, während Nilson die Zeit eher als eine kreisende, gigantische LP-Scheibe zu sehen scheint. Die Zeit krümmt sich, die Wäscheleine biegt sich in Spiralen zu einem immer dichter werdenden Zentrum hin, und das menschliche Jetzt würde dann der federleichten, die Platte streifenden Nadelspitze des Tonabnehmers entsprechen.

Nun ja. Er hatte so seine Mühe mit den Gleichnissen, der gute Öyvind. Pfeil und Nadelspitze, Wäscheleine und LP-Scheibe. Aber es blieb die Tatsache, dass er nunmehr, ob er nun wollte oder nicht, einen absolut zuverlässigen Propheten abgeben konnte. Eine Prophezeiung nach der anderen traf ein. Von der kleinsten bis zur weltumfassendsten. Das Problem war nur das mit den Winkeln. Es gelang ihm nicht, sie in menschliche Uhrzeit zu übersetzen, und deshalb wusste er nie genau, wann die Visionen eintreffen würden. Vielleicht am nächsten Tag, vielleicht erst in einem Monat. Vielleicht auch erst in zehn Jahren. Außerdem waren die Gesichte nicht genau, fotografisch, sie hatten eher den Charakter wogender Unterwasserlandschaften. Sie konnten an Träume erinnern, davongleiten. Er versuchte auch das mit Nilson zu besprechen:

»Ist alles schon passiert, Nilson?«

»Erkläre das deutlicher.«

»Ist die Zeit bereits fertig? Ist sie abschließend geformt?«

»Ja.«

»Dann haben wir also keinen eigenen freien Willen, wir folgen nur dem Schicksal?«

»Natürlich haben wir einen freien Willen.«

»Aber wenn alles bereits vorherbestimmt ist ...«

»Du hast doch Winkel, mein Freund. Du wanderst hier- und dorthin. Die Zeit kannst du nicht ändern, aber die Winkel.«

»Und wie?«

»Natürlich indem du lebst.«

»Hmmm ...«

»Hör auf, dich selbst zu bemitleiden.«

Nilsons Übergewicht egalisierte sich jedoch bald auf ganz verblüffende Art und Weise. Eines Abends stand Öyvind in der Küche und schälte Kartoffeln aus seiner Ferienhütte, als er zum ersten Mal bemerkte, dass Nilson zusah.

»Jetzt nehme ich die große Kartoffel«, dachte Öyvind.

Und dann schälte er die große Kartoffel.

»Jetzt nehme ich die längliche Kartoffel am Rand.«

Und dann schälte er die längliche Kartoffel.

»Jetzt schneide ich alle Kartoffeln mit dem Küchenmesser in dünne Scheiben.«

»Jetzt lasse ich einen Klecks Butter in der Bratpfanne schmelzen.«

»Sie schmilzt!«, rief Nilson.

»Jetzt schiebe ich die Kartoffelscheiben hinein, dass sie aufzischen.«

»Woher ... woher wusstest du, dass sie zischen werden?«

»Jetzt rühre ich mit dem Kochlöffel um.«

»Halt!«, rief Nilson. »Ich falle in Ohnmacht!«

»Jetzt drehe ich die Kartoffeln um und brate sie von der anderen Seite.«

»Oh ... oohh ...«, jammerte Nilson.

»Halt wenigstens die Klappe, wenn ich esse.«

»Du weißt, dass du essen wirst! Du weißt, dass du essen wirst! Jetzt isst du, du hast es gewusst, du wusstest, dass du essen würdest, oaahh ...«

»Nilson!«

Es blieb grabesstill. Nilson war in Ohnmacht gefallen. Was ihn genau schockiert hatte, konnte Öyvind nie in Erfahrung bringen, aber es schien etwas mit unserem Universum zu tun zu haben. Dass man Dinge in einer Reihenfolge machen konnte. Für Nilson war das, als nehme jemand eine Schöpfkelle voll Wasser und wickle sie zu einer Angelschnur auf, zu einem dehnbaren, glitzernden Spinnenfaden.

»Das geht einfach nicht«, stöhnte Nilson, als er wieder zu sich kam. »Das ist nicht möglich ...«

Öyvind kaute stumm seine Kartoffeln.

Pergament 8:

Prophezeiungen bezüglich des Klimas. Das Klima wird sich erwärmen. Es wird kaum noch Schnee in Skandinavien geben. Das Eis zwischen den Schären wird brüchig und schwächer werden. Die Eichen werden sich bis zum Östersundgebiet ausbreiten. Störche und Pelikane werden in Värmland brüten. Ich sehe Blutegel. Und dann wird es kalt, eine weiße Mauer aus Eis. Ein tödliches Glaziärgewicht und Menschen, die fliehen. Ich weiß nicht, wie lange das dauert. Ich sehe nur ein Milchweiß und Frost aus vielen verschiedenen Winkeln.

Prophezeiungen bezüglich der Politik: Es kommt eine graue Frau nach Europa. Sie hat einen messerscharfen Mund. Hinter ihr verstecken sich ihre Brüder, genauso gekleidet wie sie. Sie behaupten, für das Volk zu sprechen. Sie haben viel Geld und bekommen die ganze Zeit immer mehr.

Sie hat ein Kind aus Stahl, das aufleuchtet, als sie es hochhebt. Der Himmel ist voller Augen. Viele Vögel kreisen mit scharfen Schnäbeln darin. Sie landen in England, man schießt. Die Jugendlichen füllen die Straßen. Die Frau hat eine Börse in der Brust, jemand steckt dort die Zunge hinein. Sie wird schwer verletzt. Es kommt zu einem großen Tumult.

Prophezeiungen bezüglich Krankheiten: Es kommt ein großes Fieber. Sie werden auf Flugplätzen und in Hotels sterben. Man bekommt einen Geschmack von Zwiebeln im Mund. Das Blut verdickt sich. Geschwülste schwellen an, sie sehen aus wie blaue Flecken. Das Opfer hustet und spuckt in seine Reisetaschen. Familien fliehen in Panik. In den Krankenhäusern winden sich die Ärzte in Krämpfen. Städte werden verlassen, Gewehrsalven von Soldaten. Autos rasen gegen Straßensperren, die Züge fahren nicht mehr. Kilometerlange Schlangen an Stacheldrahtzäunen und Panzerwagen. Hunger. Hubschrauber knattern. Pfarrer in weißen Schutzanzügen. Große Gruppen mit Brandbeschleunigern, Körper, die in die Flammen geworfen werden. Kinder, die allein herumirren, elternlos. Kinder, die krank werden, aber überleben. Die Jüngsten schaffen es. Es geschieht etwas auf der Welt hier, die Farbe verändert sich. Wird röter. Ein warmes Morgengrauen, ganz ruhig. Rote Kindergesichter. Zurück bleibt nur viel Arbeit.

Öyvind saß in Anns sonnendurchfluteter Zwei-Zimmer-Wohnung in der Regementsgatan, direkt unterm Dach. Alles war weiß und lichtdurchtränkt. Sie tranken glitzernden Tee am offenen Fenster, die Gardinen wehten leise.

»Ich musste es einfach jemandem erzählen«, sagte Öyvind, als er seinen Bericht beendet hatte.

Ann befeuchtete sich die Lippen. Sie fühlte sich hilflos.

»Hilf mir«, bat er.

Sie beugte sich vor, fuhr mit der Fingernagelspitze über seinen Handrücken.

»Die Welt muss es wissen«, sagte sie. »Du musst reden.«

Unwiderruflich, in fast schicksalhaftem Ernst, fanden sie sich auf ihrer Sprungfedermatratze wieder. Sie knöpfte sein Hemd auf. Befeuchtete die Fingerspitze mit Speichel, drückte sie fragend auf seine Brustwarze. Er zog ihr langes, luftiges Sommerkleid hoch. Sie trug einen rosafarbenen Slip. Der hatte eine Öffnung in der Mitte, er musste ihn ihr gar nicht erst ausziehen.

Ihr erstes Buch trug den Titel *Vorhersagen,* es kam in einem Einmannverlag für New-Age-Literatur heraus und wurde auf selten besuchten, neugebauten Homepages vorgestellt. Das Buch bekam so gut wie keine Rezensionen. Niemand an der Wargentinsschule erwähnte es auch nur mit einem Wort, und man konnte nicht einmal ein Drittel der fünfhundert gedruckten Exemplare verkaufen.

Da ereignete sich das große griechische Erdbeben. Es war auf den Seiten 75-78 in Öyvinds Buch beschrieben, unter anderem, wie der Parthenontempel zusammenstürzt und »einen Athleten mit kaputten Zähnen« tötet. Es stellte sich heraus, dass eines der Todesopfer der finnische Hockeynationalspieler Juhani Mäkinen war, der sich unter den Touristen befunden hatte, zusammen mit der kanadischen Balletttänzerin, mit der er momentan liiert war.

Mehrere Leser des Buches registrierten die Ähnlichkeiten mit Öyvinds Beschreibung. *Vorhersagen* bekam eine positive Rezension in der Zeitschrift Aura, und weitere hundert Exemplare wurden verkauft. Aber immer noch wurde dem Buch keine größere Aufmerksamkeit geschenkt, ein Erdbeben in Griechenland war trotz allem eine ziemlich sichere Vorhersage, die früher oder später eintreffen würde.

Doch dann fiel der Himmel auf Jerusalem. Er kam mit

grellem Lärm herangerauscht, durchschlug ein Hausdach und landete in einem Schlafgemach, wo es den israelischen Verteidigungsminister massakrierte, der in seinem Ehebett schlief. Wie durch ein Wunder kam die Ehefrau so gut wie unverletzt davon. Alle betrachteten es zunächst als ein Attentat, eine Granatenattacke der Hisbollah. Doch Sekunden zuvor hatten Hunderte von Menschen einen zuckenden Feuerschwarm am Nachthimmel gesehen, und bald wurde bestätigt, dass es sich um einen Meteoriten handelte.

In Öyvinds Buch, auf den Seiten 163-165, steht ganz deutlich, dass ein heißer Stein vom Himmel fallen und einen hohen israelischen Krieger töten wird. Was der Auftakt zu den Friedensverhandlungen wird, die endlich zur Gründung eines palästinensischen Staates führen. Auch hier bekam Öyvind Recht. Gott hatte seine Strafe auf den Kriegsfürsten geschleudert und damit auf alttestamentarische Art und Weise die Geschichte verändert.

In den folgenden Jahren wurde *Vorhersagen* in vier Millionen Exemplaren verkauft. Ausländische Verlage boten astronomische Summen für die Übersetzungsrechte. Bald erschienen *Vorhersagen II* und *III*. Darin verwies Öyvind auf die Seidenrevolution in Pakistan, die Malariaimpfung, die Golfmorde, den ersten weiblichen schwarzen Präsidenten der USA, die Abschaffung des Zölibats für katholische Priester, die Ausrottung des Blauwals, die Alkaloiddrogen, die Veränderung des Erdmagnetismus, die epidemische Kinderlosigkeit in Zentraleuropa, die neue Vulkaninsel im Bottnischen Meerbusen sowie die Rückkehr des Säbelzahntigers.

Die Aufregung war kolossal. Aus der ganzen Welt strömten Journalisten, Propheten, Hippies, Hellseher, Medizinmänner, Ekstatiker und Tausende von Neugierigen herbei. Doch Öyvind machte sich rar. Ann erklärte allen, dass er momentan Kartoffeln anbaue, anstrengende innere Reisen

unternehme und an dem schreibe, was seine letzte, abschließende Prophezeiung sein sollte. Die weiter reichen sollte als
je eine zuvor. Die bis an die Grenze führen sollte.

Vorhersagen IV bekam den Untertitel »Der letzte Winkel der
Zeit«. Und sie begaben sich gemeinsam dorthin, er und Nilson. Wanderten bis zum Rand des steilen, dunklen Felsab-
grunds. Jetzt standen sie da, schweigend. Unter ihnen
schwebten weiße Meeresvögel. Tief unten leuchtete die
Brandung, durchsichtiger, eisiger Schaum. Vor ihnen hörte
die Geschichte der Erde auf. Ein großes, windgepeitschtes
Schweigen.

»Da«, zeigt Nilson und beugt sich lebensgefährlich weit
hinaus.

Ein Vorsprung. Ein großer, feuchter, dunkler Felsbrocken.
Man kann mit Mühe und Not daran vorbeischauen. Kann
das Alleräußerste sehen, jedenfalls, wenn man sich reckt.
Sie sind angekommen. Am letzten Winkel der Zeit.

Und so wird es mit der Erde weitergehen. Jetzt wirst du es
erfahren.

Zum Teufel. Ja, leider. Eine riesige, alles vernichtende Mag-
maexplosion. Sie kommt von außen, aus dem Weltall, ein gi-
gantischer Himmelskörper, und alles organische Leben wird
verbrannt. Das Meer verdampft, trocknet aus und verduns-
tet ins Weltall hinein, die Erde wird zu einer öden Steinwelt.

Doch kurz vor ihrem Ende ... Öyvind verändert den Winkel ein wenig. Merkwürdig.

Wie genau er auch Ausschau hält, Öyvind kann keine
Spur von Menschen entdecken. Offensichtlich sind sie bereits von der Erdoberfläche verschwunden. Vielleicht durch
irgendeine Pest oder einen Atomkrieg ausgerottet? Das ist
aus diesem Winkel hier nicht zu erkennen.

Stattdessen wird die Erde regiert von ... Dinosauriern!

Die Dinosaurier sind zurückgekehrt. Sie haben Intelligenz entwickelt und laufen in der Herbstkälte in einer Art sie einhüllender Kleidung herum. Ein meterhoher Velociraptor scheint den Befehl übernommen zu haben, sein Schädel ist um das unerwartet große Gehirn herum angeschwollen. Sie leben in Gruppen in größeren Gesellschaftsformationen, und sie haben mit ihren kleinen, äußerst geschickten Vorderextremitäten eine verblüffend ausgeklügelte Sonnenenergietechnologie entwickelt.

Und die Menschen? Nicht die geringste Spur. Die Dinosaurierkinder können über uns in paläontologischen Lehrbüchern lesen. Einmal vor sehr langer Zeit herrschten die Menschen über die Welt.

In der anderen Richtung des Steilhangs kann man etwas noch Großartigeres wahrnehmen. Dort zeichnet sich nicht weniger als der Abschluss des Universums ab. Der gesamte Weltraum wird dort zu einem Schneeball zusammengezogen. Einem großen, schmelzenden Schneeball, einem Klumpen, der immer weißer wird und von allen Galaxien und kosmischen Nebeln, Neutronensternen und weißen Zwergen und allem Staub und unsichtbarer Materie funkelt. Unser gesamtes ausgedehntes Universum ist zusammengefegt worden wie frisch gefallener Schnee auf einer Haustreppe und zu einem Riesenkloß zusammengedrückt, einem gewaltigen schmelzenden Speiseeis, das weiter zum Plasma zusammengepresst wird. Alle Sterne und Asteroiden, alle Zivilisationen und schwarzen Löcher, alles, wirklich alles wird zusammengematscht, absolut alles bis auf eine einzige, kleine, unscheinbare Kugel, die zwischen den Fingern hindurchrutscht.

Was?

Hallo, was passiert da?

Ein einziges kleines Sandkorn schlüpft zwischen den Fingern hindurch und verschwindet in der Dunkelheit. Man hat es geschafft, die gesamte Materie des ganzen Universums zusammenzufegen, und übersieht dabei ein einziges kleines Flöckchen! Es haut ab. Es will nicht vernichtet werden. Ein unscheinbares kleines Körnchen, das sich weigert, in dem auflodernden Ofen eingeschmolzen zu werden, das wegläuft, hofft, dass es immer noch eine Chance gibt.

Das sind die Menschen. Es sind die Menschen, die sich weigern zu glauben, dass Schluss ist. Sie haben die Erde in einer Blase verlassen, einem einsamen, glänzenden Fahrzeug. Sie haben gelernt, wie man die Gravitation neutralisiert. Während der Rest des Universums zu einem brennenden Knäuel zusammengepresst wird, fliehen die Menschen bei dem ganzen Durcheinander. Sie existieren weiter. Sie weigern sich, die Hoffnung aufzugeben. Sie stehen da in ihrer glänzenden Blase und umarmen einander. In dieser kleinen, schönen, sich drehenden blauen Welt. Die Menschen wollen nicht sterben, das ist der Grund. Nicht sterben. Nicht verschwinden. Sie wollen dabei sein, wenn alles noch einmal anfängt.

Ann saß auf der Hausterrasse, die Abendsonne im Gesicht. Sie nippte an einem Glas mit einer rubinroten Flüssigkeit, die Öyvind gemixt hatte. Johannisbeeren waren es, schwarzer Johannisbeersaft und Schnaps. Als tränke man die Sonne, diesen errötenden Sonnenball über dem Waldhorizont.

Aus der Hütte kam Öyvind mit dem Kartoffeltopf. Dampfende frische Kartoffeln mit Dillbüscheln. Die Schale dünn wie Seide. Er füllte ihr sorgfältig einige auf den Teller und ließ dazwischen einen großen Butterklecks landen, damit er schmelze.

»Die ersten dieses Jahres«, sagte er. »So zart, dass es einen schüttelt.«

Sie aßen, während der Abendwind immer schwächer wehte und es zum Schluss vollkommen still wurde. Wie Glas.

Unsichtbares, schwereloses Glas. Ann schnupperte an ihrem Getränk.

»Meine Frau hat sie gepflückt«, sagte Öyvind. »Es war noch eine Flasche im Keller.«

Ann ließ sich von dem Geschmack erfüllen. Spürte, wie die Lust in ihr aufstieg. Sie würden sich heute Abend lieben.

»Was macht Nilson?«, wollte sie wissen.

»Nilson ist noch da.«

»Und wovon redet er?«

»Du meinst die Fortsetzung? Glaubst du, die Leute wollen das wissen?«

»Ja, was passiert eigentlich danach mit der Menschheit?«

Öyvind blinzelte zum Wald hinüber, dieser schwebenden Stille. Unschlüssig stand er von seinem Klappstuhl auf und machte ein paar zögerliche Schritte aufs Gras hinaus. Drehte den Kopf zur Seite, fast im rechten Winkel. Dann sperrte er die Augen auf, die Nasenflügel weiteten sich wie in großer Furcht. Im gleichen Moment zuckte sein Nacken, als hätte ihn eine heftige Ohrfeige getroffen, eine unsichtbare Druckwelle. Hilflos wurde er zu Boden geworfen. Aus Nase und Ohren sickerte Blut.

»Öyvind!«, schrie Ann und rannte zu ihm. »Öyvind, sag etwas.«

»Zwei«, flüsterte er. »Vier, acht, sechzehn ...«

Es wurde warm im Gaumen. Sein Hinterkopf heiß. Aber Nilson war verschwunden. Öyvind spürte es sofort. Sie waren auseinander gerissen worden.

Mühsam setzte er sich auf. Es tat ziemlich weh. Ann legte ihm die Hände um den Nacken, beugte sich nah zu ihm hinunter und schaute verwundert in seine aufgerissenen, glänzend schwarzen Pupillen.

Und sie spürte, dass es fort war. Die Erzählung war zu Ende. Wir würden es niemals erfahren.

Inhalt